第一章

那天我一接到你的電話，我就知道他已經不在了。我聽說他病了一年多，病中常常吃中國菜、聽二胡曲、過猶太禮拜、念叨我的名字。其實我和他之間，並不是人們定義的那種關係。人麼，總想在一個了不起的人身上找到七情六慾的事。

好吧，隨你們的便。把「情婦」這個字眼用來做我的名分吧。我和他都老到發窨的地步，沒有這名分已經夠受。你的書我讀過幾本，所以我知道，不管我說什麼，都不會照實出現在你書裡。幹你們這行的，非得添枝加葉，對此你們沒辦法。

首先要告訴你一個上海，就是一船一船的猶太難民卸貨一樣傾瀉在碼頭上、失修的水泥港口頓時黑了一大片的那個上海。一船接一船的猶太佬靠上了上海的岸。偌大的地球，上海是唯一讓他們靠的岸。場面相當壯闊，不難想像這個以遷移和放逐著名的民族的每一次大遷移：二世紀猶太種族全體從耶路撒冷被逐出，地圖被抹煞，首都被更名。十三、十五世紀從英格蘭、從西班牙和西西里被趕盡殺絕。一船接一船靠岸的猶太佬們站在甲板上，趴在欄杆上，陌生的上海撲面而來。你不難想像十九世紀末和二十世紀初，兩百多萬他們的同胞被逐出俄國國境，就帶著跟他們一模一樣的憔悴和疲憊，向全世界各個角落四散。

有時候，在上海靠岸的遠洋輪嘩啦一下打開底艙，裡面裝成緊緊實實：一個巨大的人餅。那就是從集中營直接上的「貨」。這樣的船一靠岸，日本兵便會戴著防毒面具，用刺刀撥拉開上海本地猶太人的迎接隊伍，衝進底艙，把殺蝨子、跳蚤，以及種種已知未知微生物的藥粉慷慨揚灑。剎那間，一片黑的人餅就成了一片雪白。

這和我的祖父在十九世紀末的美國得到的待遇相似：一船船梳辮子的中國男人被消防龍頭當街沖洗，沖得大醉般東倒西歪。毒猛的水柱把他們從站著沖成蹲著，然後跪下，最後全趴成一片。

告訴你的這個上海，有百分之八是白種人。這個上海的英國人、法國人、德國人勉強把有英國國籍的塞法迪猶太闊佬看作人，猶太闊佬又把俄國流亡的猶太人勉強當人看，而所有這些人再把有錢的中國人勉強當人看，把沒錢的中國人完全不當人。再來看看中國人。中國人在這裡是指上海人。上海人把江北佬、安徽佬、所有外地佬勉強當人看，而把巡捕房的錫克人當「紅頭阿三」，把歐洲來的猶太難民當「猶太癟三」。假如中國有個說法是「三教九流」，那麼上海是「九教二十七流」。

真正的上海人民族大節比較馬虎，卻都是和平主義者。八一三一仗打到十一月底，日本人開進來了，真正的上海人便說：「這下好了，打也打進來了，就不會再打了，讓西洋人來，總不見得不讓東洋人來。」到了三八年大批猶太癟三來的時候，上海人誇誰家小姑娘漂亮不說她漂亮，會說：「這個妹妹像煞個小東洋！」

你大概知道，我當時是復旦大學二年級學生，修財會專業。學校內遷重慶的時候，我留在了上海，打算回到我的出生地美國三藩市去繼續學業。

告訴你們的這個上海有個最大特徵，就是氣味。氣味可不怎麼樣。成千上萬輛馬桶車走出縱橫交錯的里弄，走過大街小街，在路面上留下一滴滴濃稠的黃色液體。馬桶車向裴倫路的糞碼頭彙集，如同好東西一樣給仔細裝上船，順著臭墨汁一樣的蘇州河走去。河邊擠滿烏篷船，所有沒錢住陸地的人都在甲板上晃悠悠地吃、住、生、死，在水裡晃悠悠地洗涮、飲用、排洩。

什麼都不能打擾上海人過他們的上海日子。包括一艙一艙被殺菌藥粉撒白了的猶太癟三。那個時候我怎麼會知道，就在我咬牙切齒罵我年輕的繼母「典型上海小女人」時，一條遠洋輪的底艙打開了，其中一個叫彼得・寇恩的年輕人成了我這個故事的起點。

年輕的彼得，二十五歲，看上去更年輕一點，因為瘦弱，誰都能傷害他似的，也因為兩隻憂傷的六神無主的眼睛，任何時候都在等你現成的主意。發現他其實蠻有主意，是一年多後的事。那時他的上海經歷及難民的嶄新身分使他脫胎換骨。那個時代一夜間得到新身分的人太多了。有了嶄新身分，不該脫胎換骨地去叛變、出賣，或者反抗、犧牲嗎？三七年夏天到初冬，日本人兵臨城下，中國軍人們要與陣地存沒與共，突然有了的勇士新身分使他們脫胎換骨，把死看成了另一回事。那時候我和同學們往陣地上送裝著糖果和香煙的慰問袋，也是在新人格的支配下，把槍炮流血看成了另一回事。正是同一群士兵在撤退南京時瘋了似的穿著短褲穿行嚴寒，扒下老百姓的長衫馬褂，往自己掛著勇士傷痕的軀體上套。這時他們的新身分是敗兵、逃兵。

彼得・寇恩濃黑捲曲的頭髮上一層白藥粉，走出船艙，絕望了：船艙外是一九三九年八月的上海，廣漠的腥臭來自誰都能糟蹋的江水和江岸，那臭味不比底艙裡好多少。

彼得是個容易引起女人注意的男人，寬肩細腰，明目皓齒，看著你的時候，不管目光的逗遛多短暫，但你相信那一瞬間他什麼也沒幹就是專門在看你；所有的思維都空出來，把看到的你放進去。他走上碼頭，拎著兩個牛皮箱，看到了迎接人群中的一張張猶太臉龐，一張張女性臉龐。女性都是些歲數一把的人，卻很沒出息地認為這小夥子對於自己的印象一定比對其他女人來得深刻。

就在彼得・寇恩完成了上岸入關的繁文縟節時，我正在我父親位於卡德路的房子裡預謀出走。

先要告訴你們，我的父親是誰。他是個值得問一問「是誰」的人。因為他是誰決定了我是誰，再決定我下面這段故事必將發生。我父親假如走到你們面前，你們會為他的體態、嗓音吃驚。其實他並沒有那麼高大，只不過他動作起來莫名其妙地占地方，所以顯得高大。還有，就是他走到任何地方，再陌生，他都是最舒服的一個人，相對而言，其他人就多少有些不適。我繼母把這叫作「洋派」。可他這是裝的。他的樣子讓你認為他屬於倒頭就能睡著、一覺睡到大天亮，吃起來胃口特別好、好吃不好吃都不會挫傷他對吃的熱情的那種人。其實他失眠加胃潰瘍，兩種病都跟他過分敏感緊張有關。他也許不知道自己在裝，但我知道，因為我也在裝。我要說這些，是因為這些導致了我的新身分：一個出生美國，成長在中國，眼下正準備離家出走的女大學生。所以你還要忍受我跑一會題。

我父親出生在美國，家裡開洗衣坊。那時十個唐人街的原始居民八個開洗衣店。不像現在，這又累又不賺錢的行當幾乎讓韓國人壟斷了。我們的祖先是客家人，長著客家人特有的大眼睛，潑辣的大嘴岔子，短方臉。我父親的兄弟們把祖父留下的幾家洗衣坊做成了上百家，永遠也搞不清他們有多少抵押，多少貸款，永遠也搞不清是賠是賺。我父親是我祖父投資教育的唯一一個兒子。讀財會專業。出來好做事。報紙上天天都有招財會的廣告。我祖父貧賤慣了，一分錢學費都不能在我父親頭上白花。學其他的，都可能白花。父親學完財會很不走運，那年各校的財會畢業生大豐收，華人公司裡的出納位置都是一個坑三人填。他聽說接著念書可以白花學校的錢。只要不花他父親的錢，他不反對一個個學位念下去。這樣，他學出了個政治經濟學博士後，他突然覺得他懂了華人在美國為什麼混得那麼慘。那不賴他們；那是幾千年來中國對於政治經濟學的愚盲。中國養不起她自己的兒女，使他們流竄到全世界去建唐人街，就因為她對政治經濟學不學無術。父親那時知道一個叫馬克思的猶太經濟學家，他很喜歡他著《資本論》的文采，可《資本論》對中國也不幫忙啊。中國得從掃盲開始。

好，對我的家史我就說到這兒。

我母親去世的時候，我十二歲。那年父親的朋友把他介紹到聖約翰大學，做政治經濟學教授。我父親是到上海之後，在男女方面才開竅的。其實上海在上世紀二、三〇年代是最不古板的地方，全世界的人想在道德上給自己放放假就來上海。再說，各國在上海的租界裡都有自己的行政和司法，風化也只能管到某條大街之內，而這些法律、道德、宗教的拼圖總是留下死角和夾縫。所以我父親一來上海，才發現自己在風月方面是運道很好的人。

他最終挑了個年紀僅比我大六歲的女人。他們結婚時我十六歲。在娶這個女人之前我們有過無數次失敗長談。等他的小夫人住進來，光溜溜的橡木地板上到處滾動著她的話梅核、五香豆殼的時候，我便威脅父親要住到學校去。那時我還在念高中。我指著父親的小夫人罵她：「典型的上海小女人！」她一點也不覺得我在罵人；多少人想做典型的上海小女人啊！

我把這句話大聲小聲罵了好幾年，沒有意識到自己也是個典型的上海小女人：看見小夫人穿一件新衣，便一定會向父親訛詐，逼出一筆錢來；看見她坐轎車出去，等車一回來，我必定跳上去，空跑幾條馬路兜風也好。一九三八年之後，我乘車兜風時，常看見穿著皺巴巴的西裝、背著雜貨箱串門賣貨的猶太癟三。這是我活到二十歲見過的最淒切的面孔。因為他們一點也不想破罐子破摔；他們做得那麼認真，那麼相信只要吃苦一切都會好起來。他們還希望你千萬別看到他不體面的西裝、集中營髮式。我突然覺得冬天的灰色黃昏中那些蒼白面孔擊中了我，擊中了我心裡一塊從未發現的傷。

彼得的面孔跟他們那些面孔排列在一起，一定是最動人的一張。就在他頭一次站在領救濟餐的長隊中，向一大鍋捲心菜洋蔥湯移動時，我提著箱子、臉盆從父親的房子裡走出來。讓妳這個上海小女人贏一記吧，我想。妳這個不洗澡但要搽香粉、抹頭油、噴香水的上海小女人。

搬出家門的第二天，我就出去找工作了。我是想做個好樣子給父親和小繼母凱薩琳看看。我要他們看看高尚和文明是怎麼一回事。父親還要談政治經濟救國，連我都要羞死。我退出我們家的政治經濟就是讓他們明白高尚不分先後，自立老少咸宜。我將自給自足，掙出去美國繼續學業的船票錢。

對我來說，理想的職位是不需要踩著鐘點上、下班的那種。更理想的是你可以一邊上班一邊做白日夢。我有兩個選擇：到一家高級餐廳去彈鋼琴，或去一個闊佬家私授兒童芭蕾或者鋼琴。但我馬上發現私授芭蕾、鋼琴並不消遙，男主人像所有惡俗羅曼蒂克小說中的男主角一樣，上來就動女家教的壞腦筋，而女主人都是讀這種羅曼蒂克小說長大的，嚴防自己成為這類故事的犧牲者，因此對於私授芭蕾的女家教上來就滿懷敵意。做了三個月，我辭了四份工作。

一九三九年底的一個傍晚，我從靜安寺大街上的一個英國豪宅裡走了出來。從那個女主人的藍灰色眼睛前面「滾出去」了。在這之前我用英國人十分鄙視的美國唐人街英語說她的女兒一邊屁股蛋比另一邊大，沒法學最基本的芭蕾招式。她叫一個中國傭人把工錢給我，叫另一個中國傭人到馬路上去為我叫黃包車，又叫第三個傭人去清點一下她女兒臥室的東西，看看少了什麼長絲襪或緞髮帶沒有。我往門外走的時候，她又把我叫住，「請」我走側邊的門。因為之所以設正門和側門就為了主、僕永遠不會肌膚相蹭或撞個滿懷。她把事情做得洛可可雕花般的繁冗複雜，為了和我那一口美國下層英語有個貴賤、文野之分。

我讓車夫把我拉到徐家匯。在馬路上晃蕩一會兒，走過一家法國餐館，又走了回去，因為支在門口的黑板上除了當晚的特例菜還有一則招聘廣告。這條馬路是我父親常來的，因為他特別喜歡附近的一家圖書館。這一年他從學校請了長假，為了著一部有關中國農業經濟和政治互動的書。其實他是在和小夫人談判，要去內地的西南聯大。這是一家新開張的餐館，因為兩年多以前這裡還是一家診所，躺滿了缺胳膊少腿的中國抗日勇士。

走進去的時候，一個瘦削的身影已經在鋼琴前面彈奏蕭邦的《蜜蜂》。他一面彈一面向周圍張望，這樣輕鬆的彈奏只能讓他當音階練習。

坐在他對面的是一個西服筆挺的黑髮黑髯男子。法國人，或半個法國人。那一半大概是阿爾及利亞人。半法國老闆聽得無動於衷，眼睛流星一樣不斷向幾個坐著客人的餐桌隕落。在鋼琴左邊，坐了五個男人，一律的難民面容。到了這一會兒，上海人對於救濟餐餵出來的半饑半飽的難民辨識力都很好。

我跟半法國人用英文交談了幾句。他用差勁的英語說我現在就可以坐到琴凳上去。我說正彈奏的這支曲子還沒完，他大聲說完不完他一句話。

坐成一排的五個男人全部朝我們瞪著眼。全是瞪著一塊巨大而無形的肉，或者（來得實惠些）一塊巨大而無形的麵包。他們靜默地坐在那裡，其實早已撕咬成一團，結果一隻橫飛出來的母貓一口叼住麵包的邊角。你們真該看看他們的臉。

五個人中的一個忍不住了，站起來叫我坐到第七個候考生的位置上。一看我的樣子就是那種無是生非從家裡出來找事做的女人：一條墨綠色低領口連衣裙，雖然是美國舊貨店裡來的，但它畢竟是闊佬的垃圾，質地上乘，我伯母才穿了一個聖誕就和一堆闊佬們的垃圾用海運寄給我了。還有就是我的態度：逍遙自在，去留兩可，這是半法國人最中意的一點，也是六個猶太瘸三即便變成蕭邦自身也敵不過我的一點。

半法國人正要還擊那個抗議者。我笑笑說，插隊是我們中國人的壞習慣，我願意改正。於是我抓起掛在椅背上的小皮包和大衣，準備往第六位候補生的位置上走。那束目光再次過來。這個瞬間我正好離鋼琴不到一步，在彈琴人的右側，是他環視的起始點。我連他有一點懶視的右眼都看見了。

不知為什麼，我心亂了。是一時間想到許多很不具體的悲哀事物的那種亂。似乎包括我那個被消防龍頭的淋浴沖得蹲下的祖父。就像眼前這六位，抖掉頭上的消毒藥粉，立刻滿城鑽營，報上登的「此房不對難民出租」、某某職位「歡迎應聘、難民除外」都擋不住他們。

臺上的人彈完了。另一個走上去。我好像同時在想好些事，又好像什麼都沒想。平時做白日夢是挺舒服的事，時間過得飛快，而這一刻的白日夢卻頗沉重。我被另一個人的彈奏驚醒。這人大約二十四五歲，也是個瘦子（瘦子已經不能作為猶太難民的相貌特徵了）。這個年輕的瘦子彈得好極了，好得我應該站起來就走。然而我前面的人沒有一個願意走，他們衷心希望老闆是個老粗，此刻甄別考生的是他那非法國人的一半。

不過他們坐得越來越不安。這個人彈這麼好，幹嘛不去別處高就？來搶他們一小時六角錢的工錢？

等這個人彈完，我被老闆叫了起來。老闆其實沒什麼不對，他找我這樣的年輕女鋼琴師可以興旺生意，等他發了財，他的孫輩可以做沙遜、嘉道理那樣的大善人。他叫我彈剛才那個琴手彈的《匈牙利舞曲》，李斯特的。我說我沒有翻譜的呀。老闆叫剛才的琴手別走，坐下來為小姐翻譜。

其他人都請坐吧。老闆打了個手勢，讓五個考生坐在一張桌上。不久，法式麵包捧來了，黃油和果醬跟著來了。老闆真有做嘉道理的潛質呢。

其中一個五十來歲的瘦子對老闆說，起碼應該聽一聽他的彈奏。他五歲就參加過鋼琴比賽。法學院畢業的時候，他參加了德雷斯頓交響樂團。他做律師的二十年從來都是交響樂團的候補鋼琴手。對了，也許老闆也需要一位元候補琴手？哪個劇團都有A、B角啊……這個小姐看起來纖細脆弱，說不定會頭疼腦熱，總需要個B角吧？

老闆對大家說每個人都可以做B角，只要把姓名、地址留下，一旦需要，就會請他們來，由B角變成A角。

前律師說，到那時他的全家已經餓死了。他衝著我來了，問我是不是缺了彈琴這碗飯就會餓死。

我剛才說過，我心裡特亂。一團大亂。我和我父親一樣，常常會有這種滿心大亂的時刻。這是突發奇想，或者大徹大悟，或者產生什麼大善大惡念頭的時刻。一般在這個時刻我目空一切，周圍發生什麼我都充耳不聞。我在一片混亂的思緒中似乎抓到了什麼，但再一理，卻發現抓到的已經溜掉。似乎是一個關於責任的追問：誰該對我眼前看到的饑餓的、悲哀的面容負責？不該我負責。仔細一想，也不完全該希特勒負責。因為類似的大迫害在幾千年的人類史上早就發生過多次。只是希特勒由於他的心理缺陷人格病灶使這迫害變得如此浩大。

我旁邊的人說話了。他對我說他非常需要這份工作，因為他得掙錢養活一家五口：父母、弟、妹。我仍然在想「負責」的事。你要養活一家五口，就靠一小時六角錢，這該誰負責？早期來上海、更早期到哈爾濱的猶太難民，他們九死一生、迢迢萬里，這些都該誰負責？我祖父登上美國海岸時，消防龍頭把他沖趴下，這可不是我把一個琴凳讓給你能夠解決的。

你看，我就是這麼個人，一邊做手裡的事，一邊做白日夢。我彈琴彈得不好不壞，手指頭靈巧如飛，不過如果你讓我打一份不關我事的公文，它們同樣靈巧如飛。

旁邊這個人說我的小指沒力氣。我說我知道，謝謝。他問我幹嘛不請一個人做教練，訓練小指頭。用不了一年，小指就能給訓練好。我笑了笑。

「我可以做妳的教練。」他說。

我看他一眼。這是個帶些貴氣的模樣。那雙手細長無節，簡直沒得說。年輕的瘦子非常靦腆。如此靦腆，卻找上門要掙我的錢，給我這個毫無指望彈鋼琴獨奏的人訓練小指頭。他可真被逼急了。他的眼睛又黑又大，你肯定沒見過那樣的眼睛，幾乎沒有白眼球。你別忘了，我不是個對外族男子缺見識的女人。我在美國長到十二歲，是讓異族人當異類看待的。但身邊的年輕瘦子不一樣。我說過街上那些背貨箱的難民有一天讓我突然感動不已，讓我發覺了心靈某處祕密存在的一塊傷，那麼，這個猶太青年讓那傷刺痛起來。他想賺我一票、想玩一點手腕讓我僱傭他的企圖太可悲了。他還想讓兩步之外的老闆聽到他對我琴技的診斷，這些都讓我心裡發堵。

老闆怎麼會在乎我毛病百出的琴技呢？僱傭難民會成為他慘澹經營的徵兆，客人們會看破它。老闆讓所有考生吃完麵包就回去等候消息，也讓我回去等他的電話。我把在霞飛路五六〇弄的住址告訴了他，彈鋼琴這口飯對於我來說可吃可不吃。

所有的考生（尤其五十歲的前律師）都對那巨大無形的麵包眼巴巴地瞪了最後兩秒鐘，不甘地陸續站起來。忍了半天不去抓渾身的癢，這下不用忍了，狠狠地抓了幾下。他們幾百人住一個大宿舍，蝨子、跳蚤、臭蟲在夜間從一具肉體逛到另一具肉體上去嘗鮮。

「好吧。」我對年輕的瘦子說。

「妳是指當教練這事嗎？」他問道。他的英語相當倫敦味。

我回答說不是的，我是指「A角」。這個鋼琴手的A角理所當然該是他的。但我暫時急需這位置。如果他願意，我可以再幫著找幾個比我還沒音樂天分的學生。因為他們學不出來，所以他可以永遠教下去，永遠有收入。我不記得自己當時會不會像現在這樣，一張口去就這麼玩世不恭。但我從很年輕的時候就是個不會正經八本的人。

我說：「怎麼樣？你可以忙得不得了，不過你要做好捶胸頓足的打算。他們比我還沒指望。」

他說：「那妳呢？」

我說：「我你就放棄吧。我豈止是小指頭的毛病？」

他說：「我是問，那麼好的掙錢機會，妳為什麼不去？」

他朝我側轉臉，鋼琴上的蠟燭映在他眉弓下兩口深深的潭水裡。

我突然感到了我們肌膚的接觸。凳子不大，我和他一直你擠著我，我貼著你。奇怪的是，只有心裡突然有了什麼，肌膚廝磨才發生意義。所以一切都是心靈作怪。我馬上向旁邊移了一點。沒有用，他的體溫和氣息和我的仍在交融。一陣燥熱來了。我的避讓反而使我們更敏感。

也許我在美國生活的那十二年（雖然成長在洗衣坊的後院），讓西方男人感到我像改良過的中餐一樣容易接受。也許是從小讓我母親的戒尺抽著學芭蕾，弄出了個優雅的假象。也許很簡單，我就是那種讓男人們認為很好上手的女人。後來彼得・寇恩說：「妳一進來，我就被妳的優雅美麗征服了。」陳詞濫調，是不是？不過那時候我們都看慣了好萊塢的浪漫故事，對類似的浪漫陳詞濫調充滿期待。別出心裁的浪漫語言，反而流行不了。

我一邊彈奏，一邊告訴年輕的瘦子（要到一個多小時之後，我才會知道他的名字叫彼得・寇恩），我選擇這個餐館，因為這一帶的書店和圖書館，都是我父親常來的。我墮落到做餐館琴手，他看到一定受刺激。

他顯然沒聽懂，這是什麼樣的父女關係。我要我父親看到他女兒自食其力的場面。這可是經典場面，多有戲劇性？在某個宅子裡私授鋼琴課，遠遠不如它催他自省，策他痛疚。

不用告訴你了，我當晚就被半法國老闆留下來，彈貝多芬、莫札特、蕭邦的那幾個陳詞濫調。現在，年輕的瘦子開始打聽我的姓名。

「妳叫什麼名字，小姐？」

「你呢？」我問他。

現在他不用給我翻譜了。那些調調太熟，自己找到路，從我指尖跑到黑白琴鍵上。我希望他緊挨著我坐在同一個凳子上，一直坐到我結束這一晚的工作。

他說他叫什麼、姓什麼。就是我已經告訴你們的那個常見的猶太姓名：彼得・寇恩。

我告訴他我叫玫，是英文May的諧音。五月的女兒，所以就叫五月。我們唐人街洗衣坊的成年人在起名字方面挺圖省事。但我在家裡叫「妹妹」，因為我伯父、姑姑們的孩子都年長於我，我是所有晚輩的「妹妹」。

「May？五月。我喜歡這個名字。」彼得說。

我看了他一眼，想拿他的名字和他的模樣對號。我懷疑彼得是表面消極、被動，實際上頗有攻擊力的小夥子。他馬上問我，結束工作後能不能一塊兒出去走走。

「去哪裡走走？」

「妳說呢，May？反正在外白渡橋宵禁之前，過到橋那邊就成。」

「一點鐘宵禁嗎？」

「嗯，所以還會有不少時間。來了上海我哪裡都沒去過，這個招聘廣告還是我在一張猶太人的免費報紙上看來的……」

你看，我賣琴藝不妨礙我和彼得閒聊。

「要不要我等妳下班？」他說。

我心跳加快了，手指頭也開始亂。他那麼想把這個夜晚變成我們倆的，卻又那麼六神無主地看著我，要我把他對我的邀請變成我對他的邀請。不知怎麼，這一點特別打動我。走走有什麼不好？它是最沒有後果，最不需花費的溫馨時光。這是一片淪亡的國土，周圍全是亡國的人們，和這個清秀優美、祖上就沒有任何國土的小夥子走一走……我點點頭。

餐館在十一點就基本沒什麼客人了。到底是個新餐館，來這兒的人都是為了趕飯，不是圖享樂。名牌餐館到凌晨天濛濛亮，還會有新到達的食客。上海有身分的人總是會在那幾個餐館照上面。

就像現在一樣，你去上海的幾家名餐館名酒吧，常常看見的就是那幾幫人。

我們在十一點十分走出餐館。他兩手插在褲兜裡，微微縮著脖子。才當幾個月的難民，就有了難民的愴惶寒酸的姿態。可以想見我祖父他們走到三藩市金融街的樣子；自己都嫌自己不知趣。（三藩市的金融街和唐人街幾乎相連。）

下面彼得對我講起他的家庭。

我們走在法國梧桐的影子裡。十二月初的樹葉落了不少，剩下的乾縮了，捲起邊，風從樹裡過去，發出紙張的聲響。我一邊聽一邊想像那個維也納近郊的房子，男主人和幾個合夥人創辦了一家私人銀行，做得勤勉之極，放在一九九〇年代的中國，就是個優秀企業家。經理太太和其他猶太妻子一樣，相夫教子，任勞任怨，理財方面無師自通。家裡沒有任何事情不是經過精心策劃的，包括這次逃離奧地利。母親和父親在一年前就悄悄地幹了起來，把房產出手，銀行兌現，向十多個國家申請移民簽證（不久後是三十多個國家，一年後是五十多個國家），而所有國家都拒絕了他們的移民申請。美國的領事對他們說，不服的話，歡迎他們半年後再次申請。

「美國也是個排擠、歧視猶太人的地方，妳能相信嗎?!」彼得停下講述，朝我睜圓巨大的黑眼睛，討公道似地攤著兩隻蒼白的巴掌。美國給猶太人的簽證定額並不因為納粹的迫害而增加。

我心想，我表哥一次去猶太人住的豪華社區送洗乾淨的衣服，回來時腦瓜讓猶太男孩們開了瓢。同一個表哥，有一次和幾個唐人街的男孩開了一個黑人小夥子的瓢。美國是個好地方，各種人都能找著歧視的物件，形成一個歧視的大環鏈。

彼得接著往下講。

彼得的母親可沒閒著，在丈夫被五十多個國家的領事館拒簽之後，她找到了一個位址。中國總領事館的地址。不少猶太人開始傳遞這個地址，說是那裡可以簽發去中國上海的簽證。

母親告訴全家，中國領事館裡有個何總領事，所有在總領事館門口大排長龍的猶太人都是等何先生開恩的。何先生一開恩可以讓全家到中國上海。

「上海？那是個什麼鬼地方？太遠了！」彼得的父親反對。

「太遠？」彼得的母親反問：「離哪裡太遠?!」母親這句話使全家苦笑了。對於從來沒國土的寄居者來說，哪裡算是太遠?! "Far from where?" 問這話的似乎不止母親。寄居者們幾千年來都會這樣苦笑著玩味這句詰問。

就像母親做任何事都留一手一樣，辦理去中國的簽證也是她的留一手。三八年十一月的「水晶之夜」爆發了。父親的一個合作夥伴被打死了。父親並不曉得厲害，利用他在商界的影響想跟一個在政界的熟人「談一談」。第二天一清早，父親就被堵在浴缸裡，水淋淋地穿上了大衣皮鞋，被帶走了。彼得抱著他的內衣內褲、降壓藥片、安眠藥片、床邊書籍追了兩條街，不知怎麼一來，負責逮人的男子一順手把彼得連同包裹一塊兒拎上了囚車。

母親的留一手太英明了。貝多芬廣場邊的中國領事館對於彼得母親毫不陌生。此前她已經來過兩次，每次都因為排隊的人太多而放棄。第三次是春天的清晨，領事館的大門上貼了納粹的封條，說是「此建築為猶太人產業，已被政府沒收」。而在不遠處的約翰路街口，一大片黑衣黑帽的猶太人。彼得的母親在這裡聽說，納粹封了中國領事館之後，何先生自己花錢租了一間私人公寓，掛出了領事館牌子，繼續辦公，給猶太難民發放去上海的簽證。等候簽證的人攻城一樣，裡三層外三層圍著領事館的院牆。一片竊竊私語，說不知誰告發了何領事，何領事的上司派了調查員來，看看何領事到底一張簽證賣多少錢。人們開始對小公寓內大聲說話：「我們可以做證啊，何先生一分錢的賄賂也沒收過；假如何先生可以賄賂，我們寧願讓他發財，也不願把帶不走的動產、不動產留給納粹啊！……」

人們圍到了中午，又圍到下午。太陽下沉了，大家才散去。彼得母親是唯一沒有放棄的人。晚上，公寓的門開了，裡面開出一輛黑色轎車。彼得的母親一頭扎過去。汽車鬧出一聲怪叫，停了。誰都能看出這是個急了眼的女人。她用不客氣的聲音對車窗簾後面的人說：「請給我們簽證！我的丈夫和兒子都進了集中營！……」她的架式很明顯：你不答應，她什麼都幹得出來，包括死在你車輪下。

車窗的簾子動了動。這一動彼得母親得寸進尺了，拼命拉住車門把，只要車子開動，她就給你拖在下面，拖出一道血淋淋的印記。

但她想錯了。窗簾動了動，露出一張十分文雅的中國面孔。隨後玻璃降下來。那面孔和所有中國面孔一樣，不露聲色。

何總領事開口了。他的德語非常輕柔，告訴彼得的母親，按說他現在正在接受審查，沒有權力發簽證，但他會想想辦法，因為她的丈夫和兒子被送進了集中營。納粹對所有離開奧地利的人制定了刁難政策：必須有接受國的簽證才能獲得離境准許。何領事知道關在集中營的人一旦有了離境准許，才能獲釋。

他拉開車門，請彼得的母親上車。然後從公事包裡拿出一張紙，一枝筆。他請彼得的母親把所有需要簽證的人名和住址給寫下來，然後回家去等郵件。

下了車她想到，該說一句冤案澄清是遲早的事。總該給這好人一句祝福。該告訴他天下好人都一樣，往往受到懷疑，太好的心腸沒法解釋啊；太好的心腸自古就惹人不高興，從基督開始就這樣啊。彼得的母親恍恍惚惚在馬路上走著，想到自己幸虧做什麼事都留一手，想到猶太人不得不留一手，還想到她逼著孩子們得滿分、當體育冠軍、拿鋼琴比賽名次都是為了留一手。不止留一手，留好幾手。儘管祖祖輩輩都學會過日子防這防那，做人留好幾手，該流離失所還是流離失所。彼得的母親走在別人的維也納大街上，看著音樂廳璀璨的大門，裡面從此不再有他們一家的座席。維也納的好日子，從此不再有他們一家的份兒。歧視和迫害也有好的地方，那就是它把猶太人逼得個個十八般武藝，個個都有投機天賦。

這時彼得和我已經站在黃浦江邊。江面上泊了一隻美國巡洋艦，唱片轉出來的薩克斯風吹奏特別地美國。吹奏輕一陣響一陣，江上的風向決定它的音量。風向一變，音樂裡混入一股魚腥臭和水面垃圾的氣味。我看看彼得的側影，希望他不在意這氣味不好的羅曼史序篇。

再往遠一點，三艘日本海軍的巡邏艇燈光星星點點。英國人和法國人的軍艇吃水太深，在更遠的江面上打盹。大家劍拔弩張，卻相安無事。

夜裡的外灘是情侶的。沒錢的情侶。不是情侶的在這裡蕩一蕩，分手時就差不多了。就像我和彼得。

我也講了我自己。嘰嘰喳喳的一個年輕女人，大概就是我那天晚上留給彼得的印象。我怕一安靜下來，彼得就會總結性地說：謝謝妳給我的這個美好夜晚。江水的聲音越來越響。我們四束目光投向遠處，投向氣味不好的夜色深處。我轉過臉，嘴巴離他的耳朵只有幾英寸。他的頭髮好密，一定是一個毛孔長了三根頭髮。只有風把頭髮吹起，你才發現他的額頭有多麼高大。典型的猶太額頭。他等我轉過去，再去面朝江水時，便也轉過臉來看我的側影。我的側影沒什麼看頭。欠缺一點起伏，過分含而不露。一個不怎麼漂亮的側面。我在他來不及轉頭時，猛地接住了他的目光。

「我過去不這麼瘦。」彼得為他的瘦弱道歉。

我就那麼看著他。我又不是在看他的模樣。他明白了，把一條胳膊圍攔過來。我的腰和背是他的了。漸漸的，我的肩，手，脖子，臉頰，都是他的了。我整個人在一分鐘內全是他的了。我們就那樣重疊著，看著一些船上的燈熄滅了，一些船遠去。

我說了一些傻話，現在就不跟你重複了。都是些不難想像的傻話。

他說的傻話比較少。但我知道我不該對一個剛從集中營出來沒多久的人要求太多。他若說了跟我一樣多的傻話，我說不定會失望。

我說：「我等你都等老了。」

他明白這意思。我是指自己等待這場天定的緣分。他把我摟得緊緊的。

海關大鐘敲了一下。十二點半了。

我叫了一部黃包車，跟他擠在車座上。車先送他去外白渡橋，還有二十分鐘就要戒嚴了。然後車再送我回我那十平方米的橡木地板亭子間。這樣就免了彼得掏車錢。可我到達自己亭子間樓下，車夫告訴我彼得偷偷地把兩人的車錢全付了。他已經開始預支我隨口許諾的那些工作的工錢了。

這時我猛地想到，我無法兌現我的諾言。蕩外灘蕩得兩人忘了人間煙火，最後該交換住址電話時交換的是長長的一個注視。那麼急需工作和工錢的猶太小夥子應該現實一些啊！而正是他對現實的短暫疏忽令我感動。什麼都擋不住戀愛，饑餓、前途渺茫都擋不住。

所以，你看，我那時把跟彼得的戀愛看得那麼重。對於我們那個年紀的男女，可以沒有麵包但不能沒有戀愛。我們對於荷馬、莎士比亞、海涅、普西金、拜倫、雪萊，以及貝多芬、布拉姆斯、孟德爾頌、舒伯特的解讀其實始終留著一些亂碼，要到一次真正的戀愛爆發，才能真正將它們解密。這就是二十一歲的我。

我並不著急，因為我相信彼得能夠在莫里埃餐廳找到我（就是我們相遇的那家法國餐廳）。每天下午五點，我去莫里埃餐廳上班，穿著老闆指定的黑旗袍。從側面看，旗袍開叉是一個完整的「∧」，幾乎裂到我三角內褲的底邊。黑絲絨上攀爬著龍和鳳，以及祥瑞雲朵。半法國人難道看不出，他的餐廳沒有龍鳳祥雲就已經似是而非得夠嗆了。

我每天晚上一面彈琴一面等待彼得。等到第六個晚上，等來了我父親。他是一個人來的，一看就知道在圖書館躲清靜，讀書讀得忘了午飯，五點半就餓得頭暈眼花，跨進圖書館外面第一家看上去乾淨的餐館。

他被引往一個火車座餐桌。他一進來我就認出他了。我告訴過你們，我的理想工作是一面幹活一面做白日夢。就是在這種半夢狀態下，我觀察到餐廳布置的每一個細節：義大利北方尤比諾（Urbino）似的拱頂拱門、埃及圖案的牆腰、洛可可式的吊燈、北歐鄉村的桌布、後工業化的蠟臺……所有的風格都在抬槓。我也同樣觀察每個客人，四個德國軍人非常吵鬧，一看就是年輕的莊稼漢；幾對上了年紀的中國男女自以為他們吃的是正宗法國菜，面色肅穆，因為開如此洋葷之前痛下了一番決心。

我四下張望不僅是由於無聊，也因為我在等待彼得。在剛剛開始的戀愛中，戀人們的自尊非常嬌弱，生怕自己過分主動，前一次約會流露過多而嚇著對方。六十年前，坐在一個叫做「莫里埃」的餐廳把琴彈得油腔滑調的我就是那麼想的：我在外灘一定流露過分了，傻話說多了。可是我多麼不甘心做個輕浮的年輕女郎讓彼得・寇恩記住或忘掉。其實我掉進了那種男女遊戲的圈套：因為想證實自己沒有被輕視而對於彼得更加死心眼，或者為了扳回自己的尊嚴而更執著地要等到他。彼得那麼需要我要給他介紹的工作，他怎麼會不出現？他要養活一家五口，看在這份工錢的份上他也會利用一下我的癡情來把工作拿到手。我寧可給他利用？我顧不上那麼多。彼得招呼也不打就消失了，這懸疑在我心理上迅速形成壓力，壓力迅速上升。我搞不清自己更愛彼得還是更愛自己那被輕賤的尊嚴。

好，這就是我父親在角落餐桌坐下時的我。他來得可真是時候，我正有氣沒處撒。假如不是他那個俗媚的、跟狗都發嗲的小夫人把好好一個家弄得俗不可耐，我會落到這地步，到假模假式的法國餐廳來當女琴手？若不到這裡來我怎麼會遇到彼得，讓他付了我的黃包車錢一去不回頭？我一晚上的柔情詩意就值那點車錢？

我父親桌上的蠟燭亮了。他居然不轉過臉來看看，誰把《獻給艾莉絲》彈得心急火燎，毫無真誠。他什麼都不關注，什麼都沒給他看到眼裡。他的漠視真徹底啊，朝我轉了一下臉都沒認出我。小夫人凱薩琳雞零狗碎、嘈嘈叨叨的幸福讓他偶爾氣悶，來一次短暫的離家出走，到這種地方來發發呆，對天下每天爆發的大災難回回神。我是到後來才知道，他那一陣在打一個大主意，想獨自去內地。因為他的小夫人絕不離開上海，他準備給她留一筆錢就悄悄離開。他將會把聯繫方式也留給她，假如她有興趣，可以按一條九曲十八彎的路線到內地和他相聚。

假如彼得這時來了，我會把他介紹給父親：喏，這是彼得・寇恩，我離家後的第一個"Date"。

父親在我搬出去的第二個禮拜找到了我。他找到霞飛路五六〇弄來了。我沒什麼難找，總有一兩個閨中女友把我的地址叛賣出去。那天我在外面吃了一碗攤子上的燻魚麵，又到弄堂口去拿早晨忘在那裡的大號熱水瓶。就在我提著一瓶熱水走進弄堂時，父親從一個剝毛豆、剝蝦仁的廚房竹凳上站起來，「布洛克斯兄弟」牌的風衣被風掀起，活脫脫一個瀟灑倜儻的便衣。

他一定等了很久，等得房東不忍心了，請他進去等，遭他謝絕後，讓娘姨端出這個竹凳。好在天不太冷，白天一直有個黏乎乎的太陽。沒有那個小夫人，我和他是另一種父女關係，非常非常坦誠，也非常地相依為命。我和他都有小女人無法參與的那一部分生命，就是我們在別人國土上成活的那部分人格。

我拎著熱水瓶，他敞著風衣，相對而立，剎那間看到的，就是我們形影相弔的父女關係。誰也幫不了我們。再堅強再灑脫，在別人的國家成活下來，都是創傷累累。凱薩琳是不會懂得這些創傷的，做了亡國奴也不會懂。

他說：「妹妹妳吃飯了嗎？」

我知道他一定沒吃，所以我回答說：「沒有啊。」

他高興地說：「那麼一塊兒吃飯去吧。我們去國際飯店，還是梅龍鎮？」他知道我們已經和解了。

父親是客家人，除了客家菜他對所有菜都是門外漢，上海菜只知道個梅龍鎮。我和父親這個晚上是死黨，為什麼敲他竹槓？所以我說特別想吃大排骨年糕。父親哈哈一笑，用英語說：「今天我有個 Cheap date。」

從那晚之後，父親有空就來和我吃一頓晚飯。有時把我的皮包拿過去，問一聲：「可以嗎？」我不作聲，他便打開包，往裡面放幾張鈔票。如果我說“No”，他會尊重我的獨立自主，把包還給我。每次收了他的錢，我都覺得窩囊，會好一陣不理他，他也會有種不好的感覺，他的小夫人以為我真的硬碰硬、獨立自主了，而父親卻一直在我這份獨立偷偷摻假。

該是大批客人進餐的時間了，父親轉過身，四下望，看看自己周圍怎麼一下子如此熱鬧。如此的鋼琴聲大作。這琴聲耳熟啊。等一等，那過分嫻熟又總差那麼一點力度的彈奏還能有誰？父親站起來，往我這邊看。一群美國水兵抽煙是鏈結式的，餐館被他們抽得茫茫陰霾，所有人都讓微辣的空氣弄得微含淚水。所以我父親更加不敢認黑絲絨旗袍上端的側影。更不敢認，黑絲絨開了條「∧」形縫隙，露出一整條腿的側面。

我彈著李斯特的《匈牙利舞曲》，自己給自己翻譜。我知道父親走過來了。

等我彈完，父親「劈哩啪啦」地鼓起掌來。旁邊的人樂得有人帶頭起哄，便跟著喊了幾聲"Bravo!"我爸爸剛才喝了兩杯葡萄酒，偽裝滿不在乎、豪爽率性裝得更逼真。他站立起來，巴掌拍得震耳，抵上小型啦啦隊。

我藉著下臺找水喝走到他身邊。他的所有不滿都可以用相反的形式發洩。

我說我找到這個工作才一個星期。怎麼樣，我的獨立宣言特醒目吧？我的腳踢了踢旗袍前襟。美國水兵們個個在瞬間飽了眼福。

「我去妳的亭子間找了妳好幾次。」父親不理會我的挑釁。「妳每天夜裡都回家很晚。身體吃得消嗎？」

「謝謝關懷。」

「我最近收到一筆錢。在美國投資的一點股票——妳伯父十年前幫我做的投資——賣掉了，賺得不錯。」

你看我父親多可憐：他想給我一些錢，讓我的大腿好自為之，別去餵養各國水手、大兵們的下作眼睛。但他怕直接說會刺傷我，就這樣撒謊，繞彎地哄我接受他的錢。我知道他在美國從來沒有一分錢多餘，供他去投資股票。他始終是個窮學生，只有別無選擇地做學生才能拿到一筆養家活口的錢。他是到了中國才過上好日子的。每個伯父都掏出點錢，為他們最小的弟弟在上海買下一幢房。「怎麼可以沒有自己的房子呢？」伯父們鄙夷地否決了父親的意見。從祖父開始，他們有點錢就買房置地，誤認為這樣買就能把人家的國土買成自己的。他們不知道，就憑他們的黃面孔，有多少地契都是寄居客。他們也想通過為弟弟買房把一隻腳插在上海，可是這房所基於的國土已淪喪給日本人了。

半法國老闆對我打著冷峻的手勢，要我馬上把屁股挪回琴凳上去，父親看見了，那客家人的大眼就像點了撚兒的炮仗，嗞嗞冒火星。我趕緊向老闆揚手一笑。

父親說：「這筆賣股票的錢凱薩琳不知道。」

「我才不在意她呢！」我用英文對父親說。假如不是我顧及大體，不想讓半法國鬼子、美國鬼子、德國鬼子、日本鬼子、種種的鬼子們看笑話，我會拉開陣勢和父親爭吵。在別人的國土上長大的人常用這一點給自己提精神鼓勁：絕不讓鬼佬們看笑話。

父親說假如我不好意思跟老闆辭職的話，由他去說。這是他在逼我。老闆就在一米以外，父親只要一句話就可以砸了我貌似獨立自主的飯碗。

「求求你，爸爸。」我用中文說。我爸爸不止一次說過，他更喜歡說中文的我，那個我帶著我故去的母親最初教我的中文口吻；那種大人跟孩子說話特有的娃娃腔。後來我學了英文，不管怎樣，背後都有了一個說英文的龐大主流社會，人就變得老三老四。而講一口娃娃腔中文的我，讓父親覺得擁有了一個不可視的私密空間，那裡面只有母親、他、我。

「為什麼？」父親問。

「因為我必須在這裡彈琴。」

「妳沒有回答爸爸為什麼呀？」父親個子大，是客家人裡少有的大個頭。但他這時跟我說話是用不著佝身歪頭的，彷彿哄勸的對象十分弱小。他把身體擺出這個角度完全出於習慣。正如他和我最親的時候，就稱自己為「爸爸」，「妳沒有回答爸爸呀」、「妳聽爸爸說」、「不是爸爸批評妳」……。

「我必須在這裡工作。因為我必須等一個人。」我一吐為快地告訴父親。

父親問：「等誰？」

我說：「等一個在這裡遇到的人。」

父親明白了。什麼肉麻的浪漫故事，居然也發生在他女兒身上。他本來還有一句訓戒，但想到自己在這方面也不是什麼好榜樣，就不說了，慢慢走回到他的座位上。我回到鋼琴前面，憑記憶彈了一支中國的滬劇小調，居然沒惹惱誰。大概也沒誰在聽。一邊彈我一邊看父親跟人吵架。他上前臺來和我談話時，侍應生以為客人走了，就把桌子給了四個日本人。父親本來要和我吵的那一大架現在和別人吵去了。四個日本人見父親對那侍應生（大概是個法國留學生）張牙舞爪，把會說的所有法語都拿了出來，趕緊嫌惡地離開了莫里埃餐館。老闆走過去，馬上就站在了父親的一邊，對侍應生伸出一個瘦手指，指著廚房的方向。等我再轉過頭的時候，老闆陪坐在父親對面，隔著一瓶白葡萄酒。老闆知道父親這種人大有培養前途，可培養成為他的老主顧。

父親等到我十一點下班，才和我續上四小時前中斷的對話。中間他到酒吧臺上用了一次電話，向他的小夫人告假。

剛才我們斷在哪裡？對了，斷在他瞠目結舌的一刻。他聽我說我在此地廉恥也不要、露著大腿彈琴是為了等一個不知去向的男人。

餐館還有幾個客人不聲不響地坐著，希望醒了酒好開路。我和父親走出餐館，在門口，他說：「妳等了他多久了？」

我說：「沒多久。」

父親說：「妳算了吧。」

「我現在有資格評論你的私人生活了嗎？」我裝成很經打擊很經傷害的樣，笑嘻嘻地說：「因為我也是過來人了。」

過去我反對他娶那個小女人，他說等妳懂得這種感情的時候，再來評論我的私人生活。

他問我等的這個人，是個什麼樣的人。

我說這很難說。我聳聳肩。看好萊塢電影看壞了，學到一系列程式化形體語言和面部表白，包括我現在微笑著的傷感。好萊塢流行的表情有那麼幾種尤其典型：微笑著殘忍、調侃著抒情、爭執著浪漫等等。

「我想妳也不知道。」我父親哼哼著說。「連他在哪裡做事，做什麼事都不知道。要不妳就找到他公司去了。」

「他不做事。正在找事做。」我說。

父親不作聲。他在某些方面跟我開洗衣坊的親戚們差不多，假如我的某個表姐和唐人街蔬菜鋪或雜貨鋪的男孩來往過密，我的伯母們會說：「找了那麼個窮鬼！」

只要父親再逼問我一句，我就告訴他，我找了個窮鬼，並且是個無國籍寄居此地的窮鬼。

父親很明智，一直不安地沉默著，什麼也沒再問。他叫了輛黃包車送我回家，自己在餐館門口等他的司機開車來接他。他在此留了心眼：假如司機看見我，小夫人就會知道我沒出息到了做餐館琴手的地步，也會知道他和他女兒在外面接頭。我也不願那小女人知道這些，把事情看得不三不四。父親在黃包車走出去十多米還跟在車後，滿臉自責：他不能在這樣混亂兇險的大上海把女兒護送到家。何況是個正在飽嘗戀愛苦澀的女兒。

就在那一瞬，一個可怕的念頭向他襲來。他突然停住了，一隻手緊拉住車梯：「他是不是猶太難民？」

我差不多能看到他下面那句話：我真是白養了妳！假如知道妳在二十一歲的豆蔻年華去和一個沒錢、沒國、沒家的難民廝混，何必要花那麼多錢培養妳跳芭蕾、彈鋼琴、騎馬……？何必揮舞戒尺、左一聲「為妳好」右一聲「為妳好」地做妳的死敵？……

為了他這一夜能睡個好覺，我說：「爸爸，放心，我不是傻瓜。」

❋

你要諒解我的拖沓。到現在，你想聽的人物還沒有出場。不過你應該快要看到了：貌似不搭界的一切實際上全都緊密相關。

接下去的一個月，始終沒等來彼得。我給自己一個期限：在一個星期內找到另一個男人，開始新的羅曼史。新的羅曼史是否進行得下去並不重要，它的功效是使我忘掉彼得。不管彼得負心，還是他遭遇不測，對於他的記憶讓我好痛。

你還年輕，肯定記得自己犯過這種毛病：某人的缺席反而使他在你心裡完美無缺。尤其對二十一歲的年輕女人，缺席的戀人變得越來越好，越來越俊氣，離那種搭幫過日子的未來越來越遠。彼得在現實中缺席，所以在我印象裡就無懈可擊地美好。

所以你能想像，等我真的再見到他，覺得他其實並不那麼漂亮。當然，猶太大營房那場傳染病，也要對他的愁苦模樣和緊張神色負責。

我什麼都想到了，恰恰沒想到這種大宿舍生活常常發生的事：傳染病。猩紅熱打倒了百分之四十的難民，尤其是孩子們。住在虹口的日本居民很多，他們怕傳染病蔓延到大宿舍外面，就讓日本軍醫把難民大宿舍封鎖起來，劃定成隔離區，有憲兵把守，不准人出入。二百多人的大宿舍（原先是倉庫，漏風漏雨，卻照不進陽光，家家戶戶只有一張桌布或床單作為牆壁，聲息相聞，能隔開的只有最低程度的廉恥）不止流行一兩種傳染病，有時一個沒有親屬的人病死了多天，都沒人報告，因為其他人需要他份內的那頓晚餐。幸而天不熱，病死的人在發出氣味前可以讓人們分享若干頓麵包和湯，同時也讓人們分攤了病毒。

彼得又捲又長的頭髮由於骯髒打成縷，沉甸甸地耷拉著，有些地方露出結著汗痂的頭皮。他原先的天藍襯衫泛出一層茶色，那是汗水一再浸泡、又一再被高燒的體溫烘乾的緣故。儘管如此，他嚴謹地扣著每一顆鈕扣。你該聞聞那氣味！一個人沒死就開始腐朽的氣味。

彼得見了我就笑笑說：「對不起，我不能擁抱妳。」

他大概塗了半瓶克隆香水，不僅無濟於事，那壞氣味更加豐盛。

我還是不顧一切地抱住了他。

一旦我們的身體緊貼，什麼都不重要了。我苦苦等了他六個星期，等不及他去清洗掉汙穢和氣味，以及致命的病毒，就把嘴唇貼在他嘴上。當然，這也是癡傻戀人的一種表白：你看，我不嫌棄你；你的病毒、死亡我都想要一份兒！我的舉動讓莫里埃餐廳的客人們隔著門玻璃錯愕，隨即譏笑。

我顧不上那些。天涯淪落人的感覺特別好。

他這副模樣是進不了莫里埃餐廳的。我對他說：「叫部黃包車，去我那裡。我會打電話給房東太太的。請房東家的娘姨到弄堂口的老虎灶去，給你叫一擔開水，兌上冷水就可以洗澡了。我房間裡有一個盥洗池，那個水龍頭可以接冷水。」

我把一張鈔票塞在他手裡。看他上了一部黃包車，我又想到洗澡遠沒有那麼簡單，跑上去，跟他說：「不對，你聽我從頭講——我床下有一個橢圓的大木盆，冷水必須用一根橡皮管從盥洗池接到盆裡，再摻上從老虎灶叫來的開水。洗完第一盆，用那個鐵皮桶把髒水盛進去，倒進馬桶，再洗第二次。我就是這樣洗澡的。房東太太人很好，就是不准房客用她的浴室。」

彼得走後，我回去接著彈琴。十點以後，老闆的新節目開始了：挪開了前面的幾張餐桌，讓半醉或全醉的各國鬼子們跳舞。這時我的彈奏更馬虎，坐得腰也僵了，人也乏了，不時架起二郎腿，打個哈欠。我滿腦子想的是彼得可別讓開水燙了，可別傻乎乎地去端整個木澡盆倒水——我忘了一個細節，澡盆裡的髒水得用那個瓢，一瓢瓢舀進鐵桶。自從我離開父親的洋房，花了兩個月才習慣這種麻煩百出的浴洗方法。

我一邊彈琴一邊還在想彼得告訴我的話。被隔離的日子他想到過自殺。後來他的父母弟妹全都病倒了，他更加看不出活下去等的是什麼。大宿舍裡一個年輕女人在孩子病死後自殺了。當時他沒有自殺，是因為家裡其他人沒流露這個願望。他不願孤單單一人去死。

我瞥了一眼窄小的舞池裡的人。彈奏變得惡狠狠的：我讓你們跳！讓你們醉生夢死！

……

我歇斯底里的彈奏讓這些牛頭馬面領會成了狂喜，他們的屁股扭得越發地圓，面孔越發地無恥。我讓你們酒綠燈紅腦滿腸肥！看看窗外的大街小巷，在日軍轟炸中丟了腿和胳膊的人蜷縮在任何一個能避風擋雨的門廊下。守橋的日本兵把一盞煤油燈扔進一隻住著中國人的船裡，大喊這樣的賤民就該沉入水底……

那是個星期六。我結束了工作後該領薪水。老闆說妳今晚彈得很棒，但我得扣掉妳出去跟人說話的半小時工錢。我聳聳肩。本來我息事寧人，讓他把七、八分鐘算成半小時。但接下去他就不像話了。他說：「以後讓他好歹洗洗頭，換換衣服再到我的門口來。他看上去渾身蝨子疥瘡。」我低著頭，一動不動。一般我這副樣子我爸爸就知道事情壞了；我給惹得太狠了。

「你知道彼得是幹什麼的？」我問半法國人。

「誰是彼得？」老闆問。

「彼得．寇恩是個優秀的醫學院學生，因為納粹迫害到上海來給你這種人渣蔑視。」

老闆說：「妳說我什麼？對不起，我英語不好。」

好，我換個詞：「人類垃圾。你這人類垃圾。來上海是因為你在你自己的國家做夠了垃圾。到了中國，你認為至少可以把中國人當垃圾。」

我口氣婉轉，一點火氣也沒有。因為我只是在好好闡述一個事實：來上海的各種鬼子大多數因為在自己祖國混不出人樣而到上海來碰運氣。在上海即便混不出人樣也有中國人墊底；中國人反正是可以不當人看的。

「給我這個月的紅包。」我向老闆攤開巴掌。他若不給，巴掌直接就上他的腮幫上去。

「我們說好每月有十塊錢的紅包。」

「妳還想要紅包？」他用了一句法語罵我。

我不用懂。他過去是個水手，水手在全世界海港造孽、留私生子、搜羅各國下流話。

我的巴掌沒上他臉上，抓住了他的領結。這種關鍵時刻你們能看出我是個求實的人。打耳光的動作是漂亮，但效果差些，他可以還手或忍讓，把紅包賴掉。捉住他的領結，一隻手不夠上了第二隻手。等拉架的趕來，老闆已經把五元錢扔在地上。

他用水手法語一連聲地罵。我在唐人街長大，難道會不經罵？

在罵聲中我彎下腰，撿起地上的錢。等我上了黃包車，發現自己抖得厲害。原來我並不經罵。我今天是怎麼了？我難道因為彼得回到我身邊，感到有所依仗，存心要惹一惹誰？還是彼得讓我失望？他在垂死的時候一點都沒想到我，我不是他垂死時的安慰和放棄自盡念頭的理由，這些讓我失望了？……

現在跟你講話的時候，我還記得我的不滿足。初戀的人總是不滿足，總覺得得到的比預期的和貪戀的要少。

黃包車夫的兩隻腳板「啪啪啪」地拍打著瀝青路面。坐在車篷裡的年輕女郎一晃一晃，漸漸離那片邪惡的熱鬧遠了。女郎把自己在戀人心目中的位置估計錯了。天下雙雙對對的戀人中，總有一個更癡的。這沒辦法，我的心太不驕傲了。

等我到家的時候，彼得已經離去。他得趕在宵禁之前回到大宿舍去。他洗澡的藥皂氣味還濃濃的。空氣濕漉漉，我的頭髮很快結了一層水珠。彼得是個識相的人，他把地板上的水漬擦乾了，順便擦了一遍整個房間。早上晾出去的內衣內褲也被他收進來，給我折疊得方方正正。我一下子想像出他在我這間十平方米的亭子間和我過小日子的情景。

後來我也是在他的藥皂氣味裡入睡了。

第二天一早，三樓和二樓之間的電話響了。我豎著耳朵，聽房東太太用一塌糊塗的英文說：「請等等，一會兒……」

我跳下床，披上薄呢子大衣，房東太太已經在樓上喊起來，說是一個叫寇恩的先生請我聽電話。一聽就知道她對我昨天招進來那麼個臭哄哄的猶太難民有火氣。居然還把大門鎖匙給了他！

我接了電話就說：「你送牛奶嗎？這麼早就起床？」我和那頭的彼得同時哈哈大笑。

我們約好七點半在虹口的乍浦路見面。我費了很大勁才讓他記下要去的「虹口大戲院」。本來我想去他住的大宿舍接他，他急壞了，一口咬定他能找到上海的所有街巷。他不讓我看到他一家的慘境，也是為我好。

虹口大戲院的最早一場電影七點四十放映，票價非常便宜。電影結束正好趕上去菲力浦家面試。菲力浦姓溫，他的長子是我父親的學生，他有個十六歲的小兒子在學鋼琴。從菲力浦家出來，我還要陪彼得去第二家、第三家面試。我們中國人在做事留一手上也不次於猶太人。

「那好，我要去洗漱了。」我對電話那一端的彼得說。已經有了一種很貼心的人才有的口吻。

放下電話，房東太太的一隻繡花拖鞋從樓梯欄杆縫裡落出來，在我眼前直接從三樓落到一樓。她的監聽暴露了，索性響亮地笑了笑說：「妹妹呀，以後不可以把我們的大門鑰匙給外人喔。這要闖窮禍的喲！」

她從樓梯上走下來，一隻腳穿拖鞋一隻腳穿絲襪。

「噢，好的！」我爽快地答道。我心情好得要命，她說什麼我都不覺得難聽。

房東太太說我父親每回來都那麼知趣，從來不進到樓裡面。

我急忙往亭子間跑，一面說好的好的，下次不給外人鑰匙了。

她還要囉嗦，說一個男人私自開了妳的門，跑進去，鄰居看了難看吧？

我還是大大咧咧，說難看難看。

她叫我不要太美國派頭。

我扭著兩腿，請她原諒，廁所還沒有上過呢……

她還在說。開了大門多少東西可以偷啊？廚房裡的鹹肉鹹魚、米箱裡的米、懸掛在樓梯欄杆上的兒童自行車……

我的好心情差點用完，但我還是沒發作。七點半有約會，七點四十分是我人生中第一場戀愛電影（那時戀愛不看電影不算數）。我沒空和房東太太一般見識。十分鐘我已洗漱完畢，衝下樓。

我早到了十多分鐘，在虹口大戲院門口飛快地走來走去。彼得準點到的，一面擁抱我一面說救濟早餐的開飯時間是七點整，所以他是跑步來的。

「妳今天很漂亮。」他對我說。這句話不怎麼獨到。美國男人對自己的女祕書、女下屬、車間的女工的一句悅耳廢話，或者對已成了糟糠的妻子的一句好意打發。不能找到更新鮮的開場白嗎？

我們走進去，室內光線幽暗，他甜蜜地對我笑了一下。這一笑可是金子都不換的。我的滿足立刻來了，二十一歲女郎的不滿和滿足都眨眼間的事。

他倒是讓昨天那個艱難無比的洗浴洗得一新。洗得蓬蓬鬆鬆的頭髮似乎多了一倍，臉上那層灰綠也褪了不少，雖然離健康的氣色還差很遠，但不再有一副觸目驚心的難民模樣了。看完電影，我們首先要去買一件襯衫。彼得已經跟我解釋過，大宿舍沒有地方讓各家放行李，所有人的行李被暫時露天堆放，只是上面蓋了油布。大宿舍的人只有兩件襯衫替換。病中他沒有力氣去排隊打水洗衣服，所以兩件襯衫都穿成了糟粕。

我們來到一個雜貨鋪，挑了一件價錢最便宜的白襯衫。鋪子是一年前到上海的猶太難民開的，一個角落租給了裁縫，為人改衣服和量身訂做。貨物要多雜有多雜，吃的穿的用的都賣。彼得的白襯衫聞上去是現烤出來的「貝果」（猶太麵包圈）香味。貝果或許會吃出樟腦球味。店鋪裡很暗，店主為了省電錢只開了一盞日光燈，燈光帶著微弱脈搏，垂危地起搏。店堂內像中國人的商店那樣，在空中拉開一根根鐵絲，上面拴了許多鐵夾子，每根鐵絲從各種貨櫃、各個角落往中央一個高高收錢臺集中，因而形成一個放射狀的網。你小的時候一定看到過那種收款網。猶太人就著這點好，到世界哪個角落都能汲取別人的經驗。我為彼得付的襯衫錢就被一個猶太店員夾在鐵夾子上，手一劃，「刺啦」一聲，鐵夾子和鈔票便乘著高空纜車到了收款臺。收款員取下鈔票，把收據和找還的零錢夾到鐵架子上，又是一劃。等彼得他從試衣間換上新襯衫出來，交易已經在那根鐵絲上成功地完成了。

「謝謝。」彼得說。

我說等他從闊佬那裡掙到錢，買一件朝陽格子紡綢旗袍送我。那件旗袍我想了好久了。我隨手一指馬路對面，那兒的店鋪門口有個木頭模特兒，挺著肚子張著兩手，身上穿了件鄉里鄉氣的旗袍。

他認真地看我，看不出我是不是胡扯。他這樣瞪著眼的時候特別無邪。不用問也知道他成長的環境多麼優越。父親超時工作，為他築造的那座帶大花園的房子就是個巨大的襁褓。在豪華的磚瓦加大理石襁褓中，他沒有多大自主權卻絕對沒有憂慮。他習慣讓父母去憂慮，習慣讓母親告訴他：穿這件大衣吧。配這條圍脖吧。來，再彈一小時鋼琴，然後上床去聽半小時「臨睡前童話廣播」。

彼得轉過身，新襯衫塞在他的西裝褲裡，束出一大堆摺子。他比頭一次見面（那時他從集中營到了船的底艙，又從底艙登上上海碼頭）要瘦得多。西裝褲臀部鬆垮，被坐成兩塊油光閃亮的橢圓。他再向我轉成正面，兩手往褲兜一插。他一定是這樣看著他母親的：只要妳說好看就妥了。

我說：「很好。」我當然是撒謊。

他笑了笑。等著我的下一個指令。

他這種金子堆大的孩子有一種奇特的無能。或者說毫無世故。彼得這時已經把操心的特權給了我：什麼求職、衣食住行之類的瑣事。不知為什麼，他這種無能和不世故讓我的心軟了又軟。二十一歲的女郎常常混淆各種內心感受，比如這會兒的心軟，在我看來就是愛。也許是愛吧。誰也不能界定真愛是什麼。

我把他的西裝外套披在他身上。彼得比我年長五歲，而他那大起眼睛、倒八字眉的無邪和無能，讓我感到自己剎時間老練起來。要為他操的心多著呢。在菲力浦面前，就要為他見風使舵。菲力浦的兒子彈鋼琴彈得不錯，為菲力浦這樣的闊佬裝裝門面足夠，但闊佬不滿足門面，他要兒子成個獨奏鋼琴家。

沒等我說話彼得已經開口了。他用緩慢而字正腔圓的倫敦英文說：「我以為是教初級或中級鋼琴。」

我敢說只要菲力浦一攤手：「看來誤會了。」彼得會立刻放下咖啡杯，從仿路易十六的絲絨沙發上站起來告辭。

我說：「彼得連初級學生也沒教過。在奧地利他只是每個夏天參加獨奏音樂會。要不學費可不止這麼一點。」一堂課三塊錢。

以上的謊言我是用中文說的。彼得是否獨奏過我不清楚，我的任務就是要花言巧語把彼得推銷給這個闊佬。

「噢，你是彈獨奏的？」菲力浦轉向彼得。萬幸他的英文是橋牌桌上練出來的，一不用心就聽錯，彼得轉過臉看我。我當然堅持把謊撒下去。我的第一語言是客家話，第二語言是廣東話，第三語言是英語。上海話要排在第五位，它前面還有普通話。上海話用來撒謊很好，似乎借了別人的語言，說什麼都不必自己負責。

菲力浦僱傭彼得也圖實惠，彼得滿口英文，可以給他兒子做語言陪練。這英文是不必花錢的。

彼得非常敬業，從難民大宿舍的室友那裡借來高年級練習曲，熬了幾夜把譜子抄下來。大宿舍二百多號人（傳染病之後減了員，但又有三個女人做了母親），十八般武藝七十二行當，彼得很快請教到如何給菲力浦兒子授課的方法。他每天跑步上課，學生從五歲到三十歲。那個三十歲的學生是位姨太太，不知聽誰說彈鋼琴可以預防老年性關節炎。她的母親得了關節炎，對她來說是巨大悲劇，因為她的手指連翡翠馬鞍戒都不能戴。

那是我和彼得最好的一段日子。我還沒找到合適的工作（別忘了，合適我的工作不多，不能打鐘點卡，又要邊幹活邊做白日夢），所以我整天陪著彼得給他的學生們上課。

他那個五歲的學生剛剛起步，彼得一個示範要做十多遍，第十遍跟第一遍同樣認真。語氣也同樣一絲不苟："Once again, please."

我總是把椅子搬到一個能看見他側影的角度。我喜歡在他完全忘了我的時候看他的側影。他一認真起來就把我完全忘了，這正是他最好看的時候。他的精神全部凝聚在目光中，因此樣子有點狠狠的。你可以看出他會有神經質的時候。他的溫良不是無條件的。

他會說：「還是不對，親愛的。」

他批評人的時候總要加上個「親愛的」，而在誇獎人時語言樸素。或許他的母親就是這樣批評他，要麼就是他的鋼琴老師。他的童年不太好玩，要完成父母一個又一個教育規劃。對音樂、騎馬、網球的好惡在他出生前就被決定了。他的「不喜歡」已經預先被否決了。不喜歡？沒關係，誰都一樣，都從不喜歡開始。有益於你的東西都不好受，當然你不喜歡。猶太孩子首先得習慣不好受的事物。

我看著彼得的側影。厚厚的捲髮壓著他高大的額頭。所有的長輩都要他好上加好；光是功課好不夠，還要樣樣都壓過你的亞利安種同學。他們的國家，他們是主流，要躋身主流，你只能比他們的修養更好，檔次更高。因為你起點不同，你是從一個被他們看得很低很低的起點走出來的，你只能走得比他們高。

我的母親是唐人街長大的，她要她的孩子我殺出唐人街去，就用戒尺把我釘在琴凳上，舞蹈把杆上。她寧可吃隔年的鹹魚，也要省出錢，把她的女兒武裝到牙齒，從唐人街殺出一條血路。她終於讓我對一切高雅事物的胃口敗盡。

彼得的母親不用戒尺，用淡漠陰沉、帶有先知性的語調對他說：「你沒有選擇，親愛的！」每個成年的猶太人都有資格做孩子們的先知。幾千年來降臨在他們種族的苦難太多太多。沒有選擇，必須有備無患。必須做事留後手。首先以最好的功課選學最賺錢的學科：醫學、法律、金融、科學，萬一不行，第二手準備頂上去：音樂、體育、藝術。

童年和少年的彼得氣也喘不過來，拔了尖再拔尖，他不是作為一個孩子活著；他是作為父母的志氣、希望活著。幸虧他母親的先見之明——眼下醫學學歷這張牌打不出去，他還有的是牌可以打。

彼得教學一分鐘不超時，到時候就從忘我境界中一躍而出。有時菲力浦的兒子想和他搭幾句訕都留不住他。他不掙陪人閒聊的錢。

我們從他學生家出來後會漫無目的地閒蕩一陣。我會提出一些可去的地方：老城廂去吃點心，黃浦江上坐乘涼輪渡（對了，我和彼得戀愛在早春，關係穩定後，夏天就來了），或者去墨海書局、商務印書館看不要錢的書。彼得讀過所有的經典文學著作，但對哪一部都談不上酷愛。

你看，我還是沒有讓傑克布出場。人老了，對過去的事情記得比當下的清楚。清楚多了。過去的事情再不好，談起來都味道不錯。

❀

這是我找到的照片。都不太清楚了。跨了一個世紀。你可以看出我的家和我少年、青年時的樣子。昨天你走了以後，我又仔細想了一下，覺得講述得不夠好。

我必須回過頭把菲力浦的家介紹一下。菲力浦祖籍是福建人，曾祖父跑國際單幫跑闊了。所以他家房子再大也只住得下傢俱和擺設，而住不下人。傢俱、擺設堆砌得能讓你的視覺窒息。南洋、西洋、東洋的東西雜陳一處，隨時隨地都有個影子般靜默的女傭在縫隙裡移動，為傢俱和擺設上無數的洞眼、雕刻、花紋擦灰，打核桃油。

菲力浦的太太有十多個傭人要指揮，很少露面。菲力浦有兩個兒子，大兒子是我爸爸的學生，在我這個故事裡沒他角色。我要說的是跟彼得學琴的小兒子。他叫溫世海，十六歲，通英文，半通德文。他形象沒什麼特別，但有一雙特別的眼睛。這雙眼睛上下眼皮都已鬆弛，讓你想到他要麼有嗜睡症，要麼徹夜不眠。世海世海，上上下下的溫家人都這麼叫他。從這一點看，我認定他沒架子，不讓人非得叫他「二少爺」。溫世海的眼神上了年紀似的，十分呆鈍。闊也能把人闊乏了。只有一些瞬間，當他說起日本兵占了他朋友們的足球場，在那裡練兵。或者，日本兵把幾個外地口音的男人抓到橋頭大廈（當時日本憲兵的監獄），要當抗日分子槍斃——這些個瞬間，他就有了另一雙眼睛，眼神是亢奮的，渴望走出常規，渴望奇蹟。

當今一個十六歲的男孩能幹什麼？還是讓父母服侍吃穿的大寶寶。最多頂一頂嘴，但不會有宏大的謀反企圖。那時十六歲的男孩子，已經幹得出許多大事，比如在日本軍徽的糧食裡灑六六粉，從百老匯大樓頂層撒反日傳單。溫世海就是一個在乖兒子的偽裝下，夜夜忙著抗日的小男子漢。

他每次在鋼琴課結束時，都想和我們聊聊。他不能和他的父親、母親聊，他們太沒骨氣了，早就在殖民者的勢力夾縫裡活得舒舒服服。他從我的一兩句對日本羅圈腿的打趣中看到希望，想把我的攻擊性語言好好利用一下，提升一番格調，變成抗日的積極力量。可我就那麼點激情，那一刻全用在戀愛上。

「你們到我們學校來參加音樂會吧。」他在門口給了我兩張票。他上的是一所美僑學校，集聚了不多的中國富豪或名流的子女。「我們的音樂會很靈的，兩個女高音都灌過唱片！請一定賞光！」

這一刻世海的兩隻眼睛一點也不呆鈍，我和彼得就像是他走出平庸的嚮導似的。

彼得熱切地看著我。希望我答應他去這個音樂會。

音樂會規模不大，在學校的禮拜堂裡舉行。彼得看見一對對珠光寶氣的男女擁著一個個如花似錦的少年，便輕聲向世海打聽，那一對對男女各是什麼名流。

禮拜堂的門廳寬闊，擺出長條桌，上面陳列出冷餐。門廳的一頭，搭起一個酒吧。上海的各國美餚這裡都有。歐洲一片戰火，可是她的葡萄酒、香檳照樣整船運來。一九四〇年的六月，上海的猶太難民正抱怨天亮之前走路常常被屍體絆倒，抱怨只生孩子而不餵孩子的中國父母，把孩子的小屍首到處亂扔。這些抱怨者該到這裡來換換眼界。藏汙納垢、蒼蠅如雲的上海包藏著這樣一個精緻高雅的上海，這兩個上海似乎從來不碰頭。

學生家長裡有一個美國醫生，他在百老滙大廈附近開了一間私人診所。他正好在我前面取冷餐，大聲地談論上海當地供應的生理鹽水和葡萄糖不夠乾淨。美國人嫌惡黑人和中國人嗓門大，而這位美國醫生的嗓門又讓他周圍的幾個英國人皺眉撇嘴。

我笑著問他，能否把他手裡的公用銀夾子放回去，因為我需要用它取兩片佛吉尼亞火腿。他的大紅臉蛋更加紅了，對我誠心誠意道了一聲抱歉，我說：「沒什麼，我去過您的診所呢。」

「噢？」

「是的。我去那裡申請過口錄打字員的職位。」我打字飛快，比彈鋼琴出錯還少。

「真的？」

「我的打字考分第一。您當時是這麼告訴我的。」

「那是什麼時候？」

「去年秋天。」那時候我正在為離家出走做準備。

「後來呢？我為什麼沒有錄取妳？」

我聳了聳肩。我心裡明白，被錄取的是第三名。只因為她是個半美國姑娘。她那亞洲的一半不明顯，稍一偽裝可以成個很亂真的純白人。

「我知道了！」醫生說，紅而亮的大臉蛋上升到顴骨上。「妳太漂亮了，我不敢僱用妳！」他藉著恭維吃我豆腐，也賴掉了種族歧視的嫌疑。

其實沒什麼，我們唐人街長大的孩子，在這樣的事上看不開，就不要活了。

我把彼得叫到醫生面前。給他們介紹：「這位是唐納德醫生，這位呢，醫學院優等生彼得・寇恩。」彼得那隻鋼琴師的細長手指被唐納德醫生粉紅色、又寬又厚的手包住。粉紅色大胖手看起來就溫暖，可靠。彼得說他把醫學院的成績單帶到中國來了。

唐納德問彼得是否介意到他的診所去塗塗紅藥水、紫藥水——他非常抱歉，只能讓優等生屈才幹這個。週末會需要他做夜間值班的醫生，給為妓女爭風吃醋、打得皮開肉綻的水兵縫縫針之類。唐納德醫生心裡想得很美，這個誰也不要的醫學院優等生到他這裡，出賣的是廉價體力加腦力。

我還想把彼得再推銷得好些，他已經滿口答應了唐納德。他在唐納德身後向我飛了個吻。顯然事情進行得十分迅速，彼得已經把那份即將得到的醫助工資加減乘除了一遍；它比他教四個鋼琴學生要掙得多。多十塊錢。這樣他就可以租一套帶浴室的小公寓，一間給父母住，弟、妹和他在客廳兼飯廳打地鋪。他微笑著聽唐納德醫生講解著上下班制度，以及如何對待偶然求醫的日本傷兵，但他巨大的黑眼睛看到的根本不是唐納德醫生，而是從零開始的好生活。

從唐納德醫生身邊走開，彼得到酒吧取了兩杯檸檬蘇打。一杯遞給我。兩杯淡青冒泡的飲料裡冰塊叮噹作響，他的杯子碰在我的杯子上。彼得太缺乏惡習，連白喝的酒也不碰。

「怎樣謝妳才好？」他高興得神魂顛倒。

「別謝我，愛我。」我說。

「當然。」他喝了一大口蘇打。

我心裡突然亂糟糟的：他突如其來的好運氣似乎減輕了一點我的重要性。沒錯，從那個排洩都避不開人的大宿舍搬出來也是我巴不得的，但他的新生活會不會讓他從我身上分心？他是個敏感細緻的人，馬上就低下頭來看我的神色。

他問我是不是哪裡不好。

我說好得不能再好了。這是實情，只要他好，我還能不好？

他說那就好。但他沒有完全信服。

「其實你該謝的人還有世海。」我指指遠處，世海跟幾個同齡人正嚴肅地討論著什麼。溫先生溫太太的票子顯然被他們的兒子自作主張贈給了我們。世海有一次對我說，他的父母既不懂音樂也不愛音樂，就是死逼他彈琴，死逼他比賽拿第一、第二，拿了第三回家就要吃「生活」。只有父母吵架的時候母親才說實話：「叫阿海個小死人不要敲棺材釘了好啦？天天敲得我腦子疼！」

我和彼得走到世海的小圈子旁邊，少年們一哄而散。他們是今天餐會上最嚴肅緊張的面孔；他們忙的是重大事物，成年人們卻百無聊賴，美酒美食加有口無心的美言。

「世海，謝謝你。」我說，伸手拉著彼得，「喏，彼得在一家美國診所找到了一份事做。」

世海說：「那你不教我鋼琴了？」他呆鈍的眼睛流露出不捨。

彼得說：「怎麼會不教？只不過要改變授課時間。」

彼得可真有他的，我想。原先我以為只有中國人肯如此吃苦，生活在工作中。保持教琴的工作，是彼得給自己留後手。沒辦法，他不能不保險上加保險，能掙的錢他都掙，趁著機會就在身邊。

世海的同學在一邊向他打手勢。世海的眼睛精光四射，上下眼皮也不鬆弛了，迅速朝門口看去。幾個日本軍人走到了門口。

彼得說：「你看星期六下午三點如何？我星期六晚上五點開始上班。」他看著自己的手錶，上面有日曆、星期。彼得告訴我他們離開奧地利時納粹連手錶都不放過，現在他們全家只有一塊錶，誰出門誰戴。「三點鐘合適嗎？詹姆斯？」詹姆斯是世海的英文名字。

「合適的。」世海把臉轉向了彼得，注意力卻仍留在門口。美僑學校的女教務主任在和幾個日本軍人交談，大概謝謝他們光臨，但也謝謝他們立刻止步。雙方都是多禮得可怕，又冷傲得可怕。

我也給這節外生枝的場面弄岔了神。

彼得的背對著門口，他對正在上漲的緊張空氣絲毫沒有察覺。

我低下頭，看見所有尖尖的高跟皮鞋跟一動不動。抬起眼睛，又看見所有被擎在手裡的香檳、葡萄酒、蘇打水也一動不動。連啤酒、香檳的泡沫都不敢亂冒。

四個日本軍人跨了進來。

「假如星期六不合適，星期日下午兩點，怎麼樣？」彼得認真之極的眼睛只看見世海。他是此刻唯一說話的人。

世海點點頭，穿白色和棕色三接頭皮鞋的腳開始往旁邊移動。

我在想，這些日本人來這裡幹嘛，我們這裡的紅男綠女誰都不像惹了他們的人啊。

世海的目光頻頻向四個日本人瞟。我發現剛才跟他一塊兒的幾個小男子漢全不見了。他們闖了禍，還是正打算闖禍，把這荷槍實彈的日本兵給招來了？

日本人通過一個翻譯說，他們得到可靠情報，這個學校裡有反日分子，並且利用今天的音樂會進行反日宣傳。現在他們的連隊已經封鎖了這個學校的所有出口。反日分子請不要連累善良的和平主義者們，請自己站出來吧。

美國人開始受不了了。請日本軍人立刻滾出去，這裡是美僑的領地，美僑好不容易開個音樂會樂呵樂呵，他們還要編藉口來煞風景。

美國式大嗓門像美國牛排一樣，這時特別解氣。

打頭的日本軍曹說：「好，沒人站出來。我們就只好搜索了。」

他們不一會兒就從禮拜堂的鐘樓上押出幾個十六、七歲的男孩。就是先前滿臉事關重大的那幫小男子漢。

他們的家長在客人之列，立刻站出來，質問日本兵是否有證據。

「全城到處都是證據，」日本軍曹說。「他們幫地下抗日分子到處張貼反日標語！」其中一個日本兵「唰」的一聲抖出一張「證據」：一條抗日標語連同尋人啟示、租房啟示、包醫花柳病的廣告一塊兒被揭了下來。標語的大致內容說：俄國、英國、美國都將支援中國軍隊打回江南。

「那你們怎麼能確定是他們張貼的？」一個相貌年輕的母親說。「要麼你就捉賊見贓，要麼你就是胡亂栽贓！」

翻譯頗費了一會兒事才讓日本兵明白了這兩句話。

日本軍曹說：「我們不會平白無故抓人，當然有可靠的消息來源。」

美國女教務長說：「那好，他們是我學校的學生，假如他們真的犯有你們所指控的反日行為，我們先要以校紀整肅。」

軍曹一擺腦袋，手下們一下子端直了槍，幾步衝到溫世海面前，用槍頭杵在他略有些佝僂的胸口上。誰也沒反應過來，日本兵已經從掛衣服的衣架下面拽出幾張捲起的長條紙，不用打開就知道它們的材質和那張標語一模一樣。

世海顯然是害怕搜身，想趁早把「證據」轉移。卻被那個三十來歲的日本兵抓個人贓俱獲。

彼得一直到這一刻才完全醒了。他臉色灰白地看著日本兵的槍托一下一下落在世海頭上，身上。一米七二的世海滾成了一個球。我上去拉他，又惹那日本人來了火氣，一槍托朝我的肩膀夯下來，若不是我躲打躲得好，肩膀一定脫臼了。

彼得大大地張著兩隻黑眼睛，似乎傷心和委屈同時湧上來：怎麼走到哪裡都躲不出殘忍和暴力?!他原以為一切可以從零開始，連惡運都可以降到零，可一回神，自己又在流血汩汩、猙獰面目的圖景中了。

整個餐會起義了，各種語言在叫喊：「停止打人！停止行兇！……」

十多個日本兵從院子外趕進來，開著冷氣的前廳剎那間一陣熱哄哄的汗臭。

日本軍曹打人打得他自己臉也煞白。他拎起被他打成一球的溫世海，指著前面被搜捕出來的幾個男學生，問誰是頭頭。

溫世海鼻子以下一片血肉模糊。他避開日本兵的逼視，身子儘量躲到一下子打不著的地方，左肩斜出去。似乎他練過拳擊，正採取防禦姿態。

日本人連吼幾遍，世海終於抬起眼，朝那幾個男學生看去。這時一個母親說話了：「詹姆斯・溫，你自己作事自己當，往阿拉凱文這裡看啥看?!不作興血口噴人的，阿拉凱文沒證據被人家日本人捉牢!儂血口噴人也沒用!……」

世海是好樣的，趕緊把眼光收回，快速眨巴著鬆鬆的眼皮。

日本人通過翻譯對世海說，他若不交出頭頭，就得去憲兵隊坐牢。

我用英文跟世海說：「別怕，你父親認識的人多，說不定不會讓你吃太多苦頭。我這就去通知你父母。」

不少人開始拿包拿帽子，打算離開這個是非之地。三十多歲的日本兵卻宣布，每個人想要離開，必須要經過搜身。女士們相互搜身，皮包交給士兵。

又是一片各種語言的抗議。日本兵像是沒聽見，嚴謹負責地把男賓女賓分開，又看著女賓結成雙對，把手伸在對方僅裹著袒胸露背絲綢衣裙的身體上。虧他們想得出這樣失體統的法子。

唐納德醫生嗓門最大，雪茄煙一樣粗的手指點著日本兵說，他要讓美領館發抗議照會。所有日本兵都是只忙自己的，你們說什麼話解氣就說什麼，隨便，請吧，只要你們按指令抬起兩手，脫下皮鞋、解下褲腰帶。

女賓們都穿著絹紗的雞尾酒會小禮服，皮包裡的東西也一目了然，除了粉盒、小手絹，就是易帶的香水、檀香扇，無非如此。我是最後一個被搜查的女賓，日本兵叫了一個學生的母親來抄我的身。當然是什麼也沒有，我看見在男賓佇列裡的彼得噓出一口氣。

出了禮拜堂，我向美國女教務長打聽，能不能用她的電話跟詹姆斯・溫的家長聯絡，女教務長叫我放心，她已經吩咐人去通知了。

這時，兩個日本兵正把世海架到三點鐘的酷日下。彼得冰涼的手按在了我那挨了一槍托的肩上。

我轉過臉看著他。我心裡在說，彼得，看見了吧？有國土也沒用，人家找到你的國土上來作踐你。

他的手在我受傷的肩頭撫摸著。

彼得說：「妳的陽傘呢？」他看見我在毒太陽下皺緊面孔。

我走回禮拜堂，七、八個穿雪白制服的侍應生正在撤下餐盤。擺得像珠寶一樣的俄國魚子醬圖案尚未被破壞。地獄中的天堂塌了個牆角，四、五個日本兵仍在對那幾個少年反日英雄盤問。他們的父母坐在一旁，母親們不斷擦著淚或汗。那個叫凱文的學生西裝上全是汙黑的塵垢，顯然在鐘樓上某個積了半世紀塵土的角落和日本兵捉迷藏。

我對日本兵比劃著：陽傘。

日本兵橫過步槍擋住我的去路。告訴你們，我們這樣受外族人欺辱的孩子自尊心是畸型的，病態地敏感，在能倚仗自己身分優越的時候一定不放過機會。這就是為什麼我的包裡放著美國護照。各種外族人在上海進行種族優越競賽的時候，我絕不放棄我美國身分的優越性。

就在這一刻，我和面前的年輕日本兵臉對臉。我真該服一服軟，捨棄那把舶來品陽傘掉頭走去。可是我的病態自尊心大發作。「啪」的一聲，我按了一下小包的搭扣，金屬的包口像貝殼一樣張開。我取出我的美國護照，給年輕的日本兵看了一眼。我的意思是：我不是你占領國的公民，別跟我神氣活現。

他翻了翻護照。我在他眼裡太神氣活現。他乾脆一橫心，槍桿子抵在我身上。

按說他這樣耍橫也說的過去，因為他們正在盤問那些小嫌疑犯。

彼得不放心了，從院子那頭跑過來，一面叫我：「May！妹妹！不值得的！……」到這個時候，他已經喜歡叫我的乳名了。

「彼得，可憐你們祖祖輩輩都是打不還手、罵不還口，仍然落個被趕盡殺絕的下場。」那是我在心裡說的。

彼得的規勸讓我鬼使神差地往旁邊一閃，從步槍旁邊繞了過去。我的傘就在那衣架下面擱著。我穿過日本兵的步槍射程向衣架走去。在租界打死一個美國身分的人，大概會有點後果，我正是依仗這一點。他們在三七年冬天攻占南京時假裝誤擊，炸沉了美國軍艦 Panay，上面載著大半個美國領事館，但在租界裡他們不敢輕易「誤擊」。

「站住！」日本兵喊道。雖然不懂他的話，但從他的語氣我知道他一定勒令我「站住」。我已經到達了那個衣架前面，無所謂站住不站住。我回頭看了他一眼，指指掛靠牆斜倚的那把白色綢傘。傘是舊貨店買的舶來品，用降落傘綢做的，十分牢固，晴雨兩用。我的背現在是個好靶子，黑洞洞的槍口怎樣發射命中率都會不錯。

抗日小勇士們都不為自己擔心，為我擔心起來。

我從掛鉤上取下傘。那傘有一個傘套，邊緣一圈黑底白點的裙邊，非常地布爾喬亞。

戲劇到這裡可以完了——我已經跨出了禮拜堂，對站在碧桃樹蔭下的彼得笑了笑。日本兵對自己不精彩的收場也認了。你們知道當時舶來品裡剛剛有自動傘：第一代自動傘。按鈕一按，那一聲「砰！」比現在的自動傘可響多了，傘就像點了撚兒炸出去的焰火，怒放在你的頭頂。別忘了我從家裡出走前也有小女人的可愛惡習：搜集各種奇物，這把舶來的自動傘是其中之一（那時我買的不少舶來品是舊貨商從猶太難民那裡低價收來，包裝一番，放在櫃櫥裡，專供讓我這種女人去獵奇）。我已經走出禮拜堂的前門，可我又一次鬼使神差，抽下傘套。你發現沒有，鬼使神差往往導致突然的災禍和幸運。當我砰的一聲按下自動傘的按鈕，已經晚了：傘套中的紙片散落出來。日本兵們被那一聲揚眉吐氣的「砰」吸引了注意力，向我轉過臉，看見的恰恰是這些散落的紙片。

只消一秒鐘，我就明白它們是什麼。是油印的小報。也許抗日小勇士們在危急中把它們藏進來的，也許是世海抬舉我，想讓我成為他們抗日主張的非自願傳播者。後來證實是後者。日本兵在門裡就吼得震天價響：「不許動！動一動就開槍了！」這些話都是我猜的，但他們除此之外還能喊什麼？

當翻譯的娘娘腔男子馬上就讓日本兵明白這都是些什麼紙片。紙質很差，不比煙紙店包大頭菜的紙好多少，油墨味極濃厚新鮮，我應該隔著傘套就聞出來的。現在晚了。

彼得向我走了兩步，看著日本兵們把我兩隻手扭到背後，看著我連衣裙的領口被扯得成了絞索。

「誤會了！」他用漂亮的倫敦英文大聲說，嗓音大幅度抖顫：「絕不是你們想像的那種事！……」

全部日本兵都上來對付我，那些少年勇士們趁機在父母的掩護下匆匆奔出門，奔下臺階，眨眼間消失在一輛輛汽車裡。

「對不起，等一等，先生們誤會了！」彼得又向我的方向靠近幾步。他的漂亮英文全白白漂亮，此刻沒一個既懂英文又懂日文的人做翻譯。

我也在不斷地跟娘娘腔漢奸說，我一點也不知道傘套成了抗日宣傳品的儲藏箱，對此我完全無辜。

漢奸心地倒不壞，為我沒少著急，翻譯得一頭汗，還讓日本人不要擰我胳膊，橫豎我跑不了。女教務長帶著一個學生跑來，那學生會日文和英文，她要他把意思轉告日本兵：誤會實在鬧得太大，必須安安靜靜坐下來，請美國領事館的二祕來聽審。女教務長指著我：「像她這樣一個有美國身分的小姐，何苦捲到這種徒勞無益、聊勝於打嘴仗的反日文字宣傳裡去？明擺著是一場誤會。」

日本軍曹煩透了這個美國女人，對翻譯說，勞駕美國領事派人去日本憲兵隊澄清誤會吧。美國領事若自己去，更歡迎。

我看見彼得的大黑眼睛瞪著我，還是在向我討主張：他下面一步該怎麼走。

「彼得，去找我爸爸！電話是4259！」我用英文對彼得說。

果然他頓時有了主張，轉身飛快地走去。

其實這時我已經非常後悔。女教務長的幾句話提醒了我：徒勞無益。我闖進去取傘本來已經夠蠢，還要把戲劇推向高潮：在自動傘上勾了一記扳機，為自己受辱的唐人街長輩和同輩爆炸一下嗎？讓中國同胞和彼得的同胞們的本性怒放一回嗎？幼稚愚蠢啊。

我在拘留室裡待了多久我不清楚。拘留室是沒有窗的，也沒有燈。我的手錶在進來之前被抹下去了。沒抹下去我也不會看得見時間。不過有秒針細微的「嚓嚓」走動聲要好過些。否則時間空間混成一個大黑砣子，實心的，我被鑄在裡頭。

唯一可幹的就是想念彼得。他這會兒已經見到我父親了，肯定見到了。我父親第一個感覺是：他看上去真像個難民啊。他們立刻讓司機把他們載到美國領事館。糟了，兩人大眼瞪小眼：這是星期日啊！美國人在某個高爾夫俱樂部打球，或者被沙遜請到他在虹橋的別墅騎馬去了。他們所能求助的，是一個值班的中國僱員……

情況比我在拘留室裡想像得還糟。彼得連我父親也沒找著。接待他的是我的小繼母，她除了會說：“Charmed!”就是“My name is Kathrin.”他怎麼費勁也無法讓她明白發生了什麼人命關天的事。所以五分鐘後，彼得就從我家出來，在往美國領事館的路上小跑。彼得非常節省，只要能用兩條腿，絕不乘車。

我昏昏欲睡，聽著上百隻蚊子向我衝鋒吶喊的時候，彼得到達了美國領事館。正如我想像的那樣，所有外交官們都消失在上海各種豪華娛樂中，接待彼得的是一個站崗的海軍陸戰隊衛兵。

衛兵叫電話值班員接手這個案例，自己回到崗位上。接線員往所有可能的地方打電話，但官員家裡都是舉家外出。那時上海洋人社會的風氣就這樣，週末沒人待在城裡。外文報紙上登滿好玩的事物：賽馬、賽狗、賭回力球、消夏輪渡、水球、高爾夫……。

接線員告訴彼得明天一早再來。與此同時我在劈里啪啦打蚊子，渾身搔癢。我沒有看見這間拘留室是什麼樣子，從味道判斷，它的地上、牆壁上祭的血債不少。糞便和血以及腐爛稻草的氣味在六月梅雨季發酵，滋養了一個龐大的蚊子王國。或者蚊子就是被圈養的，是第一撥行刑者。我不停地打，皮膚還是腫脹起來。又過一會兒，我眼皮都給蚊子咬厚了。

我動也不動地坐在一個位置。我怕一動會碰到什麼不悅人的東西。似乎只有我屁股下的一小塊地方是被我坐乾淨的，因此也就是安全的。外面的汽車、馬車過往，偶爾也聽見駁船嗚叫。我的希望上升又下降。

後來我才知道那晚幫了忙的是那個女教務長。她的名字我記不清了。真不該，她是一個我應該記住的人。我記得她的姓是D開頭的，不妨就叫她D女士吧。D女士其實一直在和憲兵隊交涉。我在小黑屋裡餵蚊子的時候，她就坐在拘留室外面的長椅子上。她很硬氣，說假如憲兵們在沒有證人前對我動刑，日本方面就要對下面的連鎖國際反應負責。

這就是為什麼一時無人對我下毒手。

這個和我素昧平生的D女士是那種美國的開明精英，那種極少數對有色人種同情的人。這種開明精英有先知的素質，知道種族偏見遲早會作為人性弱點被克服掉。

一夜之間，有那麼多人為我不眠：D女士、彼得、我父親。D女士就守在電話旁邊，等著美國領事館的官員打電話來，她好向他們報告我的不幸。可她沒有等來電話。

我父親是晚上十點左右見到彼得的。

彼得儘量把事情講出頭緒，可我父親還是讓他講了四、五遍。每次彼得講述的時候，他總是插嘴：妹妹沒受傷害吧？……日本狗娘養的沒動粗吧？……妹妹沒有嘴硬吧？……等等。我老爹擔心的是兩腿獸日本兵會對一個妙齡女郎幹出獸性使然的事。他們在南京遍地發情，誰都知道。

彼得這才明白他繞來繞去想問的是什麼。彼得說他也最擔心這個。他加了一句：「在日本人眼裡，妹妹一定也是很美的。」

父親這時才長時間地、使勁地盯了彼得一眼。這是很挑剔的一眼，盯得彼得口吃起來：「我想……越晚越可怕……應該能夠打聽到的。」

「打聽得到什麼？」我父親沒好氣地說。他面前這個小夥子漂亮高雅是沒錯的，可無非是個漂亮高雅的難民。

我父親有兩個日本學生，其中一個女生英語不錯。可我父親除了上課從來不和她來往，找到她必須通過其他學生。當時時間是夜裡十一點，夜上海蓬蓬勃勃，愛玩愛樂的年輕學生哪裡都去，就是不去自己臥室。對於他們十一點不是太晚，而是太早。

我爸爸把彼得帶到外灘路三號的上海總會酒吧，為自己和彼得各要了一杯杜松子酒，也沒有理會彼得的謝絕。他在這裡不是為了聽爵士消閒，是為了用酒吧的電話，不斷打給他的學生。

他的一個學生終於回了宿舍。這個學生恰好有那位日本女同學的住址和電話。

他和彼得開車從外灘一口氣衝到虹口。那時候的虹口，非常有意思，弄堂縱橫，網路一般。我父親就在網裡開賽車。

後來彼得對我說：「妳父親是愛妳的，這一點妳千萬別懷疑。」

那是我從拘留室出來後他對我說的。

所以你知道，我有那麼多人為我失眠為我奔波，我吃了一些苦頭還是獲釋了。

還得回去說我父親和彼得。他們開車到了虹口，找到了那條里弄。過去上海典型的里弄房就是這樣的：朝南的大房間帶陽臺，歸主人住，樓層之間的屋子朝北，叫亭子間，會過日子的主人就把這樣潮濕陰暗的亭子間租給房客。我住的亭子間也是這種主、客格局，但沒有虹口這邊典型。虹口雜居著各種族的僑民，屬於國際租界，外國僑民的鄰區房租貴，我父親這位日本女學生不願把錢都花在七、八平方米的住宿上，就到中國人的里弄裡租房住。

我父親和彼得幾乎鬧醒了一整條弄堂才找到了松尾友歌，就是那個日本女生。準確點說，一整條弄堂的人犧牲了小半夜的睡眠，才使我父親找到那個很少露頭的日本妹妹的亭子間。松尾友歌在半夜仍然沒有歸宿。到了凌晨兩點，還沒見她回來。我父親和彼得只得在弄堂裡乘涼等候，看著一扇扇窗口的燈逐一暗了，一張張不甘的面孔從窗簾縫裡縮回去。

當時他們不知道，松尾友歌在一個日本同學家喝了太多的清酒，男男女女橫七豎八睡成一片，一直睡到第二天上午。

可想而知，我父親和彼得有多絕望。他們一直等到弄堂上方那條窄窄的一九四〇年六月的上海天空由暗到明，第一家的門開了，娘姨挎著竹籃去買剛下船的黃魚、帶魚或海瓜子。

他們逆著送牛奶的三輪車走出弄堂。我父親叫彼得別跟著他了，因為他也不知道下面該做什麼，往哪兒去。

彼得像個被丟在大街上的孩子，還穿著昨天冷餐會的西裝。

就在我父親和彼得分手的時候，我被押到了審訊室。審我的是個憲兵少佐。他讓我坐，叫我別害怕，說實話。

我說我有什麼可害怕的？翻譯照我的口氣翻過去，少佐點了點頭。不知他點頭是怎麼意思，是「走著瞧」，還是「不怕就好」。我再次為自己犯蠢而懊惱。從我向你描述的那個年輕冒失的女子，你對我早先的個性應該有個大致印象了吧？沒錯，就是那種太安分的日子過不了的女孩。那一夜的拘留，讓我覺得自己很了不起，經過了死亡和墳墓。黑得不透氣的狹小空間，陳腐的血腥和繚繞的冤魂，比墳墓怎麼樣？我誤認為經過了那裡，就是經過了最壞的。

桌上放著一本美國護照，我被押進來時就看見了。看來他們把我的身分驗證過了。唐人街洗衣坊的女兒在美國沒人拿你當人，但護照還是同樣蓋著美國政府的大印。那大印再不情願，還是蓋在了我這張黃面孔、扁平鼻子、不可閱讀的黑眼睛上（這是美國概括的華人相貌）。

「妳的陽傘當時放在什麼地方？」軍官開審了。

「掛在衣架上。」我回答道。

下面的審訊記錄，大致就是這樣——

少佐：「妳和這個散發傳單的學生認識嗎？」

我：「誰？」

少佐：「那個學生說他認識妳。」

我：「你在說什麼？哪個學生？」

少佐：「就是委派妳替他的組織散發傳單的那個學生。妳知道當時不少人把陽傘、皮包掛在衣架上——有四個衣架。」

我沒話了。

少佐：「為什麼他偏偏挑中妳，當然是因為妳值得他信賴，你們有交情。」

我：「你在說什麼？我都給你繞暈了。」

少佐：「妳不認識那個讓妳轉移傳單的人？」

我：「當然不認識！誰也沒有讓我轉移傳單！……」

少佐：「妳沒有說實話。」

我：「……?!」

少佐：「其實對方已經承認了。他說妳和他很熟，是半年前認識的。他說你們很談得來。」

我腦子嗡的一聲：怎麼把溫世海給忘了？不管日本人是誘供還是逼供，溫世海供出來的句句是實情：我和他不時談到日本人的劣跡；我對日本民族的生理特徵大大不敬，比如蘿蔔腿、多毛……種種他們日本人也沒辦法的審美遺憾。

審訊記錄繼續——

我：「噢，你是說溫世海啊！」我笑笑，「他現在在哪裡？」

少佐：「這個不關妳的事。不要再撒謊。」

我：「好的。」

少佐：「現在妳該承認妳幫他轉移窩藏抗日宣傳品了吧?!」

我：「你說呢?」我聳聳肩。

我這時做洋式動作特別得罪人。少佐認為我倚仗兩個大國來對他聳肩。我聳肩是我無奈，表示：我算講不清了。可無奈被他看成無賴、不屑。你好好看看這個洋派動作，確實有美國式的無賴。有那麼一丁點吧?

從那一次我領教到日本人是開不起玩笑的。這個軍官把我的無奈看成無賴，因此就認為我取笑他，拿這麼嚴肅的事不當事，開玩笑。他們是世界上最認真的民族之一，對此他們也沒有辦法。

少佐走到我面前說：「請站起來!」這句話他是用英文說的；用他自認為是英文的那種語言說的。

我知道壞了。我認真嚴肅，英勇不屈都能讓他心理平衡，我作為中國人英勇不屈多少還讓他敬佩，可用一個美國動作來跟他耍，他的民族自尊心受不了了。這就是為什麼他要左右開弓抽我耳光。

他第二下就把我打得向後跌去。但我後面是我剛才坐的椅子，讓我一跌翻倒了。我頭朝下一栽，臉從震動的麻酥中漸漸變得灼熱，灼熱剎那間流散開。我發現自己耳朵眼裡都進了血。

少佐沒法繼續抽耳光，就上來踢我。他頭一腳把我踢得翻向右邊，第二腳把我踢得膝蓋碰胸口。然後我就在他腳下一曲一張，一會兒是條蟲，一會兒是個球。我的身體內部有什麼給踢碎了似的，血大股地從我嘴裡湧出來。

我不知道自己是否慘叫了。大概叫了吧。我覺得他踢夠了，周圍似乎安靜了好一會兒。我慢慢轉過身，想撐著地面坐起來，突然看見他的左腳向後撤一步，抬起右腳，中鋒要射門了——那臨門一腳之準之狠，我聽見自己身體發出一聲悶響。接下去我覺得喘不過氣來，後來驗證出那是因為斷了兩根肋骨造成的。原來少佐一直等在那裡，看看我是不是給踢得差不多了，但我掙扎起身的企圖讓他又補了那致命的一腳。

假如我是一個純種白人，美國總領事會把我當個大事去辦的。我的姓告訴他我是個華人，他想，無非是那些不知耍了什麼勾當在美國賴下來的中國佬後代，就打發手下的華人僱員去交涉。為一個唐人街洗衣坊的女兒跟日本人過意不去，何苦？日本人攻打南京時，炸沉了美國軍艦 Panay，都沒讓美國太較真兒。從沉了的 Panay 上撤到荒島上的美國使節們讓日軍飛機掃射追殺，死傷一片，那麼大一樁事情，都沒讓美國跟日本太過意不去。

D女士、領館僱員、我父親找的日本說客，籌碼全部加在一塊兒，才把我保出來。保釋我的條件是在我傷好之後立刻離境，回美國或去其他什麼國，反正日本人不要我繼續給他們惹麻煩。他們警告我父親，假如我不離境，再次給他們逮著，就不是斷兩根肋骨而已了。美國領事館出面向日方擔保，我出院之後直接上船。

彼得也站在迎接我出獄的人裡。我倒是寧願他別看見我的醜陋狼狽。

我從憲兵隊被父親的車接走，送到了一家美國人開的醫院。檢查和治療並不複雜，當天晚上我已經打著石膏吃牛排了。父親、繼母、彼得和大捧的鮮花擠滿我的病房。小小的繼母看我不時疼得噓一口氣，嘖嘖嘴，一會兒一聲「作孽」。民族衝突白熱化，家族就沒了矛盾。

等父親他們走了，我和彼得相顧無言。一切都擺在他眼前，我的美國身分不妨礙人家把我當劣等人種。這是一個大回歸，我和他回歸到同樣的地平線上。

吃了甜點之後，我點了兩杯萊姆酒。彼得明白這是意義重大的破戒，一句話不問，陪我喝酒。我一有沉重的事要討論就想喝點酒。

酒勁最好的時候，我拉起彼得書生氣十足的手。我說我可不會離開上海。

他抬起稠密的睫毛。他的目光讓你感到是頂起什麼沉重的東西到達我臉上的。頂起沉重的心事。

「我不會離開你。」我說。

「可是……他們勒令妳離開，妳就得離開。」

「那是你們。我們中國人表面聽話，心裡誰都不聽。我的爺爺就沒有聽話離開美國。」

「可是會非常危險！再被他們抓住，下場可能就是死。難民都說日本人比納粹更殘忍。憲兵隊懷恨誰，誰就可能下落全無——難民營的人都知道。」彼得的黑眼睛此刻盯著我；那個可能會下落全無的我。

「彼得我愛你。」這是我在心裡說的。「我怎麼可能走呢？」這是我口頭上說的。

「看看妳現在的樣子吧。」

「上海是個藏得住任何人的地方。你在跑狗場、賭場、十六鋪碼頭隨便跟誰借個火、問個路，碰到的都可能是個鴉片販子、在逃犯、兇手、人拐子、暗娼、地下抗日分子。天天抓抗日分子和共產黨，人家不是一樣貼標語，搞襲擊？聽說上海機場被一個叫新四軍的隊伍偷襲的事嗎？仗是沒打起來，可是燒了一架飛機，倉庫的貨品也失竊了。他們都能在上海存在，我為什麼不能？」我瞪著彼得。

「那妳打算怎麼存在，親愛的？」彼得問道。拿出他不客氣的「親愛的」來了。

「我……我暫時躲一陣，等日本人忘了我，我再悄悄找些事做。總會有辦法的。」我對他笑了一下，被蚊子叮和耳摑子摑的臉感覺又大又厚，笑容怎麼也推不動那些腫脹的皮肉。

「去了美國，反而對我們更好，妳不覺得嗎？」他說。

他在我被關押的一天一夜裡長進了，居然拿出這麼大個主張來。我等著他的下文。

「我也是聽難民營裡的人說的，」他說。「有幾家難民和他們在美國的親戚聯繫上了，正在等美國方面的經濟擔保書。一旦有了擔保，就可以申請美國簽證。妳回了美國，可以辦一份經濟擔保給我，我們可以一起去美國。」

我看著他。這似乎不是他一時的突發奇想；他一定把前前後後，根梢末節都打聽清楚了，才向我提出了這份完整的建議報告。這就是我剛才企圖看透的沉重心事。

「為什麼要我自己回去辦理經濟擔保呢？我可以求我伯伯們辦！這樣我就不必離開你了！」我說。

「他們會為我辦嗎？」

「總可以先求求看。」我呼吸急促，被石膏箍緊的肋骨疼痛發作了，冷氣也不幫忙，我的皮膚在石膏下面一層蒸汽。

這天晚上我和彼得喝了三杯酒。他沒有酒量，人喝傻了，瞪著我們談出來的美好前程一個勁傻笑。他走後已是深夜，儘管我腦子密密麻麻排列滿了該辦的事項（要把彼得帶到美國得辦多少事啊！）我還是很快沉入睡眠，把拘留室虧欠的一覺也一塊兒睡了回來。

醒來是下午一點，我床前又添了幾束花，其中一束是菲力浦送的。由於他在行幫的人緣，也由於他兒子供出了我，世海也獲釋了。

我無心去想菲力浦和溫世海的愧疚；我想的是，這一天真好。這一天彼得開始在唐納德的診所當醫助了。這個醫助職位你們可別小看，它從此建立了一個學院優等生和實踐之間的紐帶，從它開始，彼得就算一個有臨床經驗的人。在美國走到哪裡，都向你要「工作經驗」和推薦人。在唐納德的診所塗紅藥水、紫藥水，可以給彼得提供這兩樣東西。

這一天還好在我有了新的生活方向，一個和彼得共有的生活方向。

❀

我在醫院住到第八天就偷偷跑了出來。石膏的鎧甲使我一舉一動都很滑稽，轉身是直的，是木偶式的。我的出逃絕對祕密，連彼得都被我瞞住了。我是為他好，怕嚇著他。此前護士告訴我來了個鬼頭鬼腦的人。護士是個四十多歲的美國女人，問我到底在外面幹了什麼，讓此人幾次詭密地來打聽我的病房號碼。一個很賤的中國狗腿子，她說，從電話上打聽不到就悄悄溜進了住院部，是被她擋住的。用美國英語說：就是我把那貨色扔出去了。

我逃跑的計畫是在此之後擬定的。彼得照樣在傍晚時分來看我，和我一塊兒吃布法羅雞翅膀或者芝加哥比薩，總之那幾頓晚餐讓他領略夠了美國人在口味審美上的無可救藥。這天我們剛剛點了被美國人篡改過的義大利麵，父親來了，照樣是笑聲比他人先到達。

「呵呵，我把綠波廊搬來了！」

跟他人一塊兒到達的，是一個拎折疊桌的夥計，一個拎多層食盒的跑堂，還有他的小夫人凱薩琳。

他叫夥計把十多樣點心擺開，一面掏出手帕頭上頸上地猛擦汗。義大利麵送到，他揮手叫醫院的送餐員：「拿走拿走，中國人誰吃那個！」

彼得手足無措地站在床邊，突然一瞥目光向我掃來，我不明白那目光的意味。猜來猜去，似乎他的意思是：謝謝主，妳不像妳父親這麼旁若無人地吵鬧。

就在那頓晚餐進行的時候，我的逃跑計畫完全成熟了。小夫人不斷夾食物給我，很像樣子的一位小長輩。我突然說：「凱薩琳，妳這頭髮怎麼做的？真好看！」

小夫人臉通紅。我這位晚輩從來就沒有正眼看過她，今天對她的頭髮竟如此捧場。

「我自己做的呀。照著瑪爾琳・黛得瑞茜的髮式做的。等妳出院了，把頭髮剪一剪，燙一燙，我來替妳做。」她對我們之間剛剛出現的和平喜出望外。「不過妳現在的頭髮也能做出很好看的花樣，明天我帶一些東西來做給妳看。」

凱薩琳這點好，女流的事物樣樣精通，第二天真的讓我改頭換面，披了一頭「郝斯嘉」捲髮。她為了我的髮式整整忙了一天，帶了個小煤油爐，悄悄在廁所裡點燃，把三個燙髮夾子輪流在上面燒。她為我仔細篦過頭髮，又是塗油又是打蠟再用火燙的夾子去捲，我的頭髮熟了似的冒起香噴噴的油煙。

晚上六點，彼得面前的，就是這個油頭粉面的我。他半張著嘴，皮笑肉不笑，我趕緊說：

「快說我美麗！人家整整一天的手藝！」

他說：「好的——真美麗！」

小夫人從廁所出來，臉上一片羞紅：「告訴彼得，要是有根粗夾子，我可以把她做得跟費雯麗一模一樣！」

在那個向費雯麗借來的頭髮下面，還有一系列借來的東西：眉毛是借胡蝶的，嘴唇是周璇的，旗袍是借凱薩琳的。頭天晚上我央求小夫人帶一件晚裝旗袍來。她以為我在醫院悶得生霉，實在沒什麼好玩，玩起她和她女死黨之間的遊戲來：相互借衣服穿。

我正南正北地轉動被石膏鉗制的身體，讓彼得看我是不是漂亮死了。

旗袍是酒紅色底子，上面罩一層黑蕾絲。這大概是小夫人凱薩琳最得意的行頭，看梅蘭芳、周信芳搭班唱戲時才穿。

晚上十點鐘，所有的病房清房，然後熄燈。十二點鐘，值班護士查房。值班護士的電筒往我帳子裡晃了晃，看見薄被下的我側身躺著，肩是肩，腰是腰，枕頭上一蓬黑髮。床欄杆上搭著毛巾浴衣，床下一雙印有醫院字型大小的白布拖鞋。我告訴你，被子下的我是用一條毯子揑塑的，枕頭上擱的黑雞毛撣，是我從清潔品倉庫偷的。

在護士輕輕掩上門離開的那一刻，我的真身正在滙中飯店的一個三等房間裡。我是九點鐘左右離開醫院的。和彼得、凱薩琳前後腳離開。日本憲兵僱的廉價眼線假如在醫院某個角落埋伏，一同出門的凱薩琳和彼得會讓他多少岔一下神。

我油頭粉面地走出醫院，把換洗衣服打成個長型包裹，斜抱在懷裡。盯哨的漢奸假如正盯著大門，看見的是個剛接了孩子出院的少奶奶。為了打斷可能的跟蹤，我叫黃包車夫在最熱鬧的福州路上飛跑，然後再轉向九江路的一家餐館，這家餐館賣一種名牌食物，叫「阿娘黃魚麵」，吃的人排隊排到了馬路上。做學生的時候我常來這裡開葷，所以知道館子樓上有個門，通向隔壁的公寓。從公寓二樓下去，穿過走廊、天井，再出門，就是一條小弄堂。

所以我出了弄堂，走回南京路就放鬆許多，「襁褓」也不抱了，而是一隻手拎著。高跟鞋、石膏背心、晚裝緊身旗袍可要了我的命，讓我走到滙中飯店時累得奄奄一息。

第二天清早，我爬上樓頂，往四周的街道上看，發現我的逃跑成功了，冷清的街上沒誰像是跟蹤者。幹這勾當的人你能認得出，什麼年代都有，主子給點錢他就不做人了，去做狗。

大多數人是一打就怕，進一趟審訊室出來就安分守己了。有的人，像我，是一打就再也不怕，因為事後一想，不是都過來了嗎？也不過如此。還有就是，我心裡一直以來模糊不定的敵意在此之後變得十分具體。那個少佐，他平直單調的面孔就是上百萬日本兵的面孔，非常具體，有聲有色，我把我祖父那輩子的不快活、不順心全清算在這些面孔上。

下面再跟日本人藏貓貓兒，在於我，就有幹大事的意味。民族對民族了嘛。我要和你較量到底，把輸贏玩到底，這個念頭使我的躲藏更加刺激。我那時覺悟有限，把惹一惹日本人當成抗日。

我從此成了這樣一個人，突然出現在某人面前，某人家裡，或某個場所。我會突然出現在彼得面前，對他說：「我想念你了，所以來看看你。」我也會突然出現在我父親的客廳（我身上有鑰匙），祝福他生日快樂，問美國的大伯是否有信來，是否替彼得辦妥了經濟擔保。有一天，我突然出現在D女士的公寓門口，對她說：「晚上好，我專門來謝謝妳對我的幫助。」從她的模樣我看出她沒有馬上認出我來。

離開匯中飯店不久，我按照報上的廣告找了個工作。當然是用假名字。某某私立中學需要英文代課教員，因為原先的教員回新加坡生孩子去了。這個學校在江灣，提供教員半間宿舍，另外半間歸一個菲律賓女教師。我安置下來後，給彼得的診所打了個電話。接電話的就是那位元混血打字員。她去叫人，卻叫來了唐納德先生。老愛爾蘭人一聽就聽出我的嗓音，給了我幾句忠告：政治都是很醜惡的，像我這樣一個教授之女別放著太平日子不過，讓政治利用。我滿口答應，說他教訓得好，但能否請他把彼得・寇恩叫來聽電話。唐納德說，這就是美國至今不涉足這場戰爭的原因；美國有腦筋的人都反對美國介入這場戰爭。

我說：「如果您不介意的話，我想和彼得說話。」

他說：「可是我介意。彼得工作很忙。我介意妳把他拖到那些兒戲的抗日活動中去。雖然我和這小夥子共處才幾天，我已經看出他是個好小夥子，純正、聰明，不值得在你們的胡鬧中斷送前程。」

這老愛爾蘭人在為猶太好小夥子當家，中斷他和一個中國女子的密切關係。美國的人等分明，猶太人屬於下三等，上大學都要把「寇恩」、「伯格」、「斯坦」之類的姓氏改成「沃克」、「格曼」、「庫勒」之類（前幾個姓氏是較為有代表性的猶太姓氏，後幾個為英國、北歐、德國姓氏）。否則排猶的名牌大學就不會錄取他們，成績優秀，會馬球、網球加鋼琴、小提琴也沒用。儘管如此，猶太人等級還是在中國人之上。唐納德也許忘了，愛爾蘭人在英格蘭人的眼裡，相當於白皮膚的黑人，低劣得只配去做管家、廚子。

我掛下電話。假如搭電車從我學校到診所要一個小時。這時離他下班還有半小時。來不及了。有個辦法是直奔虹口，在他回難民大宿舍之前截住他。我算了一下路線，便叫了一部黃包車。七月底的上海，一場暴雨使虹口的許多街道成瘟臭的蘇州河支流，孩子們坐在四腿朝天的板凳和桌子進行水上狂歡，死貓死狗死老鼠在濕漉漉的陽光裡漸漸肥胖。每個下水道入口，一圈圈烏黑的漣漪翻上來，城市吞下太多汙穢，此刻上吐下洩。黃包車走不下去了，把我撂在舟山路口。

我學前面那個郵差，把脫下的鞋挾在腋下，蹚進沒膝的汙水。郵差把自行車泊在街口，扛著大郵包，挨門送信。曾經的小東京現在讓難民變成了小柏林、小維也納，麵包店、咖啡館、香腸鋪，一個小極了的煙紙店，居然改成了「維也納」理髮店。我跨進用磚和木頭搭起的「水壩」，發現理髮店的水剛剛被舀出去，老地板泡得很透，快發芽的樣子。理髮師告訴我住大宿舍的難民全搬了，因為倉庫地勢最低，灌了暴雨成了游泳池。我問他是否知道兩百多號難民搬去了哪裡，他說無非是另一個大倉庫。謝謝上帝，他因為理髮手藝沒有落魄到跟幾百人做室友。我說那就完蛋了，不可能找到那個庫房了。正好上門送信的郵差用洋涇濱英文說：「那麼問問我呀！沒有我找不到的地方！」

這個郵差的爸爸就是郵差，比一張虹口地圖還好用。不一會兒就給了我另外幾個庫房的地址。

我走出舟山路，用手絹擦乾腳，穿上皮涼鞋。這時有個人站在十字路口，看著越南交通警耍指揮棒。其他行人亂哄哄地過了馬路，他一人還在等。

我站在一棵懸鈴木樹後面，看他終於讓指揮棒給放行了，朝馬路這邊走來。

他的西服搭在胳膊上，襯衫袖子擼到胳膊肘，不疾不徐地邁著步。在他以為沒人注意他的時候，他就有了一副典型的猶太面孔：一雙悲愁的眼睛，眉毛垮塌，眉弓形成的陰影深得十分刺目，嘴巴呢？嘴巴讓你覺得他什麼都吞嚥得下，什麼都忍慣了。在別人的國土上，能少說一句就少說一句，禍都是從口出的。難道我們不也聽著同樣的警言走過童年、少年？

他眼睛一亮；我突然出現了。他上來抱住我。

他說：「這個壞丫頭，石膏都鎖不住！我急瘋了！妳知道妳多害人嗎？妳父親的血壓一直降不下來！妳去哪裡了？」

現在的局面很滑稽，我是個神出鬼沒的獨行俠，他是苦等等碎了心的怨婦。

「找個地方坐坐好嗎？」我挽起彼得的手，同時掃視一眼身後。老愛爾蘭人讓我不要拖彼得下政治的髒水，我把這句話聽進去了。彼得不像我，拿美國護照，玩火玩得起，他是難民，德、義、日聯合之後，納粹可以藉日本人延伸他們的惡毒意圖。

彼得也往我身後看看，低聲問我是否有人跟蹤我。我說這一會兒沒有，不過我從醫院出逃，不按鬼子的意圖滾出上海，一定徹底惹惱了他們。他說，那麼我的意思就是剛才有人跟著我。我說誰知道。他看著我的臉。

現在想一想，當時的我可能感覺自己非凡，做了占領軍的敵人。

我們穿行在熙熙攘攘的人群中。路燈上來之前和夕陽下去之後，這之間有一道暖色的昏暗，不知你注意過沒有。我們又走回舟山路，水淺了一些，但還沒有恢復成陸地。我脫下鞋，彼得看看我，皺起眉頭。一堆泡糟的菜皮被一個消防栓擋住，紙片泡成了紙漿。樹幹上螞蟻走成兩指寬的棕黑長帶，從樹下直插樹梢，乍一看，像是慌亂浮動的咖啡渣。彼得見我已蹚進了這樣的畫面，只得跟進來，但他卻是穿著鞋襪走進水裡的。他寧可毀了那雙皮鞋，也不讓他的肌膚跟這什麼都可能藏納的水發生無間接觸。

我們在一家咖啡廳坐下來。我點了一份香腸和芥末，他只點了一杯咖啡。他說他母親一定準備了他那份晚餐，假如他不吃的話她會失望。

他從來沒提到過要邀請我見見他的家人。

我此刻的沉默讓他慌了一下神，然後說：「我在攢錢，想租一個像樣點的公寓，讓父母和弟弟、妹妹能住得好一點。現在住大宿舍的生活，沒體統，沒體面，我父母絕不會接待妳這樣的客人。」

我說：「我父親想請你們全家去做客。」其實我父親說過，別逼他見彼得的父母，不然真成了兒女親家了。他想我心血來潮一過去，說不定會去找個中國人家的小子。

不知你是否知道：那個年代亞洲人和其他人種生的混血兒是最賤的人，不僅父母兩個種族都不認你，外族人更把你看成貓和狗雜交的怪物。

「現在上海的房租漲得太高了。老愛爾蘭人給你的工資大概只夠租個亭子間。」我說。

「上海什麼漲得不高呢？」他悲愁地笑笑。他指指周圍這裡的點心都漲價了。這個咖啡店的老闆是從他親戚那裡貸款開的店。高利貸。

我拉住他的手。他的手沒有曾經有的那樣柔順消極，那種貴族式的不實際，現在他的手主動多了，反過來緊握住我的手，急急忙忙地轉動我母親留給我的老玉手鐲。我眼裡的笑意不善，他馬上捏痛我一下。

「妳心裡在說，高利貸最先是我們猶太人開始的，是不是？」他下巴頦支在桌沿上，手改道了，到桌下來摸我不久前從汙泥濁水裡拔起來的小腿。

我說：「還有更可笑的。」我照搬他的姿式，手到桌下去找他的手。石膏背心只允許我手指尖觸碰到他的指尖。

他問：「什麼？」

我說：「據說是猶太人建立了借貸傳統，所以把猶太人殺了就不必還貸款了。這才有兩千多年來的一場場大迫害。」

他說：「妳還笑！」他把手抽回來，坐直了，坐成一個悲憤的對立面。

我說：「你知道美國人排華的時候列出什麼理由？中國人梳辮子、挑擔子、裹小腳，還吃一切烏七八糟的東西，包括海裡的蟲子——那時他們還不知道牠叫蝦。還有一條重大的理由，中國人肯多工作少拿錢，變相地復辟了奴隸制。美國廢除奴隸制的代價是林肯的生命，迫害華人、驅趕華人是保衛以林肯的生命換來的自由。」

他說：「今天我不想談這些。」他把兩個拳頭揉進他的深眼窩。他給唐納德醫生奴役了一個禮拜，實在乏了。「我們談些快樂點的事，好嗎？」

我說：「我父親已經給我伯父寫了信，兩個月之內，經濟擔保書就會辦好。」

他說：「他肯定會給我這素昧平生的人辦這麼重大的擔保嗎？」

接下去我告訴了他一件好玩的事。三藩市移民局把一九一〇年到一九二〇年入境美國的中國男孩叫作「紙兒子」。因為一九〇六年三藩市來了一場大地震，接著又來了一場大火，燒了許多房子，包括移民局大樓裡所有的檔案，所有中國人入籍的紀錄全給抹了。當然，他們入境出境的紀錄也都沒了。誰想有多少個兒子就有多少個兒子。他們跑到移民局填寫自己在大陸有多少多少個兒子，然後用這些個胡亂填寫的「兒子」名額把中國遠親近鄰的孩子們接到美國。我爺爺自己有三個兒子，兩個女兒，還不夠，又把他兄弟姐妹的兒子都變成了他的「紙兒子」。

我說：「我們在移民局官員眼裡早就是反派。」

彼得的臉好看了，笑起來，我的故事娛樂了他。

他說：「妹妹，妳知道嗎？我常常慶幸那天去莫里埃餐館考試。」

我說：「我想說的是我伯伯他們不在乎多做一次移民官眼裡的反派。不就是一份經濟擔保嗎？他們有的是辦法。華人在美國的公民權缺項很多：不能上法庭作證之類。不過辦一張紙的擔保，是太小的一樁事。」

這天分手的時候，彼得問我下回在哪裡約會，什麼時間。

我們約定三天後在唐納德的診所見。那天晚上彼得值夜班，他一個人既做醫生又做看護，還兼清潔工。老愛爾蘭人發現難民非常好用，給彼得的每一分薪水都賺回本錢。在他的診所約會還有一個原因：他將為我拆下石膏。他把工具都借來了，燈泡換成最大的。等我脫了衣服，他一身白地走進來，白制服加上口罩帽子，兩個眼更大更黑。

你一定明白，那時男女戀愛不像現在。現在的男女可以在一小時內完成戀愛所有進程。我們腦筋似乎不往性事上想，慾望很容易滿足，拉拉手，擁抱一下，就甜美得無以復加。當然，還有接吻。一個吻能夠點燃多少激情啊！可讓點燃的部分只向心靈方向燃燒，正是我那個年紀的女孩所要的。因此，讓彼得給我拆下石膏是一件天大的大事。

我們假裝若無其事地進行這件大事，彼此不看對方的臉，我用種種玩笑來消除尷尬和持續上漲的壓力。現在人們看開這種事了，管它叫性壓力。

我的皮膚有一片潰爛，是一個熱癤子化膿引起的。彼得輕輕地為我消毒，手指尖像蘸了碘酒的棉球一樣冰涼、柔軟，讓我放心。我把我的身體給他了，他卻把熱戀者的角色和醫生的角色以白大褂嚴實地隔開。

「妳真棒。」他輕輕地說。

「指什麼？」我問，感覺臉紅了。

他說：「有這麼強的耐痛能力。」

我不吭氣了。

這時他已經注射了麻藥，用手術刀在癤子上劃了一下。然後他的手指狠起來，排出了膿血。然後他給切口縫針。

我突然說：「彼得，問你一個問題。」

他把一塊紗布貼在縫合的傷口上。

他替我問了：「我是不是和其他女人……？」

我說：「你怎麼知道我要問這個？」

他說：「女人都要問的。」

他故做老練的樣子更加傻呼呼的。

我說：「那就是說，你有過？」

他說：「嗯。」

我腦子裡轟響一聲。太意外了。

我說：「愛她嗎？」

他說：「愛。」他的語法時態是過去式。

他毫不猶豫。毫不支支吾吾。毫不注意我由紅而白的臉色。他寧可傷害我也不願麻煩他自己，把這樣的底細交待得婉轉些。反正他誠實坦蕩，我要覺得受傷是我的事，我找上門讓他傷的呀。

我問他那為什麼又不愛了。他還是客觀冷靜地說不怪他倆，是因為猶太人和非猶太人通婚犯法。我沉默了一會兒，又問他那個姑娘是不是奧地利人？

「德國人。我們同校。她比我小一屆。」我心裡想，在美國，中國人和白人通婚也犯法。但我沒有說出這句話。我在全力忍痛。

現在想想，我當時太不近情理，居然要求彼得的感情史和性史都空白一片，只能由我來填寫。他怎麼可以愛一個德國女郎？我覺得他在認識我之前已經背叛了我。愛一個自認為比你高貴優越的種族的女兒，愛一個盛淩於你、欺辱你的民族的女兒，彼得早早地就背叛了我，並且欺騙了我。我在那個愛起來橫蠻無理的歲數就是這樣一個思路。

他說：「妹妹妳還好嗎？請別這樣拉長臉。」

我堅持沉默。

他說：「妳問我，我說的都是實話。假如妳跟我說實話，告訴我妳過去的事……」

我說：「我過去沒有事！」

他說：「妳有也沒關係，我接受妳，就要接受妳的過去……」

「**我沒有！**」

他看我霍然站立在他面前，上身除了一塊紗布什麼也沒穿。

「妳沒有也不是我的錯啊。」他聳聳肩。

我低沉地說：「你記著，你現在看見的身體，從來沒讓任何異性的眼光弄髒過！」

他說：「怎麼能說這是髒呢？」

我已經轉過身，快步走到衣架邊取下我的衣服，背朝著彼得穿上了。

「一個二十五歲的男人對妳說他從來沒碰過女人，妳信嗎？」彼得用一種清醒的局外的聲調，在我身後說道。他似乎在為我和那個蒙冤的彼得拉架，判公道。

我拿了小包就往門口走，目光劃過他傷心委屈的臉，心軟了。

然後他又說：「妳假如告訴我，妳過去殺過人，我都不會因為妳說實話而這樣懲罰妳。」

我火又上來了。他居然熱戀過蔑視他的人。真是賤。他和我這齣羅曼史的開場只因為那一齣不得不閉幕。假如他追求上了那個德國女人呢？假如沒有那道法令，他不就犯賤成功了?!

我心裡想著，一面從包裡取出口紅來塗。

彼得說：「這公平嗎？我從來沒有問過妳過去如何。」

我朝他揚揚手：「再見了，明天一早還要掙口糧錢。」我心裡說的是另一句話：我的小彼得，我沒有過去；我的過去空下來在等你。原來白等了一場；你的過去那麼無情地背叛了我的過去。

他說：「我說什麼妳才不走呢？」他看著我的樣子怪苦的。

我說：「真得走了。太晚不安全。我住的地方不是什麼好地方。」

他說：「妳的口紅全到牙齒上了，**親愛的**。」

那我的樣子一定可惡而猙獰。他可真局外，真冷靜啊。

❀

就是那樣，從九月到十一月初，我等著自己想開，對彼得的前女友不再嫉恨。我在那個中學教英文教得痛苦死了，天天在報上找我的「理想職業」。雖然我的開支不大，但物價飛漲，還是入不敷出。商人們開始大發戰爭財，囤積糧食，囤積棉紗棉布，什麼都囤。到處都看見搶購東西的人群。我上班的學校外面有一間米店，夜裡人們讓小凳小椅子石頭磚頭替他們排隊，天一亮這些凳子椅子磚頭全變成了人，有的磚石或凳子在夜裡給做了手腳，次序大大地變更了，這就是一場流血惡鬥的起因。學校教員常常在上課前毫無斯文地搶米，進了教室再為人師表。某天幾個教員誤課，因為他們搶購回來的大米摻沙子摻得不像話，他們找米店老闆換米或者退錢，結果被米店僱的地痞打傷了。

我這天突然出現在父親的書桌邊。他去圖書館的時間我已經掐得很準：每星期五上午，他總是去圖書館恢復一下單身漢的清靜日子。這一天他也把自己恢復成一個學者和憂患意識很重的知識分子，讀一個星期的《紐約時報》和《華爾街日報》，再瀏覽一下《泰晤士報》和《讀賣新聞》。他得找到自己在這個創傷累累的地球上的定位。每隔一個禮拜重新找一次，因為每個禮拜都可能有新的戰爭版圖。

我到這裡來找他很好，他不是那個大嗓門的、大而化之的歸國教授；他是脆弱、敏感，甚至有些厭世的真實自己。

我前面講過，我們父女都有別人不認識的一面，這一面只有父女面對面時才活過來。一旦我和父親以我們血緣中特有的面目出現，一切都盡在不言中。沒有比那種理解、原諒、接受更徹底了。冒犯還沒出現，就已經被原諒了，不管我一生還有多少歧路要走，我爸爸這個時候看著我，全部提前接受。他正是這樣向我轉過臉的。

父親說：「妳瘦了，妹妹。」

這是兩三個月來他對我說的第一句話。上次見他還是八月初。他的生日是八月二號。我大概在八月三號或四號（我記不清具體哪一天）神出鬼沒地回到家，給他送了一塊「凱斯林」的蛋糕和祝壽語。

「還好。」我說。我每頓飯都是胡亂在小攤上吃碗陽春麵或小餛飩，所以站在父親眼前的，就是攤販們剋扣斤兩的後果。

父親說假如冷的話，他會從家裡給我拿些冬天的衣服出來。然後他問我，第二天是否有空。我看著父親。他鬍子拉碴，不修邊幅，這一天他恢復成了中年光棍。他追問我是否能和他一起吃午飯？

我們都知道我不能回家的原因。從醫院出逃後，凱薩琳大大光火，真的成了個惡毒的小後媽，說我如何地自私，偏要和日本人胡鬧，把父親和她也牽連進去。在我為父親道賀生日那天晚上，小後媽的嘴臉可是夠瞧的。她說要麼我就遵守與日本人的諾言馬上離境，要麼就跟家裡一刀兩斷。家成她的了。

父親又問我到底住在什麼地方。我說是個很差的地方。他說，好啊，連他也不能得到地址。我告訴他，對我的行蹤知道得少些是為了他好，知道了他又會來找上門。我知道父親肯定會一次次往那個地址跑。那就真讓凱薩琳說中了，我在連累他們。

父親把桌面上的報紙夾子合上。紙張「嗞啦啦」作響，跟凝固的寂靜發生刺耳的摩擦。他拿下一摞《華爾街日報》，「嗞啦啦」地一張張翻閱。我敢肯定，他心裡「嗞啦啦」翻得更亂。

他翻著翻著，問我是否還是要等著跟彼得一塊兒去美國。我沉默。明擺著的事情何必問呢？

他想說什麼，覺得自己不必多嘴，接著更起勁地翻弄報紙。周圍都是報架子，我和他的空間是報紙隔出來的，冬天的上海在這個散發油墨味的小空間裡更陰冷潮濕。

「擔保書不好辦呢。」他慢慢地說。

我不說話，但我接收了這個重要資訊。我和父親之間常常會長時間沉默，但沉默得非常舒服，不像一般情形，一個人的沉默裡容不下另一個人的沉默。

沉默了一陣，我站起身，抱緊胳膊。那帶油墨氣味的陰冷在我身上到處鑽。

我說：「那我走了。」

他小聲說：「我馬上要去內地了。」這句話是他突然決定要告訴我的。是作為一個央求說出來的。意思是，爸爸我要遠離妳了，妳還不待我好些？至少陪陪我，一塊兒吃頓飯什麼的。

我當然不能拒絕父親。我問他所有的閱讀結束沒有，沒有的話我可以等。

他立刻站起來，去前檯取了套鞋和傘。我父親很有意思，看上去大大咧咧，自由自在，但出門常常帶雨傘和套鞋。這都說明他隨時做好了遷移的準備，或者他有一種莫名的危機感。父親告訴我，因為決定去內地，他已經賣掉了車子。

冬天六點的上海更像深夜，因為真正的深夜反而充滿活力。六點穿行在街上的，是棒子工，在碼頭上卸了一天的貨，脾氣大得嚇死人。另外就是各種辦公樓裡走出來的小職員、小公務員，誰的事都不想礙，巴巴結結做完一天，趕回家吃幾口泡飯，好讓明天一模一樣的日子重複。時髦男女此時還不會出門，他們要等到海關大鐘敲了八下以後，連加班加點的職員也從馬路上消失了，整個貧窮衰敗的上海都消失了，他們才出來。

法國總會不知又立了什麼名目在開舞會，街口早早被拉了繩子，準備給舞會參加者們停車。正因為中國和上海其他地區水深火熱，才把財富和幸運兒們往租界裡集中，因而租界是空前的繁華奢靡。

我和父親來到美國總會樓下。守門人扳著臉看了父親的會員證和我的護照，總算笑了一笑。

我父親對我做個鬼臉，問我相不相信他現在最想吃的是甜酸肉。我說我相信，因為我也常想吃分量很足的熱狗，上面堆滿亂七八糟的配料。人在需要安慰的時候，胃口就退化到童年的飲食水準，我父親從我們沒出息的食慾懷舊昇華出理論來。甜酸肉是他童年記憶中最美味的菜餚，偶爾去廣東餐館才能點一份，全家分下來，他不過能嘗到一口。而熱狗是我們童年唯一能吃得起的洋餐。

結果我們都點了熱狗。你假如看見那個環境就好了。所有的餐桌椅子檯布都是美國東部的情調，沉重幽暗，牆上掛著的油畫，雖然美國人裝腔作勢充貴族讓英國人笑話，但這個餐廳裡還是要向你展示美國的殷實富有。牛排都有兩指厚，龍蝦盤踞整個盤子。所以這樣一對中國父女在如此的豪華餐廳裡吃熱狗，讓侍應生既輕蔑又感到無用武之地。

我問我父親，去內地的事情怎麼和他小夫人談妥的。他說他本來早就要走，可凱薩琳說她懷孕了。後來她承認是為了攔住他編出的謊言。兩人吵到離婚邊緣，凱薩琳求饒了。最後決定我父親先去那邊安置下來，再設法把凱薩琳接過去。

「馬上就走嗎？」我開始講英文。

「把妳送上去美國的船我就走。上海不是妳這樣的女孩子待的地方。妳要不回美國，就和我一塊兒去內地。」

我父親很少有這種時候，果斷獨裁，不容置疑。一旦這種時候出現，你最好小心點。

我說：「給我一個星期時間，我給你答覆。」

父親說：「給妳兩個星期。」

我說：「謝謝。」

他說：「但妳最好別動歪腦筋，逃走什麼的。」

我說：「彼得怎麼辦？」

他說：「這跟妳去美國並不矛盾。妳一定要嫁給他，到美國以後正好催促妳伯伯。總不會三個伯伯兩個姑母都不幫妳忙。妳是真要嫁給他？」

我明白了。父親請求給彼得擔保的事遭到了大伯的拒絕。唐人街的生意人在納稅上都禁不起推敲。擔保書要求納稅清楚，並對所有動產不動產要如實呈報。伯父們心想，我瘋了嗎？向美國政府露富？

還有原因。一定還有。大伯父大概對我根本不想認了。難道沒給鬼佬欺夠？還要請個鬼回家？美國的白鬼佬都不請他進門，何況是個連白鬼佬也看不上的猶太鬼佬！

這些我沒有向父親證實。證實了更刺痛自己。

我們離開美國總會時，海關大鐘敲了八下。四下一看，各餐桌點燃了蠟燭，燭光四周，出現了低聲細語的客人。我和父親剛才談話聲調還是過響，因而我們走過一張張餐桌時，讓藍色、灰色、棕色的目光劃了一下。能感到那些目光的冷和硬。

下了樓我們往黃浦江邊走。就是想走走。

一隊日本兵從我們身邊跑過去，哇哇地叫喊著「站住！渾蛋！……」。我們不懂日語，但這兩句話從三七年年底之後，就是日語盲也聽懂了。

我父親朝他們跑的方向張望。我沒有心思去管別人的悲劇，心裡亂糟糟地想著如何度過離別彼得前的兩個星期。這一走可就是闊別。

父親用英語罵了一句：「狗日的日本佬！」他不自覺已經向出事的地方快步走去。

我順著他走去的方向張望，匯豐銀行對面，傳來人類在獵殺時從喉底和臟腑中發出的聲響。就是那種平時絕對發不出來的聲音。路燈下日本兵成了一大團長有拳腳的黑影。不久，一大團黑影上方出現了一把長軍刀，只在燈光裡劃動一下，就劈砍下去。

父親已走到離那一團暴力黑影很近的地方。我怕他引火焚身，叫了一聲“Dad!”在此期間那把窄長軍刀又是幾個上下劈砍。

「請問閣下們出什麼事了?」父親用英文問道。他還算曉得厲害，沒有再往刀刃上湊。一個騎馬的英國員警跑來。對父親打了個狠狠的手勢，要他少管閒事，同時飛快地說：「可憐的傢伙偷錯了人，他不知道那艘遊艇是日本人的，上去偷了一桶柴油。」

「狗日的，一桶柴油值幾個錢!」我父親說。他的英文懂行的人是聽得出口音的。唐人街口音。廣東話為母語的人每個英文吐字都咬斷最後一點尾音，尤其在他惱怒的時候，這種口音更重。

英國員警不加評論。來租界服務的警衛人員都是在英國退了休的員警，只要不傷害英國人的利益，他們不計較其他種族間的是非。上海天天有人殺人放火，管不過來。

日本兵砍累了，慢慢走開，一面在地面上搓著鞋底板。剛剛蹚在血裡，總得把鞋底擦乾淨。我和父親都沒有再上前去。不用湊上前了。從我們站的地方就能看見地上那堆形骸一動不動，暗色的血從馬路牙子上傾瀉。一個小小的暗色瀑布，從我的角度看油黑油黑的。

英國騎警沒有下馬，從鞍子上向我們轉過身，聳聳肩。這是個多麼討厭的動作！中國人，死了。就這麼回事。或者：你們瞧，五分鐘前還惦著回家吃老婆做的飯呢。或者：又一個任人宰割的中國人，連叫都沒叫一聲。

我父親堅持要送我回家。剛才那一幕讓他恨不能立刻扭送我去美國。他叫了兩輛黃包車，我的車走在前，他緊跟在後，突然想到有什麼要跟我說，就催他的車夫猛跑兩步，說完他的車又落到後面。有時候趕上來，清了清喉嚨，又不說了。在我的住處門口，我跳下車。他也從車上下來，站在車旁邊說：「好好用妳的兩個星期。收拾行李也包括在內。」

然後他坐回車座上，向車夫一抬下巴。車子掉轉頭。

我站在原地，看見他的頭頸縮在大衣領子裡，人給車子顛得一上一下，忽左忽右，渾身有點散架似的。大概他在為剛才險些衝上去勸阻日本兵而害怕。黃包車走遠了，他毫無察覺我一直在目送他。也許他越想越害怕。真正懂得怕是成熟。這就是父親一直到故去都說我不成熟的原因：「妹妹，年輕人總以為他們的命結實得很，有的活呢，所以動不動就拿命去挑釁，正因為他們不成熟。」

我的住處暴露了。必要的時候父親可以親自來捉拿我上船。

第二天我去唐納德的診所找彼得。又是一次突然出現。值班的是另一個醫生，一個上海人。他自我介紹姓文，文天祥的文。文醫生告訴我彼得家有急事，這個週末改成他值班。他問我他可以幫我什麼忙，我說謝謝了，他已經幫了我忙。這種對話很奇怪，無論我怎樣用上海話答對，文醫生就是不屈不撓地講他的上海英文。下面就是我腦子裡記錄下的對話——

「儂曉得彼得屋裡出了啥事體？」

"I think they are moving."（我想他們在搬家。）

「搬到啥地方？」

"I don't know. He bought some old furniture from Dr. Donald."（我不知道，他從唐納德醫生那兒買了些舊傢俱。）

彼得終於如願以償，攢出了那個頗可觀的數目，把全家從大宿舍裡搬出來了。

我一秒鐘也不想等待，想馬上見到彼得。能找到他的地方只有虹口那幾條街。

這時一個中國男人扶著一個中國女人走進診所，東張西望，就是沒把我和文醫生望到眼裡。女人嘴裡喃喃地說，「一定走錯門了，怎麼沒見那個洋醫生？」

文醫生迎上去："May I help you?"

男人馬上說：「噢，沒走錯門。」

文醫生不屈不撓的英文原來很有用。我想給彼得寫一張字條，但怕它先落到唐納德的粉紅的手裡，讓我的字跡和心跡失去貞操，也怕唐納德給彼得一番大叔式的忠告。

我出了診所就往外白渡橋方向走。冬天偶爾有這麼幾個好天，可以稱它陽光明媚。遠處的船嗚嗚咽一般。

穿過外白渡橋，匯山路上停泊了幾輛舊汽車。看見衣著登樣的人，車主就上來拉生意。這種短途計程車的車主都是猶太難民，幾人合夥買下一輛破車，再偷梁換柱把它修理得返老還童，然後便和黃包車搶起生意來。他們對虹口每一家餐館、酒吧、咖啡館、小客棧——所有猶太難民經營的生意都瞭若指掌，他們介紹每個客人給餐館或客棧，都能從店主那裡得一份微小的抽頭，同時再從乘客手裡賺一筆車費。猶太人和中國人一樣，你把他們種在鋼筋水泥裡，他們都會發芽生根。

那個叫「萊茵河咖啡館」的店面漆了個新門面，做成了假歐式門面。裡面的顧客一看就是那種一杯咖啡坐一上午的人。他們跟老闆聊糧價，聊正在演出的業餘劇社。當然，聊的最多的，還是留在歐洲的親屬。每個人都留了一些親屬在身後，不知親屬們是否收到上海發去的收入證明了。笑話！不是嗎？納粹要看到他們在上海的收入才肯發護照，才肯給他們出境許可！好像不大放心他們，怕他們到上海溫飽無著落！好像他們到了上海流離失所會讓他們於心不忍！……

難民們把手上的報紙傳來傳去。只買得起一份《紐約時報》，傳到讀爛為止。他們都在等美國政府心軟，對他們敞開門扉，因此他們關切美國政治經濟金融……所有事物的動向。美國一定會心軟的，你們看，只有美國才有寬大的胸襟和氣魄，拿出錢給他們一天開兩頓飯。飯不是好飯，但從三七年到四〇年十二月二十九日，「美國救助猶太難民基金會」已經開出了幾萬頓飯了！所以他們沒有理由不相信美國將成為他們的最終寄居地。

我想像坐在我位置上的不是我而是彼得。他會在人們提到美國時心跳異常嗎？肯定會的。對他來說，他和美國只有一張擔保書和一張船票的距離。彼得會不會提醒這些咖啡桌上的難友們，美國已經表現了她的冷酷？一九三七年羅斯福提出接受歐洲的猶太難民，被國會否決了。有沒有必要讓這一張張蒼白瘦削的臉夢醒，告訴他們美國對猶太人只比對華人溫和那麼一丁點。美國人編排了多少有關猶太佬的笑話？猶太人求職求學，往往會改掉自己的猶太姓氏。彼得從我這裡聽了足夠的故事，足以告訴他們：歧視和迫害到處都有。迫害別人是有快感的，有巨大快感。「水晶之夜」那死了的九十一個猶太人和碎裂的幾千扇窗玻璃給人們帶來多大快感，簡直不能想像！正如一八六九年火燒唐人街、追殺華人給美國人帶來了快感。

我面前放著一小杯醇香的咖啡，從熱到冷。這麼好的東西沒一個人分享，我寧可不碰它。一個小時過去了，現在進來的人是吃午飯的。是那些生意有了起色，不必靠大食堂救濟餐去餵的人。

這裡能嚐到地道的歐洲甜食。深秋的爛蘋果和梨在猶太店主這裡可是好東西，做成蘋果排和梨排，每一口咀嚼都是一次故里重歸。人們不再像先前的早餐客人那樣繞舌，都靜靜地吃著自己盤子裡的食物，靜靜地重歸故里。我的眼睛始終注視著門口，但那裡沒有出現彼得。

我朝侍應生招一下手。侍應生五十多歲，不會講英文，但端茶送水的動作十分優雅。彼得告訴我，他曾擁有寵物商店，來上海前被迫處死了他所有的寵物。我在餐紙上寫下彼得・寇恩的名字，朝他仰起臉，我眼睛裡的詢問不要語言也看得懂。他看著名字，看了至少有半分鐘，然後不肯定地對我笑笑。我起身告辭這頓漫長的早餐，走到門口，他又從後面趕上來，指著門邊一塊黑板，上面貼滿各種小紙條。大多數是後到達上海的難民找先到的親戚朋友。有一條用英文、德文、希伯來文和意地緒文同時寫道：「我等了你太久。你到這兒找不到我的話，就到天堂來找我吧。」時間是一九三九年十二月，距離此刻有一年了。

我傻瞪著這張紙條，瞪著瞪著，眼淚瞪出來了。也許某一天我會突然看見一張同樣的紙條，下面落款是彼得・寇恩。也許彼得的目光多次瀏覽在這些紙條上，想找到一張他一直在找的，終於找著了，上面是一個女性娟秀的英文：「彼得，我找了你太久，找不到，天堂再見。」那是我的手跡。

這是我的過錯，一去無蹤影。為了無聊的妒嫉心一去不返。為了跟他那八百年前的戀人爭風吃醋摔門而去，不給他打電話，不給他一點尋找的線索。整個事端是我製造的。

星期一晚上，是彼得值班的時間，我又去了唐納德的診所。值班的是另一個中國醫生。消息更壞，彼得已經辭退了工作。

「留了任何聯絡方式嗎？」

「好像沒有，走的時候他不愉快。」

「和唐納德醫生鬧不愉快了？」

「不知道。」

「什麼時候鬧的？」

「不知道。」

我對面的，是一張不關痛癢的溫和面孔。這種面孔在上海中產階級中最普遍。上海各種租界，各執法律，各持是非，最好誰也別惹。於是就在上海灘上進化出這樣的面孔來。

全是我的過錯。我從診所跨出，一步一步，腿像兩截木樁子，載著我向前走。這可全是我自作自受。

辭了職的彼得會怎麼付房錢？他終於讓全家走出了沒體統沒體面的大宿舍，可房錢怎麼辦？他怎麼吃得消上海的物價？他那雙總是在討主張的大黑眼睛現在看著什麼？向誰去討主張？……

星期二下午第三節課時，教室門口出現了一個人。教室內外都是上海冬天的陰暗，那人似乎咧嘴向我笑了一下，但我無法確定。他的形體是少年的，因此我以為他是某個班的學生。等我走出教室，他不見了。

在往辦公室去的樓梯上，他又跟上來。一個念頭電擊了我一下：壞了，跟蹤又續上了。跟在後面的人輕聲叫道：「阿玫姐姐！」

一回頭，竟是世海。我愣住了。世海變了個人，戴了副玳瑁色眼鏡，個頭也高了。想起他把我抬舉成非自覺的抗日勇士，又把我供給日本憲兵，我不知拿什麼臉色接待他。

他說：「上趟的事體讓妳吃苦頭，都是日本鬼子挑撥的！」他說著，看了看身後身前，覺得還是改用英文比較安全：「日本鬼子說妳已經把我供出來了。」

我想，這事扯下去更沒有崇高感。我笑笑，一陣乏味和乏力。

他父親在上海十六鋪有四代的關係，所以讓幫會的漢奸送一份大人情，日本憲兵也就順勢下了臺階。

我問他怎樣找到了假名字假身分下的我，他嘿嘿一笑說找誰也難不倒他，其實到處都有他們的人。小夥子看來沒讓日本憲兵打老實。他的同志們在一次基督教會組織的大合唱裡見到了我。我不屬於任何教會，但我有一幫學生是教會文娛活動的積極分子，央求我給他們彈鋼琴伴奏。就是那次美僑學校冷餐會上的一位抗日少年在那裡看到了我。上海可大可小，自稱洋派的上海人圈子，稍微多拐個彎，大家都沾親帶故，不是熟人就是半熟人。

我實在看不出他笑眯眯地冒出來是什麼企圖。有幾個老師從樓上下來。這是下班時分，教師們包裹上圍巾大衣，露手指的手套捧著帶回家圈改的學生功課，另一隻手裡拎著半袋米。我領著溫世海下到一樓。

我說：「你找我有什麼事？」這話用英文說挺客套：什麼事把你帶到這裡的？也能給聽成：什麼風把你吹來的？

他說：「新年妳有空嗎？我父親想請妳用個便餐。還有其他一些朋友。」看到我脫口就會說「謝謝，不了」，他趕緊補一句：「也請了寇恩先生。」

我說：「你怎麼找到他的？」我跨上前一步，起死回生似的，腳趾上的凍瘡一陣刺疼。他說他們家和彼得從來沒斷過聯繫。他不久前還跟彼得談到我，提起他的同志在大合唱中見到我。所以我在這個學校代課的事，對誰也不是個祕密。

你看，我很沒用的，馬上接受了世海的邀請。少年抗日分子出賣我的事實，我馬上忽略不計。

去世海家之前，我去了趟理髮店。注意：這對我可是大事。理髮店是我一生中最討厭的地方之一，跟牙醫診所、郵電局、公共廁所並列。我尤其討厭坐在圓桶烘箱下面翻閱內衣廣告、明星豔聞、毛線衣針法。理髮店讀物在我印象裡有獨特的行文，那種香波、頭油、剃鬚膏氣味撲鼻的文字。然而為了出現在彼得面前能有些光焰，我居然坐在圓桶烘箱下面，翻看起「毛線衣針法」來。介紹毛線衣針法的女人們個個都有個剛從圓桶烘箱裡烘焙出來的頭形。

我的頭髮也烘焙成型，一疊疊浪花八級颱風也吹不動。理髮師捧一面木框鏡子，讓我看到側面後面，一朵浪花也不少，一份理髮費買了層層疊疊多少浪花，我傻了。我不要做自己，要扮一個角色，一個相親的時髦女郎角色。

出了理髮店我越來越難受。這個扮演的角色讓我自己一點自信也沒了。我掏出小鏡子，手指左刨右刨。這個頭真是烘熟了，烘出的陌生人頭像還不那麼容易搗毀。我幾乎想跳下黃包車，逃掉。

我總算成功地把滿頭浪花毀了一半。但一看還是剛剛從圓桶烘箱下獲得了明星們最新豔聞，或學成了某種編織針法的時尚女郎。

彼得一見我便拿著高腳水晶酒杯走過來，兩眼又大又亮，很高興能再一次和我從陌生到熟悉似的。

他說：「妳今天真漂亮！」這是一聲耳語的驚呼。

我癡癡地看著他。隨他的便吧，說真話說反話我都不介意。他穿了一套黑色西裝，俊美透頂。但還是比不上我心目中的他俊美。我滿心感觸又滿心委屈：我父親給我的期限將到，他卻不留蹤跡地消失了。現在他居然像什麼事也沒發生過，一句「妳今天真漂亮」就打發了我。

他酒杯裡是粉紅香檳。我以為只有我才能讓他破例喝酒。在我進來時，我就看見他和客人們聊得很高興。我在他生活中沒留下什麼空白啊。

你看看，我多不近情理，在戀愛上就這麼得寸進尺，患得患失。他高興有什麼不好？不，不好，他如此真切的高興不應該有別人的份兒。我此時對彼得愛得咬牙切齒。

我說：「不漂亮。」我是在說我的頭髮。其實話中有話。

彼得怎麼聽得懂我如此層次豐富的不滿和矯情？他馬上說：「還好，稍微刻板了一點，不過不妨礙妳的美麗。」

這時被他剛才丟下的對話夥伴又追上來，繼續他們擱下的話題。他們在談球賽。奇怪吧？那時男人們和現在一樣，也熱衷談球賽，這一談談了半個多世紀。球賽把各種不同的人物、人等談得彼此彼此，球賽是他們超越種種政治、種族、道德分歧，唯一能談得來的事物。他們談日本人和英國人剛賽完的一場足球，又談巴斯克的回力球表演賽。接下去，又談黃牛票賣到天價的美國籃球表演賽。

其中一個人說：「最好日本倭寇去跟美國人賽賽！」

沒人接話。他這一句挖苦有把談話政治化的潛在危險。人們的政治面貌都藏在好客人的笑容後面。菲力浦好心好意給大家好吃的好喝的，別撕下好客人的面容，為汪精衛和蔣介石打起來。

我們被請到溫家的正餐廳裡。這個餐廳大得可以打壁球。菲力浦的房子雖然豪華，但一看就是今天一個主意，明天一個想法的拼湊。大餐廳原來是一個天井，上面蓋了一個玻璃屋頂就成了餐廳。屋頂上落葉不少，一隻去年秋天死在上面的大蟋蟀標本展覽似的趴在玻璃上。客人們和印尼群島來的木雕神像擠得水洩不通。菲力浦是這麼個人：假如他請客的這天正好有個裁縫來量衣服，或者一個瓦匠來修水池，他也會招招手：「別走了，來來來！隨便吃點隨便！」

午宴極豐盛，卻又很隨便，中、西菜餚，家製的外買的都有。溫太太一頭汗，還是沒法把每個人安置舒服。最後她代傭人們抱歉說：「這幾個傭人把人數算錯了，否則在大客堂再開一桌好了！」

我和彼得緊緊擠坐在一起，我一抬腿，再想放下，幾乎辦不到，只能放到他腿上。
我說：「彼得，我要走了。」
彼得說：「這麼早?!」他從和別人的談話中抽回注意力。
我說這個「走」可是去美國。他問我什麼時候走。
「訂的是下星期六開往三藩市的船票。」
「都準備好了？」
「有什麼可準備的？」
一個英國口音的英文和一個美國口音竊竊私語，把如此之大的計畫變異談完了。
我說：「差一點見不著你，就走了。」
彼得說：「是妳不讓我見妳啊。」
我說：「可是你可以從詹姆斯·溫那兒知道，到哪裡能找到我。」
彼得說：「如果女人不邀請我見她，我要尊重她。」
我心裡想，熱戀的人哪來這麼多尊重?!但我口頭上謝了他，謝謝他的尊重。
他這回聽出我的「謝謝」簡直是罵人，但他顧不上了，因為我遠航在即，這消息太具有爆炸性。客廳裡有人彈琴。溫世海在彈。旋律是「我的家在東北松花江上」。人們鬧哄哄地吃喝，談著各種可能發財的路徑。悲愴、幽怨的松花江流淌在這樣的談話中，好不怪誕。

彼得無心吃飯了，他有足夠的東西需要消化。我要遠離的消息不那麼容易消化。

音符敲出了「九一八……九一八……」。這年紀的世海什麼都和成年人不一致：他有自己的飲食、作息時間。除此之外，他的情懷用《松花江上》展露給你們，你們魚肉吧、痛飲吧，少年人的傲慢全在那一絲油膩不沾的音調裡。

我站起身朝客廳走去。沒人看見我走了，就像沒人在意世海絕食彈奏的《松花江上》一樣。

彼得跟在我身後。我們在客廳門口手拉起手。他輕聲地說他會等我的消息。我輕聲說擔保書一辦好，就寄給他，然後我就會等著到三藩市碼頭去歡迎他。他看著我。什麼都很渺茫，我也知道。

我和他，他的下巴抵在我肩膀上，就那麼站在世海的松花江裡。世海也像我父親說的那種小年輕，以為自己太年輕了，有得活呢，不那麼容易死。他彈《松花江上》遠比彈蕭邦、舒曼、舒伯特彈得好。彈得真好。讓你明白他從來沒彈懂蕭邦、舒曼之類。這個《松花江上》他是彈懂了。他彈得彼得都懂了。我聽著，聽著。這個少年人做了什麼我不能原諒呢？我全都願意諒解。

我們走出溫家的門，彼得告訴我，因為菲力浦的朋友的船運公司聘用了他，薪水比唐納德給的要好，所以他和唐納德商量解除合同或加薪，讓老愛爾蘭人不高興了。他用攢下的全部積蓄，加上向菲力浦朋友預支的工資，付了房東租房押金和第一個月的房租，總算把全家搬進了一個帶亭子間的公寓。父母住亭子間，大房間一隔為二，一邊是弟弟、妹妹和他的臥室，一邊做客廳和餐廳。可惜沒有浴盆。房東把浴室隔開，隔出放煤灶的地方，為此拆了浴盆。

我問：「一大家子怎麼洗澡呢？」

他說：「忘了洗澡這樁事吧。」彼得很大度地笑笑。「反正在上海生活是暫時的，洗『海綿澡』也可以。」

我知道「海綿澡」目前是猶太難民中盛行的洗浴方式：用海綿蘸了水和肥皂，全身或半身、半身地擦洗。

「我已經很滿足了。」彼得又說。「到了美國，我要連洗三天澡！」他熱烈地說，惡狠狠地吻我一下。

我告訴他，到了美國頭三天真正該幹的是什麼。三藩市的海灘，礁石上有大群的海獅，海獅群落的上方，有座燈塔。一個多世紀來，燈塔像朝著大西洋的自由女神一樣，朝著太平洋，朝著渡洋而來的亞洲移民。那個叫「燈塔礁餐館」的窗子，就開向這座燈塔。坐在窗前望出去：落日、大洋、礁石、燈塔，往北看，是一片沙灘。

燈塔和落日，加上沙灘，都成了我的，成了我許諾給彼得的。一剎那間，我忘了燈塔礁餐館不讓白人和華人共坐一個桌，彼得將和我咫尺天涯地坐著，各看各的落日。一直到我回到三藩市，登上那個高高的礁石，才想到我是拿不屬於我的東西許諾。而代替彼得陷入這場種族尷尬的是傑克布。

你向我打聽傑克布和我的關係由來。好，我們很快會開始的。

❀

去美國前，彼得送給我一件非常特別的禮物。我把它看成一件信物。那是一個床罩。由碎布拼縫而成的單人床罩，是彼得的祖母去世前做的。老太太用了幾年的閒暇才把它做成。每一塊三角、正方、梯形都來自彼得從小到大的衣物和床俱，從他出生到他十八歲，連奶娃時戴的白色蕾絲小帽子，也拼在上面。一個多愁善感的老祖母，對於放逐是那麼一切就緒，打算撇下一切帶不走的，而能帶走的，都縮寫著歷史。彼得把它作為禮物送給我，你可以想像我有多感動。彼得的成長流年將覆蓋我的身體，我掌握和占有著從搖籃到成年最私人化的彼得。並且，它將終究回到彼得身邊。那時它已成我們兩人的了。我們共有的第一件家當。

我果然把我和彼得共有的第一件家當絲毫未損地從太平洋東岸又帶了回來，帶回到上海。

經過海關檢驗時，我的箱子被打開，日本人把一件件衣服、一雙雙鞋子翻出去，箱子底下就是這件珍貴家當。我搶上去一步，抓起它，使勁抖了抖，正面反面地亮給那仁丹鬍上面的眼睛：請吧，看吧，勞駕袖起你的手，這是件看得碰不得的神聖物。

我旁邊的傑克布笑嘻嘻地看著我。他讓這一個月太平無事的航程養得又黑又壯，我如此挑釁的動作對他來說倒蠻好玩。

傑克布說：「很漂亮的手工藝品。妳母親做的？」

我沒說話。那上面的蕾絲一看就很歐式，非常貴氣，不是唐人街居民的東西。

你一聽就明白，我把和彼得的關係瞞著傑克布・艾德勒。中國有句現成的話形容我這種作法，叫作「腳踩兩隻船」。中國人對腳踩兩隻船的女子很不客氣，認為她們卑鄙下賤。我不在乎。為了彼得我什麼也不在乎。

我不馴的樣子讓日本人窩火，所以想多麻煩麻煩我。他叫來狼狗，把我皮箱裡外嗅了個透，另一隻皮箱裡裝了幾件男式服裝，一套西裝和一件羊皮夾克，統統交給狗去審核。彼得曾經說，他母親在他們的內衣櫥櫃裡放著乾薰衣草，我便為他買了一大袋乾薰衣草來。狗把那袋乾花叼出來，到主子面前請功。

傑克布看我又要有冒犯的動作出來，馬上在口袋裡摸一摸，摸出幾張美元，用個幾乎是曖昧狎昵的動作，往日本人手裡一塞。

日本人一揚巴掌，摑在傑克布臉上。還沒等傑克布反應過來，他又是一摑。他嘴裡不再是那種沒有"F"音的英文了，全改成日文。一用語言暴行，大家都回歸母語。

傑克布怒火中燒，兩眼把對面的仁丹鬍子能瞪出洞來。但他嘴角已經上翹，大致可以算作笑容可掬。

日本人說他竟敢賄賂官員。他說誤會誤會，那是他為禁帶之物付的罰款。怎麼能用賄賂這種下作辭彙呢？主動付罰款是最誠意的道歉。雖然傑克布英文帶德國口音，但他說得流暢自如，油嘴滑舌。這一刻他整個人看上去圓滑謙恭，一槍打上去，子彈都會在他這塊橡皮上彈跳，再彈回來。

每當這種時候，就不由得我不去懷念彼得。我那小彼得多麼單純羞怯。其實傑克布比彼得小兩歲，在四一年十一月初我們登上上海岸時，只有二十四歲。

箱子大開膛，我的衣服裝不下，一部分裝在傑克布的箱子裡，而我自己的兩隻皮箱騰出一隻裝我為彼得買的東西。這對傑克布是個祕密。我向傑克布撒謊，說那些男人衣物是我為我父親採購的。反正我又不打算讓傑克布和我父親認親。

傑克布的箱子裡有一半是我的裙子、絲襪、高跟鞋、晚禮服。雖然都是來自舊貨店，但也是舊貨中的精品。一看就是個交際花的行李。我那一段時間在我伯伯、伯母眼裡是個妖精，特別愛打扮，在他們面前走過去走過來，他們心裡都在說：「哼，幹不出什麼好事的！」

確實是在幹一件很不好的事。我指的是跟傑克布——我簡直在造孽。有時，為實施一件善舉，必須要造一回孽，我就是那樣在心裡為自己開脫的。再說愛昏了頭的女孩子有什麼善和惡？她可以把黑的看成白的，把死亡當成盛典。

我必須說說我和傑克布・艾德勒怎麼碰上的。我們是在我表姐的婚禮上見面的。那個婚禮是唐人街的大事，可了得！洗衣大亨招女婿了。幾百客人被請到唐人街聖瑪麗教堂，客人裡有幾個義大利家庭。唐人街和義大利城是隔壁鄰居，成大亨非得有義大利人的關照。義大利家庭帶來的客人就不純了，什麼人都有，愛爾蘭人、荷蘭人，還有兩個猶太人。

我一看見傑克布就發現他眼熟，但我想不起在哪裡見過他。那天我是伴娘之一，穿著淡紫色的長紗裙，不必跟你假謙虛，那天我確實很青春、很美，一個個結過婚未結婚的男人都不時看我一眼。所以我找上門去跟傑克布搭訕，說他面熟，他說：「我喜歡這句開場白。」他的樣子暗示：男人才用這個不新鮮的開場白去騷擾女人呢。

我使勁盯著他看：他個子比彼得矮，身材勻稱緊湊，後來發現他愛玩水球，也愛玩跨欄。他對什麼都只是玩玩，什麼都能玩兩下。他的面孔很少有定在那裡給你好好審視的時候。一秒鐘的一本正經，他馬上就會擠一下眼，或鼓一鼓腮，把一本正經的表情攪亂掉。

第二章

傑克布・艾德勒的歷史不用我介紹，人們早就清楚。從六十年代末就有人寫過他的傳記。到現在為止，美國、歐洲大概有不下十個人寫過他的故事，他的人生版本於是也就真假難辨。但是有關他怎樣跟著父母、兄弟一塊兒在三三年移民美國，記載都差不多。一九三三年突然發現美國有一筆遺產需要繼承，對居住在德國的猶太人來說是得到了來自天堂的邀請函。那年希特勒對猶太人已經開始露出惡毒端倪。艾德勒傳記中也提到了這個親戚是誰。她是傑克布母親的姨媽，守寡後自己唯一的兒子也生癌死了。她的產業不大，在紐約百老匯街有兩處房產，她只能把它們留給艾德勒一家。

傑克布跟我就這麼認識了。一直要到幾個月後，我才突然意識到我在哪裡見過他。婚禮之後不久，我收到彼得來信，說我為他寄去的經濟擔保仍然幫不上忙。因為美國的簽證官員要看他在德國的納稅證明和五年內無犯罪紀錄。我焦灼得不能忍耐一封信的郵程，趕緊到美國電信局服務樓給他發了電報。那時發電報很貴，十美分一個字，我數了數口袋裡的鈔票，用剛領到的一禮拜薪水買了一百多個字。（我從小就聞夠了唐人街洗衣作坊的氣味，摻了廉價香精的洗衣粉和熨衣漿的虛假香氣，所以我在一個唐人街律師事務所找到了一份工作，寧可少拿工錢也不在我伯伯的作坊裡當摩登洗衣婦。）電報上我叫彼得告訴簽證官，他當時是大學生，怎麼會有收入？至於無犯罪紀錄，那是不可能的，在納粹眼裡，猶太人個個是天生的罪犯。剩下的我說到三藩市的燈塔礁餐館空著一個位置，是為他空的，海灘也空曠無比，因為那一份不可替代的心靈上的缺席。總之是這類小布爾喬亞的詞句，一個字十美分地傳送過大洋，傳送給彼得。沒想到回答第二天就來了，彼得也發來電報，說他在維也納郊區一家高爾夫俱樂部幫過忙，俱樂部老闆是父親的朋友，讓他在那裡當了一個暑假的實習醫生，掙了收入。「那你就跟他們說謊，說你從來沒正式收入。」我在下一個電報裡氣急敗壞。發電報的美國人長時間地瞪了我一眼——中國佬花這麼大價錢說話還不說點真話。彼得回來的電報很乾脆：「太晚了。」

太晚了，他已經說了實話。他把乖孩子做到美國簽證官那兒去了！可這正是我愛他的地方，火什麼火呢？再接到他的信，是一個月之後，他說只能聽天由命等奧地利稅務局開恩，翻出他的納稅紀錄，給他開一份證明。

他還不如等耶穌或者摩西接見呢。

我是在絕望中靈機一動，突然看出了傑克布・艾德勒像誰。應該說我早在一九三九年底就見到了傑克布的臉，或者，見到了他那臉的影子，他的面影揉和在彼得的面孔裡。我想到這裡，不由自主地伸出手，把他的栗色頭髮揉鬆，讓它堆在那高大的額頭上。假如這頭髮是黑的，傑克布可以很像彼得。

我把傑克布帶到上海，你可以猜到，我就是從這裡開始造孽。

當然，我明白傑克布對婚禮上那個淡紫色伴娘好感十足。婚禮結束時，傑克布和我已經在華爾滋中交換了彼此的姓名。第二天我下班回家，穿著一步裙、小高跟走在珠寶行相接的唐人街上，傑克布向我招招手。我問他怎麼會在唐人街，他說他工作的罐頭工廠離得不算太遠，所以他在這一帶閒逛，看能不能碰到我。這個時間從太平洋來的風極狂，兩邊的珠寶店晶瑩璀璨，不是路燈照亮了我們，而是珠寶照亮了我們。

他說華人律師真是奴隸主，把一個如花似玉的小姐奴役到晚上七點，能跟猶太律師們媲美了。他大哥那樣的猶太律師奴役員工十幾個小時員工也無話可說，因為他奴役自己二十個小時。

正像那些給傑克布・艾德勒作傳的人描寫的那樣，傑克布和人自來熟，他的語言有感染力，在抵制他的同時你其實已經給他逗樂了。他不會讓你感到某種莊重的關係正在開始。年輕女孩子對莊重的情感關係總是暗暗渴望，因為它是壯麗浪漫史的基礎。而對傑克布這樣的人往往不設防。不夠莊重啊，什麼重大結果會從這裡產生呢？

所以我根本沒防備。他那種漫不經心的魅力滲入其實已經開始。他站在珠寶的四射光芒中也不起眼，頭髮需要好好洗一洗，再吹一下，領帶的顏色也夠嗆。他請我吃晚餐，我沒有答應，說我伯母會等我的。「打個電話告訴伯母吧，請她別等了，今晚工作太多。」他為我編謊言。我請他不必費心策劃，來日方長，改日再說。

他非常痛快地接受了自己的失敗，也沒有馬上組織第二次攻勢。直到一個星期後，他才再次攔截到我。當時我和我的表姐們一塊兒，從一個珠寶店裡悠到另一個珠寶店。那時唐人街的女人們玩什麼？除了打牌，就玩玩珠寶，而且是只玩不買。一件件首飾拿出來看、比劃、試戴，討價還價，做個某天攢足錢來買它的夢，就玩得很高興了。所以傑克布跟在我們一群女人後面，看到的就是我們這項最沒出息的遊戲。這個遊戲夠我們把一條街的首飾店員們耍個夠，從中午耍到晚上。傑克布又是在珠寶琳琅的奇幻世界裡向我走來。他其實已經看到我們狹窄的興趣和不雅的品味了。但他裝成和我們不期而遇。然後他就向我們一行四個女人發出了晚餐邀請。

跟傑克布熟了之後，我談起文學和戲劇或者音樂時，他臉上總有一絲壞笑。後來我惱了，問他笑什麼，他才說起這個下午，他看到我如何玩興十足，把那些鑽石、祖母綠、鴿血紅都變成了我的玩具。所以你們看，他從一開始就認識到我的俗氣，不過他全盤接受。

我們一開始就不是人們概念中的單相思、追求什麼的，他只覺得我可以做個有趣的異性玩伴。婚禮上華爾滋旋轉出不少相互的底細，比如我在上海生活的經歷，而傑克布對於上海的興趣不亞於對於我。我描述的上海，讓傑克布想起淘金時代的三藩市，有膽子有賭性都有發財的可能，最好的一點是道德是非的馬虎，人人都能不擇手段地開拓財源，再給自己的道德瑕疵開脫。傑克布認為他來三藩市太晚，發不法之財不義之財的大好時機已經過去。你要對他的這句話橫眉瞪眼，他立刻瞪眼回來：哪一個豪富家族的發家史經得住考察呢？財富是人性邪惡的積極副產品。

我們表姐妹一行接受了傑克布的邀請，在唐人街的一家中檔餐館吃了飯。那時唐人街不少老闆都在店堂裡放一個募捐箱子，為中國抗日軍隊募捐醫藥費。表姐們都習慣往這類箱子裡投一個五分幣或一角幣。傑克布和我最後跨進餐館，他問募捐箱兩邊的標語說的是什麼。我解釋了「收復失土，還我河山」的意思。他像是把那幾個字吃進去了，然後吐出一口氣，說對一個有國土的民族來說，事情簡單多了。也就是從這偶然的一兩句話，你意識到傑克布・艾德勒另有一層心思，一層很深的幽暗的心思。

傑克布和我一起去上海並不光由於他認為正在和我熱戀；他是為了躲避他惹的禍事。那家義大利食品罐頭廠本來挺重用他，讓他做行銷經理，他卻設法把一批批的罐頭轉運出去，經過他的行銷網路謀利。從工廠到庫房的途中他做一下手腳就行。工廠出貨是他去點驗的，庫房進貨也經他的手，中途改一改數字十分容易。義大利人對數字不像猶太人那麼有天賦，所以傑克布越幹越膽壯。我們那餐豐盛的晚飯：魚翅、清蒸老鼠斑魚實際上是義大利老闆掏的腰包。傑克布暗中截流了義大利老闆的利潤，買了我表姐們一致好評。中國女人大多數都對捨得為她們付賬的男人刮目相看。

後來，我和傑克布一次次去燈塔礁酒吧，他和我講到他的家庭。他說他的大哥、二哥小時候有次乘一輛兒童車，由他祖母推到公園去散步時，人們和老太太搭訕，說兩個天使真可愛呀，幾歲了？老太太正色回答：「律師先生三歲，內科醫生一歲半。」這是人們編的笑話，挖苦猶太人功利心的，但老祖母一點也不覺得它是個笑話。早早地為孩子設定生活目的不對嗎？不功利他們將來怎麼成功？成功的猶太人還讓人當牲畜宰，何況不成功？

傑克布和我第一次發現彼此有許多相同的地方。我們都不愛音樂，也不愛歌劇，更不愛芭蕾，總之，那些只求上進的人必須愛的高尚東西我們都不愛。而且也為自己的「不愛」找到了堅實理由：因為這些高尚的東西是強迫灌輸進來的，這種強迫才不把你直觀的、天性的取捨當回事。換句話說：高尚的東西不尊重我，我寧可不高尚。我和傑克布在談到這些話題就非常投機，會破口大笑，笑得燈塔礁酒吧的人恨不得把我們扔到太平洋裡去。

傑克布說：「May，妳看，我成了我們家的敗類，用我父親的話說，是猶太種族的敗類。我大哥、二哥讓我祖母如願以償，一個是律師一個是醫生，輪到我，只剩下個會計師。逃到西部來，就是逃避預先給我設計好的會計師角色。」我記得傑克布這樣告訴我。

那天他和我坐在酒吧視窗，他右面應該有一輪夕陽，但雲霧太厚，只能看見餘暉投在太平洋水面上一灘不亮的倒影。從這裡一直漂，就能漂到我的彼得身邊。我常常和傑克布來這裡，就因為我對彼得的想念可以一無阻礙地從太平洋漂過去。餐館領班也不再來煩我們了，傑克布跟他繞舌了十多分鐘，沒能把我安置到白種人用餐區，結果他只能陪我到有色人種用餐區來，好在太平洋、燈塔、落日都是人種色盲。

也就在那段時間，我沒命地打扮。我要保住我對傑克布的魅惑力。我已經在實施驚世駭俗的計畫。其實比我形象魅惑力更重要的，是我的性格，這點傑克布不久就會告訴我。我跟他那麼有話可談，對許多事物能談得那麼投緣，是他更加看重的，也是我牽扯他興趣的最大籌碼。

所以他不在乎向我道破他不高貴的方面，他以為在我這裡找到了認同感。但他萬萬沒想到，每當我看到他玩世不恭打趣一切，我就會想到，幸虧我有我的小彼得。彼得跟他多麼不同，吃盡苦頭，把自己化成父母和家族的理想。他什麼都想做得盡善盡美，做得自己成為自己的理想。我愛彼得正因為我永遠也不可能成為任何人的理想，我討厭成為誰的理想。怎麼會是這樣呢？讓女人感到浪漫得要死的東西是她達不到的，先天缺乏的。

每當傑克布講起他從小到大怎樣瞎混鋼琴課，我就想到彼得的認真和真誠，哪怕他沒有做音樂家的指望，就把它作修行也彈了二十餘年，一顆心彈得那麼清靜單純。人不可以都像我和傑克布，人應該找到一兩種途徑自我提純。

這就是為什麼越是和傑克布親近，我越是苦戀彼得。

我問傑克布，假如我去上海，他會一塊兒去嗎？

他回答這樣一對青年男女，關係太可疑了，是否先訂婚再訂船票。

他就是這樣滿口渾話。

我說猶太人家裡規矩那麼大，要和中國女人訂婚恐怕不容易。

他說中國人家的規矩也很大，不過那是對守規矩的人來說。

我們有關訂婚的半遊戲討論先擱下不提了。

讓我看看，一九四一年初夏的事件發生在什麼場合下。那事件讓我決心要犧牲傑克布，去營救彼得。對，是這樣的——傑克布常常去一個愛爾蘭酒吧打彈子。酒吧在金融區，我上班的律師事務所常常派我把一些文件送到移民局，所以我會趁機到金融區的一家寄賣行打打獵，碰到運氣好能獵到相當不錯的衣服、首飾。跟男人打獵一樣，即便沒有獵物也是一次消遣。我也不圖獵到什麼。這寄賣行旁邊，就是三藩市一條著名的不名譽小街，暗娼，地下賭場，都有。

我在寄賣行瞎逛時，看見傑克布和兩個男人走進街口。我叫了他一聲，他們談話談得入神，沒聽見，似乎進了街上第三個門。那是一家愛爾蘭酒吧。

走出寄賣行，揩老闆的油讓我自己度了這麼個小假期也該度完了，我打算去酒吧跟傑克布打個招呼就回律師樓接著上班去。

傑克布卻正在和兩個男人爭吵。他們說的是意地緒語，我聽不懂，但傑克布理虧的樣子我能看懂。那兩個人看我進來，表示給傑克布留面子，轉身到吧臺上去了。

我問他怎麼了。他說很正常啊，打彈子有輸贏的。我問他輸了多少錢，他說沒多少，一貫講俏皮話的他嘴老實了，催我快些走。

我向寄賣行老闆借用了一下電話，打回律師樓，說還需要耽擱一陣，才能把檔送進去。移民局官員對華人的事物愛使性子，送的檔常常沒人簽收。所以我的謊言老闆沒有追究，只用廣東話罵了句：「丟！」

我又回到愛爾蘭酒吧時，傑克布在地上躺著。他剛剛挨了一陣拳腳。

兩個債主的最後通牒是一個星期內，傑克布必須還上賭債。

我問他需要多少錢。他叫我別問了，反正我沒那麼多錢。我說總比一無所有好。他說我那點薪水也就強似一無所有。他居然還笑嘻嘻的。

我們此刻坐在酒吧的角落，坐在跟我祖父一樣年老的沙發懷抱裡，悄聲談話。

我告訴他我有兩件首飾可以寄賣。他叫我別賣，說不定他贖不起它們。

我還是把項鏈和戒指放進了寄賣行。祖父祖母苦做了一生洗衣公洗衣婆，每個兒媳就送了這點金器。金器從母親手裡傳到我手裡。當我把寄賣金首飾的錢給傑克布時，他感動得心碎，俏皮卻照樣俏皮，說貓把午餐讓老虎充饑，還不夠老虎塞牙縫。他說他一定會把我的首飾贖回來。其實我希望他贖不回來，這樣我對他的預謀會讓我心安理得些。

結果我那點可憐巴巴的錢還真緩解了他的危機。他在一週限期到來時用它付了利息。下一個限期沒那麼客氣了，債主只給了他三天，就要他付清全部債務。

我問：「你到底怎麼會欠那麼多錢？」

他說：「打彈子贏的錢，我投機買股票了。股票把我所有的錢都陷進去了。」

我說：「三天限期，你怎麼也湊不出這筆錢還債！」

他突然火爆地說：「我最討厭人家提醒我明擺著的事！妳根本不該幫我！我讓妳去寄賣首飾了嗎？」

我一點也不火。他的轠繩已經牽在我手裡了。他越是還不起我的錢，轠繩越是牽得緊。

那時我看不出艾德勒有任何偉大的地方。我基本上把他看成了人渣。很談得來，很容易逗我樂，可也不妨礙我把他看成人渣。

但你發現沒有，其實我和他已經像小倆口一樣共同應付卑瑣的麻煩，為非常實際的家常事物在爭執。

他比我想像得更低劣。我問他為什麼不用股票賺的錢還打彈子的賭債。他告訴我，他還有其他債務要還。更大的債務?更大——大得涉及到自由。自由?!沒錯，自由，一旦還清那筆巨大債務，他就可以離開他那噁心的罐頭工廠了。這是我第一次聽他說到如何暗地打劫義大利罐頭老闆。他說的輕輕鬆鬆，沒辦法呀，出發點只是想暫時打劫一下，把最致命的債務還掉。

這是一個欠債還債的漩渦，一圈一圈急漩，他已經身不由己。先是賭彈子，贏了錢去投機股票，股票沉浮無定，如同泥淖沼澤，越掙扎越動彈不得，再回來玩命賭彈子，私販罐頭。他打算一旦在股票上大發洋財，就把打劫的罐頭連本帶利全還給老闆。

三天的限期裡，他打劫打得太窮凶極惡，義大利老闆也發現了他挖了多大的牆腳。

傑克布跟我偷偷約在金門公園見面。他是來跟我告別的。在他進監獄或逃亡加拿大（或墨西哥）之前，他沒法兌現他的諾言：為我贖回首飾。但他一定會給我更好的項鏈和戒指。

他說：「我知道妳愛珠寶。」

我說：「誰說我愛珠寶？」

他說：「妳愛珠寶我不介意，我照樣喜歡妳啊。」

我說：「那你就和我一塊兒去上海吧。」我脫口而出。這句預謀許久的話在一個非常自然的上下文中出現了，傑克布一點破綻都看不出。

女人大概是這樣的，當她真要葬送什麼的時候，就看見它的種種好處來。我看傑克布感激涕零，接受我這個邀請時，覺得他和我那麼投契；不安分，愛玩火，異想天開地發大財或異想天開地去生死戀。我犧牲他就因為他有跟我一樣不規矩的本性，僅因為此，他就配作為犧牲，換取彼得的自由？這不等於我自己也只配去做一份高貴者供案上的犧牲？這樣一想，我抬頭看著傑克布。

記得那天大霧。三藩市是霧城，但這樣的大霧天也值得載入氣象史冊了。金門公園在三藩市西邊，太平洋的霧一上升就淹沒它，如此的大霧把柏樹林澆鑄在混凝土裡似的。我和傑克布破霧而行，一旦對峙而立，也是兩個鑄入混凝土人形，灰面灰頭。

我說：「就這樣：我們一起去上海，那兒的人才不管你闖過什麼禍。」

他說：「妳覺得行嗎？」

我說：「行。」

他的表情既複雜又樸素，說：「謝謝妳，May。」

不可避免的事情發生了：擁抱、接吻。沒辦法，要救出彼得首先要背叛彼得。反正我欺一個瞞一個，三角關係只有我看得見全局，一女二男永遠不會有當面對質的時候。

所以遠洋郵輪上的乘客把我和傑克布看成蜜月中的小倆口。我們只買得起三等艙，八個人一個房間。傑克布也得陪我住到有色人種區域來，儘管他在甲板的躺椅上一下午就曬成了一個「速成有色人種」。

傑克布把他去上海發財的計畫告訴了家裡。他的父母竟然覺得計畫有相當的可行性，便給了他一些錢。用現在的生意行話，就算是一筆風險投資的「啟動費」。他用這筆錢買了我們兩人的船票，又給自己置了一些衣裝。一等艙的旅客常常舉行雞尾酒會和舞會，他便打扮得大明星一樣挽上我去揩油喝酒跳舞。我們混進去狂歡了一次，第二次守門的人讓他進去，把我攔下來。他獨自進去跳了大半夜舞，回到三等艙，口袋脹鼓鼓的裝滿名片。

我記得他整天接到船上猶太乘客的邀請。請他喝茶，抽雪茄，玩牌，禮拜五在船上舉辦「薩巴士」，也邀請傑克布同餐。船上廚房為了幾個虔誠吃猶太齋的人專門隔出一間冰室，儲藏按猶太教規屠宰的牛羊。

你看，我兜了個大圈子，現在又回到傑克布和我下船的一刻。

日本人把傑克布打得夠狠，從他發懵的眼神就可以看出他耳鳴眼花。

他聽著日本人訓戒，不時點點頭。我想他一定沒少挨德國人訓戒，聽不聽得進去，點頭總是有好處的。然後他卻非常認真地對日本人說：「我是口腔見習醫生，我可以免費為你矯正這些東倒西歪的牙齒。」

你完全看不出他在調戲那個日本人。所以日本人不得要領地看著他。

他又說：「我們認為牙齒是長壽的關鍵。牙齒好，腸胃才會好。牙齒也是面孔的楦子，楦子不正，鞋會歪，所以牙不正，面孔就歪，你再義正辭嚴也沒用。」

日本人心想，他苦口婆心什麼意思？是取樂還是真的為他好？日本人的英文程度有限，怕自己漏聽什麼，伸著脖子僵立在那裡。

你真該看看那個日本人的樣子！

誰都會以為傑克布不記仇，就算日本人給他那兩耳光讓他挺沒面子，他也拿日本人的牙齒取樂，找回心理平衡了。其實不然，他剛下船挨的兩記揍其實跟他後來的一生都有一定關係。那兩個耳光讓他想到很多。

我會告訴你，他在那一剎那間想到了什麼。現在我得先告訴你，我們給關在海關的隔離室裡，坐了三小時，聽著亂七八糟牙口的訓戒：就是你們這些無視法規的外國郵輪把疾病疫菌帶進上海口岸的，云云。

然後我們踏進了上海一九四一年的十一月初。那是上海這個「商女」恬不知恥，對於亡國恨基本失憶的時期，更加變本加厲地燈紅酒綠，歌舞昇平。統計數為：一百三十七個市民中就有一個以娼為業的人，居全世界娼業之榜首。相比之下巴黎也徒有風騷其名，僅僅是四百八十一人對一個娼妓。黃浦江岸、蘇州河畔含菌帶毒的空氣溫暖稠濁，充滿著蓬勃的生命力。娼妓中可有些手眼通天的人物，據說一年後對猶太人的「終極解決方案」就是一位頂級婊子透露的消息。至於她是中國婊子還是日本婊子，傳說各執版本。但一定是個絕代尤物，才能接觸這樣的絕密。

「終極解決方案」就是希特勒黨羽弄出的對於逃亡猶太人的處死方案。這你一定已經知道。就在我和傑克布下船的時候，一個叫梅辛格的德國人已駐紮在日本東京。一天，他召集一幫日本高級軍官開會，轉達了希特勒老大哥對他們的私人問候，並問他們有沒有考慮過如何處置逃亡到上海的歐洲猶太佬。三萬從歐洲漏網的猶太佬，不能總任憑他們逍遙自在，總得有個最終的處理方式。這就是後來他到上海拿出的「終極解決方案」的前提。

梅辛格殺人不眨眼，在波蘭殺猶太人就殺瘋了。猶太人給了他一個名字：華沙屠夫。一九四二年六月，也就是在我和傑克布下船的七個月之後，洩露絕密的高級娼妓提到悄悄住進了理查飯店的德國人叫約瑟夫・梅辛格，上海的猶太人就看到了末日。

傑克布和我走出海關，跟在給我們挑行李的挑夫後面。江邊停靠著一排排豪華轎車，一個英國老紳士牽著一頭蘇格蘭牧羊犬，邊漫步邊和狗進行跨物類交談，幾個穿白色海軍裙的金髮女童正在打板球，遠遠地，從外灘公園音樂亭傳來露天音樂會的銅管樂，營造著激昂向上的錯覺。

我走在傑克布身邊，喋喋不休地講著這座大廈叫什麼、那座大樓什麼來由，但我發現他和這個假和平假繁榮的氣氛格格不入，他心不在焉，或者說專心一意注視自己內心的某個死心眼。

後來他告訴我，他在想一個很大的問題，關於迫害。他企圖想出一個理由：為什麼一些人認為他們天生有權力迫害另一些人？為什麼只有對他人迫害了，他們才覺得自己高大、有力量、正義？推演下去，也就是，越是對他人進行迫害，他們越覺得自己高大、有力量、正義。

不過這是後話。他要在很久以後才會把他由兩記耳光引起的思考告訴我。在那時，他突然發現我在這個思考題上也能做他的談手，因為我也常常鑽牛角尖地追問人類從來不斷的各種迫害到底是怎麼回事。

挑夫把我們的行李挑到黃包車聚集的地方。黃包車比乘客多多了，傑克布被搶生意的黃包車夫扯斜了衣服和褲子，最後是靠我給他解了圍。他很困惑地看著這樣前面帶兩根木杠的車子，琢磨著如何前進後退。等我示範地乘坐到車椅上，讓兩個皮箱乘坐在我大腿上，他才明白這車沒有引擎，全部動力來自兩條醬色的胳膊，兩條靜脈曲張、肌肉暴凸的腿。

他說：「啊，妳居然讓他做馬來拉妳?!」

我說：「你不讓他拉讓誰拉?!」

他四下看了一眼，無數隻破草帽下的黑眼睛直直瞪著他，希望他不滿意他原先挑中的車夫，他們可以再有一次入選機會，可以來為他做「馬」。

他說：「我不坐把人變成牲口的交通工具。」

我不耐煩了，問他到底走不走，江邊風又大又冷，路還遠著呢。

他說：「妳懂嗎？這就叫非人化。希特勒就是把猶太人非人化之後，才讓其他種族這麼恨猶太人的！」

我心想，他怎麼不幽默了？他不是善於從所有事物裡找笑料娛樂他自己和別人嗎？

我問他：「那你想怎麼辦？」

他說：「去找輛汽車。我不信上海除了把人變成騾子來拉車就沒路可走。就沒有任何其他交通工具?!」

我說：「好吧，我等著，你去找汽車，祝你好運。」我從黃包車上跳下來。我的打扮像是一身就緒，馬上要進入某貴夫人的下午茶會，又尖又細的皮鞋跟每一步都有插進石板縫的危險。

黃包車夫一看到手的生意砸了鍋，馬上攔住我，求我開恩，家裡老的小的，都等他的車費去買米，現在米吃不起了，吃珍珠米、碎掛麵，米價比一年前漲了許多倍！他叫我別讓他們全家今朝夜裡吃西北風哦。

我還沒說什麼，傑克布已經又回來了。沒有找到計程車。不用我翻譯，他也懂了一多半。

傑克布習慣乘黃包車是到達上海的三個月之後。他無奈地說：「把自己變成馬去拉車，為了孩子妻子能吃上飯，是了不起的。猶太人做不到這樣。」

他想出個折衷辦法：我和箱子乘黃包車，他自己則步行。

傑克布在船上就買了一張上海的地圖，沒事便向水手們和我打聽，隨手圈圈點點，什麼電車、公園、大市場、娛樂場，在他心裡一盤棋。所以他跟著黃包車快走時，還不時打開地圖，一次次核準羅盤。好極了，現在我不用拿出什麼主張，這個傑克布主張大得很。人行道上，每一平方尺的路面上都行走或站立著一個人，不急不忙浮動的人臉人頭一望無際，傑克布繞過一個人，卻立刻跟下一個人撞個滿懷。他不停地從人行道上對我聳肩，做鬼臉，表示他對上海的人災雖然有心理準備，卻遠遠是準備不足。

每一次拐彎，他都機警地看看路牌，再看看手裡的地圖。最後居然對我說：「準備了，快進入妳們家的鄰區了。」

我饒有興味地看著他。這是個機靈人物，生存能力極強，用不了多久就能認上海作故鄉。把他丟在這裡，不必擔心他活不了。

我的計畫就是要把他丟在上海，把彼得帶回美國。這個計畫可真需要膽大、心硬、想像力豐富。心硬，是指丟下傑克布，把他丟在對他來說事事古怪人人陌生的異國城市。

我把傑克布領進我父親家的大門，上來迎接的是女傭顧媽。父親去內地快一年了，凱薩琳還賴在上海。父親絕沒有想到我殺了個回馬槍，回來了。顧媽一邊打量「艾先生」，一邊講凱薩琳的壞話。這是女傭們的一套外交手段，對你好不必講你好話而只講你對頭的壞話就事半功倍。再說顧媽和我的交情從我十二、三歲開始，凱薩琳嫁進來的時候，早沒她地盤了，老女傭心理地盤上，我是個受後媽排擠，終於給擠出門的灰姑娘。

顧媽說：「這個艾先生一表人材，做什麼事的？」她擠眉弄眼地歡欣。

我皺起眉頭說：「他就是一般的熟人，住我們家付我房錢的！」

顧媽又說：「哦喲，妳不要留這樣一個俊先生在家裡住，那妳的小媽也不出去打牌、逛商店，只守在家動艾先生的腦筋了！」

我說：「臨時的呀，尋著地方就讓伊搬場！」

反正傑克布聽不懂顧媽和我的對話。我們一個揚州話，一個上海話，熱熱鬧鬧地把他討論了一遍，討論讓他一天付多少房錢夠我零花。

顧媽說著，拿起傑克布換下的髒衣服去洗：「那我要好好服侍他，妳好多賺兩個零用銅鈿。」

我聽了哈哈大笑。

上海正在發生糧荒。連我們家都處處可見饑荒的陰影。凱薩琳的糕點盒子全空了，漏在縫裡的餅乾渣一股哈味，說明她被迫改掉吃零食的習慣已經很久。顧媽在廚房裡也出現了一些下意識動作，比如往鍋裡倒油之前，先把油瓶舉到光亮裡飛快地看看，倒了油之後，手指頭自下往上飛快一刮，往瓶口裡一抹，再舉起油瓶看一眼，看自己的手指頭是否刮下一點油，也看被抹進瓶口的細小油珠是否正順著瓶子的喉嚨口往下流。她對這些新動作並無知覺，但我覺得它們是對我的提醒，更大的災難來了。大災難終於朝著租界這座孤島來了。我把傑克布帶來的正是時候！我必須在滅頂之災降臨之前不擇手段、傷天害理地來營救彼得。

所以我見了彼得就說：「彼得，我回來是接你去美國的。」

他的大黑眼睛馬上聚攏焦點，我的臉被他盯得一團火熱。我抱住他，呼吸著他海綿浴的檀香皂氣味，浸沒在他的體溫裡。

彼得倒是比我剛見到他的時候健康許多。集中營、輪船底艙、難民大宿舍染到他膚色上的菜青色，已經褪盡了。所以他看上去白淨而俊秀。在糧價激漲的一九四一年秋天，能有個健康白淨的彼得讓我好滿足。

彼得說了一句什麼。我的臉埋在他胸口，沒去注意聽。他重複了一遍，這回我聽見了。他是說奧地利稅務局不寄給他稅務憑據，誰都無能為力。

我說不用他管這些，只要做好出發的準備就好。他問我能不能告訴他，我到底有什麼辦法，讓他從危機四伏的上海朝著安全的彼岸出發。我說以後再告訴他。他把下巴頂在我的頭頂上，請我務必告訴他。

我笑著從他的懷抱裡撤出，一邊說：「你可不想知道香腸是怎麼做成的。得有多少噁心的環節才能做出美味香腸，你千萬別打聽。等盤子擺在你面前，好，請吧，滋味好不好是關鍵。滋味好就行了。」

我滿嘴胡扯，嬉皮笑臉。他也疑惑地跟著笑了。

最關鍵的問題，是船票。船票價錢也跟著其他物價往上漲，一些猶太難民得到了美國親友的經濟擔保書，但因為買不起船票還一直在上海擱淺。我們家附近的馬路上出現猶太人的流動貨攤，賣手織花邊，賣頭髮飾物，賣絲綢假花，都是猶太妻子們在幫丈夫掙收入。其中一些是為了集資買逃出上海的船票。有的女人膽子大一些，到下只角的中國貧民地界去買長統襪、絲綢襯衫和領帶之類的零售物品，再販到高檔住宅區去，賺每件東西的差價。彼得告訴我，他母親就常常去南市區買綢料，再讓一個傘匠替她加工成歐洲式樣的洋傘，拿到霞飛路上去賣。有時她還帶著彼得的妹妹到洋房區挨戶去敲門，向闊綽的英國、法國女主人兜售工藝品似的洋傘。

在傑克布看到的猶太小販中，或許就有彼得的母親。他們皮膚曬焦了，鞋子的後跟磨斜了，指甲縫裡是上海的汙垢。傑克布被如此的求生精神驚呆了。當他為難地對小販們聳聳肩，搖搖頭，小販們馬上知趣地走開，一種朝著無望更走近了一步的笑容在他們臉上浮起。正是這種笑容要了傑克布的命。他在小販走了很遠還被他（或她）認命並且不失尊嚴的微笑定在那裡，半天不知東南西北。

傑克布不錯過任何一個和難民們閒聊的機會。他在虹口區走了幾趟就把舟山路走成了他的故里。他會走進一個個課堂，裡面都是些老學生，五十歲以上，沒有體力出去走街串巷做小販，在中國人的工廠也沒力氣可賣，於是就戴著老花眼鏡學起了裁剪或者木工或者草編。

傑克布在他們中間找到了柏林同鄉，找到了跟他父母同一個俱樂部的會員。一旦跟那些人談起他兒時崇拜的足球明星們，不管對方多大年紀，他馬上把他們談成他的發小。

傑克布的閒聊對象是教授、律師、建築師、影劇或話劇明星。他們眼下動著上了歲數而僵硬的手指頭編結草帽辮，或在老花眼鏡後面瞪著一起一落的縫紉針，要麼就守著個難得有人光顧的雜貨攤。稍微年輕的人運氣好些，能到浦東的英國船廠，或中國人的火柴廠碰運氣。英國和中國老闆肯用他們，他們就非常知足。中國工人比他們更認命知福，做的活比他們更重，掙的錢比他們更可憐。

傑克布在閒聊之後回到家，告訴我，他發現那些前教授前律師們的襯衫是如何拼湊的：領子和袖口是維護體面的關鍵，因此他們的妻子（或老母親）把袖口和領子拆下來，把磨爛的表層翻到裡面，再裝上去。兩面都磨爛了，只好讓襯衫們自相殘殺，大卸八塊，把肢解下來的完好部分拼接起來。然後他們穿著熨得筆挺的襯衫七巧板出現在中國人的車間或辦公室，該儒雅還是儒雅。

傑克布似乎忘了他來上海幹什麼。我向他講述的上海簡直就是一八六〇年代的三藩市，人人都野蠻淘金。傑克布來上海就像當年全世界的人投奔美國西部。他到虹口本來是發現生意機遇。那些把鑽石或金子藏在鞋跟裡、孩子的玩具裡，甚至假肢、假眼球裡的猶太難民，也有投資成功一夜間混成大亨的鳳毛麟角。傑克布沒找到任何機遇，卻把他父母給他的錢糟蹋得所剩無幾。

一個月過去，眼看戰火往地球上最大的水域蔓延而來。人們都知道羅斯福總統和日本首相的談判禮貌地破裂了。船票開始緊缺，每艘駛出上海的郵輪都超載，上面塞滿英國人和美國人。他們怕美、日在太平洋上打起來，他們會陷在上海，做羅斯福和邱吉爾的人質。

靠傑克布自來熟的性格，他居然帶著我去參加猶太社團的活動了。我記得很清楚，他帶我去的第一個活動是一家難民開設的閱覽室剪綵。從兒童讀物到宗教、哲學經典，閱覽室募集到十多種語言的書籍，供人租賃和當場閱覽。閱覽室的房子在三角地菜市場附近，本來是最熱鬧也最混亂的地段，但在三七年日本空襲後，三角地市場被炸得只剩下一副骨架，後來經過大致修建，租給了猶太難民。所以除了陰魂不散的菜市場垃圾氣味之外，也算熱鬧而不失秩序。

閱覽室有上下兩層樓，樓下地基很低，三分之一埋在街面下，門口做了防水排水工程，以防虹口惡名極大的水患。我和傑克布擠坐在中國式的窄長板凳上，聽人用德語朗誦自己寫的詩歌。所有人都是即興上臺表演自己的作品，氣氛是溫存而肅穆的，一時間我忘了可能出現的彼得，忘了我必須在彼得面前巧妙地介紹傑克布，必須為傑克布胡編一個身分，反過來，我也必須在介紹彼得時，不暴露我的圖謀。關鍵是絕不能讓傑克布看出我只拿他做一件犧牲品，他存在的價值僅為了頂替彼得，頂替他留在上海忍受饑荒和日本人，因為從太平洋上來的戰火最終會封鎖上海。

閱覽室裡的人們似乎也忘了許許多多：難民營裡越來越小的麵包、稀薄得可以當鏡子的湯、持續下降的體重，以及那場剛剛帶走了十幾條性命的傷寒。我周圍都是穿著熨得一絲不苟的舊西裝、許久沒有洗過澡的難民們。高漲的熱情把體臭蒸發上去，這才讓你發現這是個多麼可怕的讀書環境，幾乎會毒死在其他同伴的體臭中。窗子被封上了，因為書架一直頂到天花板，牆角裝了兩個換氣扇，主人只捨得打開一個，從那裡旋轉進來的空氣被上百副奮力鼓動的肺葉爭搶著。

傑克布卻什麼都意識不到，他睜著兩隻過分熱情的眼睛，朝一個個朗誦者張望，又朝周圍每一張面孔張望。我對他的耳朵眼說了一句話，他轉過臉，報以精力過盛的人特有的那種笑容。他顯然沒聽見我的話。我說的是：「聽說一家猶太難民自殺的事情嗎？包括一個半歲大的嬰兒……」

傑克布聽見了，一直歡欣鼓舞的臉暗下來，忙個不停的眼睛盯在我臉上。他問我是聽誰說的。我後悔了；我可真會挑地方來討論這樁事。他還是追問不休，我只能告訴他，因為這家人覺得太平洋上一開仗，他們退路出路全沒了，與其在上海慢慢餓死，不如把所有過冬衣服當掉，把錢買成黃油、牛肉，一頓吃完，吃飽，飽得要吐，然後吞下敵敵畏暖洋洋死做一團。

他問我聽誰說的。我是聽彼得說的，但我當然撒謊說聽一個猶太難民的治安員說的。

「什麼時候聽說的？」

「聽了一禮拜了。」

「那為什麼一直瞞著？」

「這怎麼叫瞞著？猶太難民的事，聽聽就過去了，誰存心瞞呢？好像這事特別新鮮似的。」

他看著我，說：「妳不是不認識猶太難民嗎？」

就像一般心懷鬼胎的人在此刻都會反應過度一樣，我大聲說：「你什麼意思？」

他不說話了，轉過臉去聽一個老頭朗讀他自己寫的詩歌。

從閱覽室出來時，天快黑了。

傑克布突然說：「我不是一個誠實的人，但我對妳是基本誠實的。」

我說：「謝謝！」

你一聽就知道我是在罵人。可以聽成：誰稀罕你誠實？

他說：「我覺得妳還有事瞞著我。」

你是知道的，英文把隱瞞說成隱藏。隱瞞是話語的疑點，隱藏聽上去整個人都可疑。我以心虛人特有的過激語氣爭執，說難道認識一兩個猶太難民是罪惡？何必隱藏?!

我這時的心理是這樣的，傑克布任何帶刺傷性的語言，都讓我舒服。我要對他大大地造一次孽，等同於置他於死地。他的語言越有虐待性我就越歡迎，什麼「欺騙」、「撒謊」、「隱藏」，這些辭彙來得狠毒，我欠傑克布的債務就勾銷一點。勾銷一點是一點，我真希望他在我心目中堅守住他人渣的地位，千萬別變，對一個人渣，我可以心安理得地榨取價值，然後踐踏，然後摒棄。人渣假如還能有點可榨取的價值，用於一個高貴的生命，這該是人渣感到有幸之處。好吧，傑克布，來吧，語言還不行，不夠流氣，遠遠不如他在三藩市愛爾蘭酒吧裡的語言符合人渣的角色。

傑克布把臉對著一棵葉子落了大半的英國槐樹。

我站在他側後方，看著他剪裁可體的法蘭絨大衣。他為上海之行真是置辦了不少行頭，花他醫生哥哥和律師哥哥的錢，反正是花慣了。他為閱覽室剪綵和隨後的詩歌朗誦會打扮了一番。其實他這副打扮站在閱覽室黑洞洞的空間裡，與一群變賣東西填肚子、變賣得只剩一套破西服的難民們為伍已經是厚顏無恥。

公園裡暮色四合，樹叢裡，某人在小號上校音和試奏。天暖的時候，工布局常常在這裡舉行露天音樂會，我和彼得來過幾次。

傑克布的太陽穴一跳一蹦。我從來沒注意到他面孔上會出現這些脫出他控制的小動作。他從輪船上得到上百張名片，每張名片都是他的敲門磚。他住在我家裡樣樣都不礙事，就是整天占著電話讓凱薩琳的女友打不進來，而讓凱薩琳噘起嘴和他嬌滴滴地抱怨："I want telephone too!"這些敲門磚還是有用的，幾乎天天給他工作面談的機會，但他像我一樣愛逍遙，難以遵守紀律，什麼工作都是兩天打魚三天曬網，混夠幾天飯錢，就異想天開要弄一筆資本做一樁大事。所以在虹口公園的這個冬天傍晚，他太陽穴蹦跳不已，就是他躍躍欲試想做一樁大事的模樣。可惜的只是他一直不知道這樁大事是什麼。

這時我看著讓那樁未知的大事情燒灼的傑克布，心想他剛剛辭退了一個老闆，下一個飯碗還不知去哪裡找。他的律師大哥和醫生二哥一定受夠了他：他又打電報去向他們借錢，一大筆電報費花在他信誓旦旦的還債保證上。

從虹口公園回家的電車上，我看見傑克布掏出他西服暗袋裡的錢夾時，連同護照一塊兒掏出來了。美國護照。我很想要過來看看，卻又做賊心虛。他在臨出國前慌張地辦理了護照。照護照相片時，我站在攝影機側面後方，欣賞燈光下自己一手炮製的「彼得第二」。彼得穿西裝花樣不多，只穿深色的，式樣古典，有些老氣橫秋。體現彼得的活力的，是堆在他額前又黑又厚、自由自在的頭髮。一根根髮絲都有動作，有表達力。假如說彼得從脖子以下看是個銀行家或公司主管，那麼脖子以上呢，他是個鋼琴家或業餘劇社演員，節奏音調或語氣表情全在他年輕的頭髮上。所以我親自動手把傑克布的栗色頭髮弄得蓬鬆，弄成彼得的。在快門就要按下的剎那，我說等等，又跑到傑克布前面，再次把他額前的頭髮刨了幾下，讓一縷頭髮耷拉到他眉毛上。照片貼在護照上我只看過一眼。什麼都混得過去，只有眼睛那麼不同。即便把傑克布的眼圈擴大，描黑，植上足夠的睫毛，也不能把它們變成彼得的。彼得的眼神只能偶爾從以《聖經》為主題的古典畫中看到。被委屈了的，被誤解了的，被虐待了的，這麼一個靈魂，他還是為你的粗野愚昧而難為情。因為他知道，你對你的粗鄙也沒辦法，一切天性使然，這正是他為你感到窘迫的地方。

傑克布對什麼都浪裡浪蕩不拘小節，但護照卻時時揣在貼身口袋裡。我需要費些力氣才能把它拿到手。一切要快，一旦竊取到他的護照，就要馬上登上去加拿大的船。

你看，我把什麼都想好了。從加拿大混入美國，很容易。唐人街早期沒女人，人口販子把上千妓女從加拿大邊境線走私到美國。如果我帶彼得乘船直接入境美國，他也許會在海關落網，因為丟失了護照的傑克布一定會掛失，一旦掛失的護照號碼在一個多月後出現在美國口岸移民局官員的紀錄上，就用不著狡辯了。我呢，在移民官眼裡，就是個人口走私主兇。

乘船到溫哥華，再從陸路混入美國國境，應該是一條萬無一失的路線。為了把彼得帶出因戰火正在封鎖的上海，我什麼都幹得出來。你能想像嗎？一個二十三歲的年輕女子會那麼有心計，把後來了不起的傑克布・艾德勒一步步誘入他將發揮功用的方位。現在只差一步，你就該看到他怎樣不自覺地發揮他犧牲品的功用了。

因為我常常和傑克布在一起，和彼得的約會自然少了。我對自己的住處支吾搪塞，說住在親戚家，我怕他突然造訪我家，出現在傑克布面前。那時我在兩個男人之間踩鋼絲，搖搖擺擺地邁著每一步。有時快要進入睡眠，卻突然「轟」的一下醒來，發現自己兩手緊緊攥成拳，拳頭鬆開，手心全是汗。這個時候，我就想不顧一切地去見彼得。

傑克布時常獨自出門，夜裡很晚不歸，我從不向他打聽什麼。報紙上天天能讀到局勢評論。日本人也到處散發宣傳品，在他們和美國人徹底翻臉之前，他們還想儘量把輿論鋪墊做好。這天晚上我睡得很早，不時從房頂上過去的飛機聲響都沒有讓我警覺，想到這個冬天夜晚的反常。

隔壁的英國人家在院子裡焚燒什麼東西，煙從我的窗縫溢進來。每個逃離上海的人都是先喝完貯存的酒，再燒毀所有帶字的紙張。主人們在房子內 Party，僕人們在院子裡焚燒紙張，所有帶字的紙張，如同送亡靈上路。這個高檔鄰區，你聽見誰家留聲機響得通宵達旦，鼎沸的談話聲通宵達旦，那就是在告別上海的好日子。在上海做上海人的主子做了多年，最後的上海良宵將非常懷舊感傷。上海是個誰來都要做她主子的地方，因此誰走都會捨不得她，捨不得為主子的好日子。

兩三架飛機飛得很低，天花板都讓它們給震動了。我披上衣服，兩腳摸黑蹬進鞋子。我是個由著性子來的人。年輕時長輩們對此有不少惡評。一旦我熱血沖頭，非得痛快一下，什麼也擋不住我。我就是在這個熱血沖頭的時刻跳下床，跳上路口的黃包車，直奔虹口的。今夜我必須看到彼得。

那時一定是十點過後。街上已沒什麼人，不知是不是因為愛尋歡作樂的美國人一半多都逃離了上海。路過一兩家舞廳，門口靜靜的，霓虹燈自討沒趣地閃動。聽說有一家舞廳在日本人組織的防空演習中手腳不快當，沒把燈光用黑窗簾遮擋嚴實，被日本人封了門。遠處，橫過來的西藏路上，一輛卡車蒙著帆布飛快開過去。日本人的軍用卡車。帆布下面貨色統一，全是全副武裝的士兵。接著，又是一輛卡車開過去。黃包車夫慢下來，跟我一樣，聽著黑夜裡藏著隆隆的卡車聲響，許多卡車，由遠而近，從模糊到清晰。

到了這一刻，我還沒感到什麼了不得的兆頭。其實正是我看著十來輛日本軍車開過的那一刻，成群的日本飛機正在飛越太平洋，向東南飛。黑暗的天空裡全是發動機的聲音。

我坐在黃包車上東想西想。我在想彼得一直沒有把我引見給他父母。自從我回到上海，身邊有個傑克布，彷彿做了虧心事。怕自己不再是表裡如一的純情女郎，就不再催問彼得帶我回家的事。後會有期，來日方長，是我那個時候常對自己說的話。彼得和我，在相遇之前的那段歷史，已經不加取捨地被彼此接受，何況我們的未來，那是被我們的過去註定的未來。

黃包車把我拉到彼得家那條街時，已經接近午夜。我不能確定彼得家具體在哪個門洞，因此只得站在陽臺的那一邊弄堂裡，等著運氣降臨。也許碰上晚歸的鄰居，會告訴我寇恩家的門牌號碼。一個羅密歐與茱麗葉的夜晚，只是舞臺調度相反。我那時真是個無救的小布爾喬亞。

弄堂所有的燈都熄滅了，只有一家開了盞蠟黃的燈，燈下無非是個讀書或者玩單人牌戲的夜貓子。

我越站越冷，腳趾頭由疼痛到麻木。弄堂狹窄的夜空不時飛過幾架飛機。我顧不得臉面了，跑到那家有燈的門口去按門鈴。應門的是一個俄國男人，五、六十歲，一個多毛臃腫的身體，一個多肉的腦袋，一件大花起居袍。

我靈機一動，脫口就抱歉，說自己打錯了門鈴，以為這是寇恩家的門。俄國男人問是不是死了人的寇恩家。我想他在胡扯什麼。他卻說，寇恩有兩家，前面弄堂裡還有一家。這條弄堂裡的寇恩剛死了一個兒子。自殺身亡。

「彼得・寇恩嗎?!」

「不,好像叫大衛・寇恩。」

我想起來了,彼得在講到他們的奧地利故居時,總說大衛養了一隻鴿子,一直跟著他們的火車飛……大衛在院子裡的蘋果樹上刻了全家人的名字……大衛到鄰居家向那對寵愛他的老夫婦告別,但他們沒有開門……

我都不知道俄國男人什麼時候關上了門。也不知道我在關上的門前站了多久,面孔離門只有半尺。大衛才十八歲呀。大衛還有一大段人生沒被啟開,就不願再去啟開它了。大衛都不給我一個見面機會,就走了。

我對自己猛烈譴責;我有兩個星期沒見到彼得,我在這兩個星期裡幹什麼?陪著傑克布瞎逛上海老城廂,逛猶太難民區,聽他大而無當地發有關迫害、有關種族的宏論。這兩個星期的歷史應該改寫:我和彼得全家相會,跟大衛聊得很開心,聊美國的拳擊和籃球,聊百老匯膚淺快樂的歌舞劇和大腿女郎,聊那帕谷的葡萄園和酒寨,聊加州的田野有多遼闊,一排排摘草莓的墨西哥人撅起圓滾滾的屁股。我可以讓他看到他們家並沒有那麼無助,或許在太平洋戰爭開始之前,在它把一切弄得更糟糕之前,可以有條出路。彼得就要去美國了,不是嗎？一旦買得起船票就去，然後寇恩一家整盤棋都活了，不是嗎，大衛？……

設想一下寇恩家現在的氣氛吧。我該做什麼？最應該做的是讓人家一家子自尊地靜靜地把最無法忍受的忍受過去。換了我，這時有個外人來囉哩囉唆地安慰我，我會對她說：饒了我，別理我吧。

我又回到靜安寺大街上。國際飯店門口也沒有一輛車。這可有點不對勁。我鬼使神差地走進門，上了電梯。我不想立刻回去睡覺。彼得的弟弟自殺了，我需要定定神，理理心裡的頭緒。進了酒吧，我坐了一陣，希望能碰上一個不太討厭的男人請我喝杯葡萄酒。結果我自己買了一杯最便宜的酒，緊一陣慢一陣地想著彼得一家的不幸。平日裡哪裡冷清也冷清不到國際飯店，這天夜裡酒吧卻沒幾個人。美國人英國人走了，法國人日本人不會停止過日子啊。他們過日子就必須來這裡消遣，交換消息，拉拉生意關係。清晨時分，我有點睏了，走出飯店叫了一部黃包車。

我記得黃包車從國際飯店跑出去兩百多米的時候，身後的黃浦江邊響起驚天動地的炮聲。現在我告訴你那是炮聲，其實當時我根本聽不出那是什麼聲響。天崩地裂，五雷轟頂，就是我當時的感覺。黃包車夫「哦呦」了一聲，身子向後仰，兩腳使勁搓著地，生怕車子在減速時翻掉。與此同時，我不知自己在叫喊什麼。我一定叫喊了什麼。車夫停下來，回過頭看，嘴巴張得老大。炮聲把我的聲音壓住了。我一定喊了什麼，因為車夫飛奔起來，從大馬路拐彎也不減速，人和路面跑成了七十五度斜角。家家戶戶都裝聾作啞，炮聲裡，一條街的玻璃窗都在咯咯吱吱打戰。

炮聲停止了，黃包車夫的喘息聲在我知覺中越來越響。車子停在一大攤汙水旁，路面陷進去一段，積下了頭一天傍晚的雨水。熟悉的鄰區在此時完全是陌生的。所有窗子漆黑緊閉，所有觀望的、恐懼的面孔大概都藏在窗簾後面。

還沒走進家門就聽見無線電尋找波段的噪切之聲。

見我進門，傑克布從沙發上欠起半躺的身體，兩束目光拒我於千里之外。他搖身一變成了主人，對我要開審。他說什麼理由都不能贖回我的過失──日本剛剛轟炸了美國的珍珠港，美國和日本開戰了，這樣的時候我出去找死！他急得喝下一瓶滋味如下水道汙水的烹飪黃酒！

凱薩琳和顧媽都幫他的腔。炮響的時候她們發現我不在臥室裡，都急瘋了。兩個女人見我毫髮未損地回來，叫著說天真冷啊，同時縮起身體抱緊胳膊各自回去睡了。世界大戰發生在這一刻，但她們看不出它的重大意義，也看不出事情還能往哪裡惡化，米價還能往哪裡漲。

我也正要上樓，傑克布走上來。他的勁頭加酒的勁頭，一下子全在那一摟抱上。他重手重腳地緊緊抱著我，就像扳手擰緊螺絲帽那樣，緊得微微哆嗦。他和我都穿著厚厚的冬衣，但那哆嗦還是哆嗦到我肉體裡。傑克布的表白就是這樣，沒有甜美語言，但讓你從骨頭縫裡都明白他表白了什麼。他問我怎麼能在如此危險的夜裡跑出去。我說美國總統一定都讓日本的突襲弄得措手不及，誰會預知這個夜晚藏著那麼大的禍心。他不放過我，說這是個天天有人莫名其妙被捕或失蹤的邪惡城市，難道一個年輕正派、精神正常的女人可以隻身來往的嗎？我說我有爸爸，不需要第二個爸爸。

這種時刻，一切都大亂。有些東西是扯不清的，意願非意願，理性或感官，你以為你恪守心靈的從一，但心靈也是肉體的一部分，心靈首先是血肉組成，到了傑克布和我緊密相偎的一刻，什麼也扯不清了。

我最不懂得自己的，是常常在傑克布面前流眼淚。這時他任憑我流淚。我不告訴他我為什麼流眼淚，但他知道我的淚水是為夜裡外出得到的某個消息而流。無非是某人死了。每天都在死人，死人是頂不新鮮的事，門口街上剛剛看到一隻手伸上來接你施捨的一個銅板，等你一個差事辦完回來，拿著銅板的手已變了色。難民營裡常常有人死去，草席攤出的零售攤子，某天換了主人，新主人告訴你攤位被他買下因為老攤主死於阿米巴或傷寒或猩紅熱。

我昏昏地睡在傑克布懷裡，他靠在沙發上，一個肩儘量給我做個好枕頭。這個肩被我睡得麻木僵硬，睡得一灘口涎。

天亮後，外面馬路上有無數隻腳在走動，走得急促整齊，似乎整個上海都是操場，所有人都在操步。後來知道，那是日本兵正在開進租界。

傑克布出去了，一個多小時從外面進來。他早上沒有洗漱修面，隔夜的鬍子長黑了他半個臉。他手上拿了幾張紙，上面有皮鞋、布鞋的腳印。我發現那是日本人撒的傳單：「因為同盟國的錯誤以及日本方面的處事不當，日本與同盟國之間已十分不幸地拉開戰幕。」

我第一個念頭是，必須馬上拿到傑克布的護照，帶著彼得逃走。不然就太晚了。也許已經太晚。我白費心機，把傑克布帶回來，一切都成了一場荒唐玩鬧。

我再次出了門。傑克布堅持陪我出去，我哀求他別管我。他突然問：「是誰死了？」我一愣，然後說：「一個朋友。」我以為他還會問下去，但他只嘟噥了一句"Sorry."我又說：「是自殺的。」

他看著我。

街上的人個個眼發直，看著日本兵一列一列走過，打著他們難看的旗子。一時還看不出今天比昨天更壞。滿地都是傳單，白色紙張落在屋頂上，樹梢上，大街小巷，在服喪似的。一架直升飛機朝著人們揚起的臉轉動著螺旋槳，同時飄出一根白色條幅：不准混亂！……不准製造傳播謠言！……製造混亂者必當法辦！……

奇怪的是照樣有賣大餅油條的攤子在路邊擺開。也有黃包車上來向我攬生意。路面上的糞跡也證明馬桶車剛剛通過，昨夜降臨的世界性大災難並沒有阻塞上海的新陳代謝。不知為什麼，這些給上海帶來惡名的馬桶車輸使我感動，給了我一切都還活著都還在蠕動的證明。

我跟彼得見面是租界淪陷的第二天。那天發生的大事太多了。凌晨日本炮火毀了一艘英國軍艦，降了一艘美國軍艦，艦上所有水兵成了第一批"POW"（戰時俘虜）。日本兵占領了沙遜大廈，占領了所有英籍、美籍富豪的不動產業。我在早晨七點多來到彼得家的弄堂，用傳呼電話把他叫了下來。我們相擁而立，無言了很久。

彼得還沒有梳洗，睡得一側面頰上全是枕頭的褶皺。我看著那一半面頰，好心動。似乎只有愛人才會看見這片臉頰，因為它不會公開，是體己的人所私有的。

我告訴他，什麼都怪我，我該早點來安慰他的家人，讓大衛不至於想得太絕，對自己幹得太絕。現在想來挺滑稽的，好像二十三歲的我真覺得自己有救世之力，回天之力。

我第一句話就告訴他，千萬別急，我從沒來得及撤走的美國女同學那裡打聽到，即便上海和美國的航路中斷，我們也可以溜到澳門，從那裡乘船去葡萄牙，再轉道去美國。然後我說：「我知道大衛的事了。」

彼得抬起眼睛，有點吃驚，似乎想問我是聽誰說的，但馬上又抿緊了嘴。誰告訴我的有什麼重要呢？我們慢慢往里弄口走。里弄盡頭的光線好得多。

彼得說全家沒一個人意識到大衛會想到絕處。大衛一直安安靜靜，用推車幫母親把加工成的綢傘從楊浦區作坊運回來，仔細地一個個地檢驗瑕疵。十八歲的大衛從母親那兒掙零花錢，拉一車陽傘，掙五根煙錢（那時的煙紙店什麼都可以零買，從一粒拌沙糖，到一根香煙）。大衛是在難民大宿舍養出的煙癮。

誰也想不起大衛顯露過任何異常。父親從輪船底艙出來之後，就一直患有神祕的暈厥病，無論是過馬路、坐馬桶還是登樓梯都會隨時暈倒，所以大衛儘量不離父親左右。

大衛每天下午六點左右，都拿一個竹籃去不遠的菜市場買菜，那時蔬菜都是殘枝敗葉，非常便宜。他每天走到菜市場中段，都會碰到個六十多歲的老爺子，賣一種梗子又厚又長的綠葉菜，一棵就差不多一斤。大衛有時從菜市場一頭走到另一頭，竹籃仍空著，不是菜太貴，就是菜太糟，或是一些菜他不認識。走過去走過來，老人筐裡的菜還是賣不掉。這天老人對他招招手，說他的菜橫豎賣不出去，不如送給大衛。大衛問他，為什麼他的菜賣不出去，老人說上海人吃不慣這種陰溝裡都能活、冬天也凍不死的長梗青菜。他和老伴逃難逃到上海，住在一個炸塌的房院裡。沒有足夠的土地種其他東西，只能種最好活的。老人每天挑著兩筐菜來，運氣好的話他能賣點錢。到了市場落市，他無論如何挑不動剩下的菜走回閘北。大衛的上海話只夠他和老人聊這些，關於老人的孩子們怎樣了，是活是死，他都沒聽懂。

老人總是笑眯眯地看著大衛，用下巴點一點破爛棉鞋前面蔫頭蔫腦的菜，要他全都作禮物收下。大衛若放下幾枚零錢，老人便做出一張老虎臉，乍起髒兮兮的鬍子。老人的這些禮物給彼得母親做成各種燉菜，只需薄得透亮的一片黃油，陰溝裡都能成活的菜也挺可口。大衛自殺的那天晚上，他仍然帶了一籃菜回來，什麼異常也沒有。

誰都無法猜想，大衛怎樣對父母「就會好的，只是暫時的」這類話聽夠了。或許，他自殺的念頭產生得很早。也許在奧地利至義大利的火車上就產生了。他看著他的鴿子一程一程跟著火車飛，便萌發了不如一死的閃念。或者，在他認識一個中國的賣菜老人之後，他才明白他是不可能像中國老人那樣忍下去，把日子捱下去的。老人讓他明白，他的忍受僅僅是開始，還有多大的餘地。人對於忍受原來有如此驚人的潛力。他可不要發掘自己的潛力。老人對他那樣笑眯眯地招招手，他想，他不可能笑得出這樣的微笑，對所有忍受下來的和將要忍受的如此寬厚不計。

彼得把他弟弟的照片從皮夾子裡拿出來，遞到我手裡，只說了一句話：「大衛是服毒死的。」為了防止蚊子、消滅臭蟲，彼得母親的六六粉儲存非常豐厚。他從家裡拿了足夠的毒藥，獨自去黃浦江邊飲盡了它。

走了一條街，就上了茂海路。往北，是東海大戲院，隔壁的咖啡廳兼餐館已經開門了，我挽著彼得往那裡走。彼得像個乖覺的盲人，任我領路。

櫃檯上站了一位三十來歲的德國猶太女子，化了一個大妝，嚴嚴實實罩住了她晦暗的臉。她非常多禮告訴我們，由於租界淪陷，從昨天開始就停止供應麵粉了，所以她今天賣的還是前天剩下的糕點。她寧可麵包賣不出去，也堅持誠實。她怕不新鮮的糕點破壞她店鋪的名譽，我們會以此來給她的貨品品質一個總體打分。

我們在附近一個中國人開的早點鋪坐下來。老闆居然投其所好，供應猶太麵包圈。一個猶太老頭穿了一件麵粉口袋改製的棉襖，背後一個醒目的紅十字。難民營不少人開始穿這種麵粉口袋改製的衣服，因為跟著他們飄洋過海而來的衣服被肢解拼湊，終於化為烏有。老頭聚精會神地讀著一份英文報紙，一面端起茶往嘴邊送，害帕金森病的手把茶抖到報紙上，他也不在意或無所謂。似乎到處是不在意或無所謂的人們。猶太難民們和剛來時大不一樣了，漸漸跟中國人一樣對事物和自己馬虎將就起來，聽從宿命比什麼都省勁。

彼得對中國人式的猶太麵包圈也將就吃得挺好。他告訴我，這家中國餐廳老闆人很大方，允許難民們賒飯吃。難民們中偶然也有一兩個敗類，欠了一串麵包圈的賬從此沒影了。

因為糧價和其他物價飛快上漲，彼得必須做兩份工作：在船運公司上大半天班，再去畢勳路的猶太醫院上六小時晚班。彼得是住院病房的監護醫師，在主治醫師下班後，臨時處理住院病號可能發生的緊急情況。「用這兩份工資積攢出去美國的船票？」彼得呵呵呵地笑了幾聲。

彼得現在某些句子不說完，用這種「呵呵呵」的笑聲來結束。「我父親還想著他埋在維也納家裡的一包鑽石呢。以為將來……呵呵呵」，「我母親受一個英國女客戶之邀參加茶餐會，發現那女人原來是想僱她做狗的保姆，呵呵呵……」，「我妹妹異想天開地想買一架鋼琴，呵呵……」，「好了，現在太平洋上打起來了！去美國？別逗了！所有猶太佬只能爛在上海，呵呵呵……」

彼得走過了什麼樣的心路，才笑出如此不快樂的笑聲？我回到美國，跟表姐們逛寄賣行首飾店，跟傑克布蕩來蕩去的那段時間，他在這裡經受了怎樣的日子，讓他現在笑得我渾身發冷？這樣笑著，他還能相信任何事物嗎？我呢？他這樣一笑，還能相信我嗎？相信我可以要他而不要命嗎？

我告訴他，最多一個月，我們就可以去澳門，再從那裡乘上去葡萄牙的船，然後，就直奔美國。一切都在準備中，放心好了，萬無一失。

「萬無一失？呵呵呵。」

我心裡害怕自己會忍不住，衝他叫喚：「這種笑聲太不可愛，太不像你了，親愛的！」

可我使勁忍著。他向我訴過苦嗎?有過一句怨言嗎?一天上十四小時的班,在城市裡蹬著哧啦啦作響的自行車飛竄,他自艾自憐過嗎?沒有。還不允許他這樣的重複打幾個冷哈哈?

下面他說了一件讓我非常意外的事。在此之前他說了兩遍,船票可以解決。船票的費用相當可觀,靠我從家裡偷字畫和擺設出去變賣(此勾當我從美國一回上海就著手了)根本辦不到。彼得說他做了幾筆生意,做得還不錯,賺到一些錢。

彼得做生意?我看著他。我回美國不過才大半年,他不止學會對失望和希望打冷哈哈,以及吃中國式的猶太麵包圈,他竟然學會了做生意了。

「做什麼生意?」

「大米。」

「大米?!」

「對,是大米,有時也做做麵粉和珍珠米。」他用上海話把玉米說成珍珠米。

「怎麼……做呢?」

「別問了,May,反正什麼錢都不是那麼好賺,呵呵呵。」

我慢慢拿起盛著豆漿的粗搪瓷勺子。一勺豆漿舉在我嘴巴前面,動盪不停。綠色的笨頭笨腦的勺子上面,我的臉一定很傻。奸商們囤積糧食,造成糧食大恐慌,這在前一年就有。

難道彼得也幹這個？在人為的糧食大恐慌中，撈哄抬米價的油水？

我喝下豆漿同時對自己說：這是個你死我活的年頭，若想不死，他們或許就要置他人死活於不顧。他一家的命是從希特勒手裡搶出來的，現在正要從日本鬼子手裡再搶一次。

豆漿裡的糖精片放過頭了。

彼得告訴我，他是向菲力浦貸了第一筆款做糧食生意的。他工作的那家公司一個部門經理從中搭橋，給彼得提供了門路。從美國回來後，我去過菲力浦家。一進門就發現氣氛不一樣，下人們都靜悄悄灰溜溜地在曲裡拐彎的傢俱和擺設的夾縫裡擦灰、打油，比以前更像影子。我坐在客廳裡等待菲力浦的幾分鐘裡，留聲機一聲不響，鋼琴也一聲不響。在這幢房子裡，這兩樣東西從來不會一塊兒沉默。果然，菲力浦一看見我眼睛就紅了，世海不見了，不知去向。好好一個世海，某天傍晚出門去看美國對英國的拳擊賽，走前還要他媽媽給他留一碗他愛吃的閩南式花生豬蹄湯，結果就沒了這麼個人了。菲力浦斷定這個小鬼頭不知怎麼又惹了日本人，讓日本人收拾掉了。日本人加上汪政府的特務，收拾起人來快當得不得了。溫太太在如此打擊下得了嗜哭症，晴天雨天都讓她想到兒子從出生到十八歲的一個個細節，熟人生人面前，她頭一句話總是「儂阿曉得阿拉世海……」眼淚就下來了。

菲力浦自從失去世海，對聚財連富無心無意，船運生意隨它自己的慣性去運轉。誰上門去求職，他都對總管說：「弄樁事體給伊做做吧。」總管若說：「做啥呢？沒空缺呀！」他便說：「隨便做點啥，事體是人做出來的，多做就多出事體來了。」一年之內，他公司僱了七、八個猶太難民。有一個猶太人是化工天才，用垃圾提煉天然氣，可以作燃料。所以菲力浦就開張了一個分公司，讓猶太人去研究垃圾提煉。菲力浦把款項借貸出去也懶得問彼得做什麼。彼得和他的協議是一個月之內還本加五分利。物價天天飆升，五分利息的貸款等於菲力浦在送禮。

囤米是危險的事，日本當局和汪政府都會給這種商人判重刑，我不做任何道德評判地勸阻彼得。我父親偶然託人帶回的信中，談到在內地的學生和教授已經談不上什麼營養和口味，現在只圖餓不死。奸商和官僚，一個哄抬物價一個貪汙腐敗，輪到師生們，通常一天只吃得上一頓飯。我曾經當過代課教師的那個江灣的私立中學，教師們幾次參加示威遊行，要求嚴懲發國難財的糧販子。那些教師都餓急了，這一會兒可以撲上來生扯了彼得。

十分婉轉地，我說如果賺夠了船票錢，就趁早洗手退出。我非常含蓄地勸他千萬趁早，在日本人和汪偽政府把目光轉向你這猶太癟三，把你當製造糧荒的奸商除掉之前，趕快金盆洗手。

彼得說他在上海可飽嘗了做下等人的滋味，到美國，他至少要和體面的白人站得差此不大。再說他是家裡的主要收入來源，一想到母親和妹妹走街串巷，推銷傘具……呵呵呵。

彼得！我突然拉緊他的手。才半年多一點，這雙手上，那白晰的貴氣不見了。這是很實際的，拿得起放得下的手。彼得這麼個人，他可以把一切事情做到理想。做一個囤糧的奸商，他也勤勉無比，事必躬親，每花出去一份氣力，就完成一份任務，收到一份成果。一旦彼得這個事不大厭精的人來了，大多數人是要敗給他的。

這是我一貫愛彼得的地方。

沒什麼可說的，世道連一個無邪的彼得也不放過，活活地要把他逼邪，逼惡，逼成江洋大盜。一旦愛上了，就愛上了，他是江洋大盜也沒辦法，我的愛非常包容，非常護短。哪一個死心塌地的女人會去挑三揀四地愛她的戀人呢？我的愛也像一件衣服，彈性極大的衣服，可體隨身，包裹著彼得，他胖也好，瘦也好，長著長著長歪了，畸形了，都不要緊，它是隨著伸縮的。

彼得說到他的下一宗買賣。所有的環節都鋪排得完美無缺。誰誰需要送錢，誰誰卻只需要兩張日本相撲的門票，誰誰需要引見一下猶太醫院的董事長。等等等等。他的周密和認真簡直可怕。每天每時，他從來沒有隨心所欲做任何事，事事都達到他的預期目標。

而我，做十件事至少八件是因為「我開心」；不做，因為「我不開心」。

聽彼得頭頭是道地說著，我不由自主地想起傑克布來。他和我狠狠地嘲笑過中國和猶太人的共同點，其中一點就是目的性。這兩族人因為受夠了災難，因此都非常現實，每做一件事都要得到一個結果，有結果的事還來不及做，何況沒結果的事。

我突然笑起來。彼得的囤糧計畫做得多完美呀，他那雙曾經不諳世故的眼睛多麼咄咄逼人啊？我還用得著為傑克布相片上和彼得形象的差異擔心？

彼得問我笑什麼。我不說話。他又催問一句。我叫他現在別問，留著，等我們上了去美國的遠洋輪上，再提醒我回答我現在笑什麼。

「妳好漂亮啊。」彼得說。他這方面教養太好，過頭的話和太有想像力的辭彙都屬於非上流。不自覺地，我又想到傑克布，那是個絕不掩飾慾望的傢伙。

「謝謝了。」我說。我還能怎麼說？我一心只想打扮漂亮，討他歡心，討出他一句不同凡響的誇獎。可他在我們見面一小時後才看到我似的。

❀

從一九四二年早春到初夏，我的記憶比較亂。無非是打打零工，在傑克布和彼得之間兩頭跑跑，談戀愛或隨意調情。我只記得這麼一個晚上，好像是六月初，典型的梅雨季。我教了兩堂鋼琴課回到家，在門廳裡脫套鞋。傑克布不在家，因為他的套鞋不見了。這是個膽大包天的人，在美國和日本交戰後毫不低調行動，照樣出入公開場合。他的德語和德國口音很重的英語幫了他大忙，路上偶然遇到日本人盤查，都不把他當作持敵國護照的僑民拘到郊外的敵國僑民集中營，而把他當成無國籍的猶太難民放過了。

老舊的房子在雨季一股朽木氣味。我聽見凱薩琳在問顧媽，父親收藏的那個白玉度母哪裡去了。十多年前我父親剛回中國時，看什麼什麼是寶，那時錢經花，家裡收藏了不少藝術品、佛器。

我把腳伸進毫不乾爽的拖鞋，一面朝凱薩琳叫喊：「別找了，賣脫了！」

凱薩琳說：「啥人賣脫了？」

我說：「還有啥人？我！」

她問：「啥辰光賣脫的？」

我回答：「老早賣脫了！」

我走進客廳，打開電燈，小繼母馬上又關了它。她特別要面子，電燈也只開給客人看看，沒有客人她可以昏暗到晚上七點。父親的積蓄早已見底，內地掙的薪水還不夠他自己吃飯。凱薩琳繼續在上海做寓婆，不出去正經找份事做，只能和我一樣下作，偷賣父親的收藏品。

她迎頭瞪著我，問我為什麼把好好的白玉佛器賣了。我說這很簡單呀，我不賣她會賣呀。她說：「儂勿要覺著有個外國人住在這裡為儂撐腰！」

我渴得要死，自顧自地往廚房走，走過貼在門框上聽壁腳的顧媽也當看不見。然後我端起冷開水瓶，往玻璃杯裡倒水，動作過猛，水濺出一大朵花，落在六棱形黑白瓷磚上。凱薩琳跟到廚房門口，我正把杯子舉在嘴上牛飲，杯口扣住鼻子，厚實的綠玻璃杯底正好是個單筒望遠鏡，凱薩琳在取景框裡又遠又變形。她真無知啊，猶太人跟其他高鼻子凹眼睛西方人在她那兒完全沒區別，統統是外國人。顧媽精神十足地出去了，這年頭吃不起好吃的，我和凱薩琳鬧一鬧，還是能給老太太提提胃口，解解饞。

凱薩琳還在一口一個外國人，我把嘴和臉從杯子後面露出來，說要是她覺得外國人好撐腰，我可以把這位外國人讓給她。

凱薩琳和傑克布雖然話講不通，卻不少打情罵俏。我這句話捅了她的馬蜂窩，罵我「勿要面孔」、「多少勿作興講這種閒話」！

門響了一聲，顧媽存心吊起嗓門：「哦喲，艾先生回來啦?!淋著雨吧？……」

凱薩琳不作聲了，做個小動作叫我也別作聲，別給中國人和家裡人丟臉。她在所有外國人面前都有點自卑。這一點她完全屬於她那個上海中、下等市井階層。

電燈馬上全打開了，冰鎮的楊梅、枇杷也端了上來。每天早上送冰的車到門口，凱薩琳都會痛苦一剎那，想到是否就此停掉這項奢侈開銷，但猶豫之後，還是為艾先生忍了痛把冰錢付出去，因為傑克布喜歡什麼都冰鎮過。家裡的開銷來自艾先生，所以凱薩琳的殷勤是有來由的。只有我心裡好笑：這位闊氣而豪氣的艾先生從他父母那裡借了錢，又從哥哥那裡借錢。他的電報一份比一份長，謊稱要做的生意一筆比一筆宏大。傑克布總是通過我把錢交給凱薩琳，支付煤氣、水電、伙食，漸漸的，他這個身分模糊的客人在這棟房子裡住成了主人。除了我之外，房子裡的其他成員全對他陪小心，擺客套。反客為主的變化，除了傑克布自己，我們全看清了。

傑克布用英文小聲跟我說了句話，告訴我，我不在家的時候，來過一個客人，他是跟這客人出的門。我問是什麼樣的客人？他說很年輕，也就十八、九歲。這位客人從門縫塞進一張紙條，寫了句英文："Hi May, please come to the tea stall around the street corner." 當時家裡沒人，傑克布拿著紙條便替我接頭去了。

傑克布把紙條剛展開，我就認出了溫世海的字跡。世海寫一手老掉牙的花體字，原先塞在我傘套裡的油印傳單，不少題目就用這種字體寫出。

我看著字條的眼睛半天不會眨。什麼鬼年頭？天天有人死，偶爾也有人復活。

我轉身便去抓電話。傑克布上來便捉牢我的手腕，一面說：「千萬不能告訴他家裡。」

我問傑克布，世海是否說了他找我的事由。

傑克布替我拿了把傘，要我和他一道出去走走。

不久我們已經走在了房子外面的街道上。林蔭道形成了大致的拱頂，雨又小又密，打上去的聲音像是無數條蠶在啃噬桑葉。這一帶洋房集聚，即便仗打得沒一塊好地方了，這裡還是如故。僅僅截下這一小段上海，似乎寧靜宜人，還淡淡的有一層寂寞。

傑克布說詹姆斯·溫是個很有趣的男孩子，開始神祕多疑，但很快就忘了傑克布和他不過萍水相逢，熱烈地講起抗日活動來。他告訴傑克布，只要一出上海，到處都有抗日武裝，一支叫新四軍的隊伍，上萬人馬，只要有好武器，部署得巧妙些，他們可以一夜間踹下日軍駐上海司令部，然後可以眨眼間消失。

等傑克布跟世海去了一趟浦東，詹姆斯已經稱新四軍為「我們的人」了。

我問傑克布，世海帶他去浦東做什麼。

他說：「詹姆斯·溫在那裡的一家工廠做工。」

我說：「可我還是看不出來，他帶你去那裡的必要性。」

他說：「那家廠裡缺一個會講英文的總管，薪水很好。我去看了看，這家廠加工機件，把它們偽裝成美國進口的。利潤不錯。他們什麼都幹，大雜牌，有個車間加工鋼管，我懷疑是土炮管。」

我說：「給誰加工炮管？」

傑克布咧嘴一笑說：「這正是我感興趣的地方。」

我說：「我還沒問完我的問題呢——溫世海起死回生，專門來找我是為什麼？」

傑克布說：「那妳得讓他回答妳。走，去跳舞！」

我說：「為什麼？」

他說：「因為我很開心！我來到中國這麼多天，第一次有個好心情。為什麼妳知道嗎？因為我看見了侵略軍立不了足。哪兒這麼容易？抗日分子就在他鼻子下開兵工廠！詹姆斯的同夥偷運出去的鋼，都給新四軍造武器了！那個滿嘴大牙東倒西歪的日本赤佬（注意：傑克布的不雅辭彙添了上海特色），動手就給人耳光，挨打的中國人撅撅屁股行個禮，轉過身就造炮管去！」

他一隻手腕在我腰上，我不自覺隨著他的步子出左腳出右腳。他的邀請向來不客氣，並武斷地代受邀請一方接受邀請。我們坐黃包車往外灘走的路上，他居然玩起水手們常玩的把戲來，讓兩輛車快並駕齊驅，好讓他拉住我的手。幾個月前，他寧肯車夫們把西北風當晚餐，也不肯讓他們變成馬來拉車。

我都不知道自己怎麼就跟著他起哄，唱起淘金人留在三藩市的老舊歌曲來。年輕就這點好，只要有個人陪你起哄陪你熱鬧，你就忘情。傑克布把他皺巴巴的手絹拿出來，結起四個角，做成一頂猶太小帽戴在頭上，這點把戲也挺有玩頭，讓我們樂半天。

他的樣子像口袋裡有掏不完的錢。先點了兩杯香檳，又點了兩杯白葡萄酒。我漸漸開始擔心再點下去他和我會付不出賬進巡捕房。上海總會在晚上八點還有些冷清，跳舞的人還有點羞羞答答，傑克布把我旋轉在露臺上，江面上來了一陣小風，酒意經風一吹，十分爽人。

十點鐘敲響，露臺上的舞伴多起來。傑克布又點了霜淇淋和咖啡，對他這樣耍闊，我緊張極了，好幾回想藉口去漱洗室撲粉補口紅悄悄逃掉。

在漱洗室的鏡子裡，看見兩個非常華貴的女人，一個在我左邊，一個在我右邊。兩人都旁若無人地盯著自己，把撲了粉的胸脯向外多展示一些，再多展示一些。這類不是小姐也不是夫人的華貴女子很多，上海是個讓各種族人做不名譽事情的好地方。我在她們眼中也是這麼一個女子，往嘴唇上塗著鮮紅唇膏，塗了厚厚一層，肥膩得要汪出油來。

老遠就看見傑克布在和一個穿小禮服的男人說話。對於傑克布，你看不出他和他的談手是剛認識還是舊相識，他上來就是很開懷的樣子，十分鐘之後就開始講他自己的壞話：「我這人膚淺，只能看看賽馬……」、「我對中國歷史的知識等於零……」

用不了半小時，他就可以拿出自己的一個祕密去交換對方的祕密，對方若不跟他交換祕密，和他的親密程度也會激增，比如他說：「老實說我來上海是風月上的原因。」對方先是讓他的口無遮攔嚇一跳，接著便拍肩打背，笑聲也是那種單身漢、狐朋狗友間的笑聲了。

所以我看他和那人哈哈大笑，就知道傑克布要麼剛說了自己的壞話，要麼剛說了和我有關的什麼話，他倆笑著向我轉過臉來，傑克布把一杯酒遞給我，氣度不凡地向那位新友人和我舉了舉還不知將由誰來付賬的「約翰走路」。

這個新朋友也是猶太難民，四十歲上下，只介紹幾句，就發現他在掙誰的錢。菲力浦不久前開的那個燃氣公司頭頭，正是這位羅恩伯格先生。羅恩伯格是個天才發明家，被趕出德國之前，被迫丟棄了二百多項發明專利，傑克布興沖沖地向我介紹。假如他弄的燃氣發明成功的話，上海就不會座落在垃圾山谷裡了。

我一再證實一個挺乏味的事實，上海的所謂上流圈子就那麼幾個人，很快就讓你看不見新面孔，漱洗室裡珠光寶氣的女子們跟羅恩伯格也是熟人，跳舞時翩翩地送一個媚笑過來，或一個飛眼過去。

「喜歡她的項鏈嗎？」傑克布突然湊到我耳邊說道。「別抵賴，妳一定喜歡！我會打聽出她是從哪家珠寶店買的。」

我笑起來。這時我沒辦法，知道自己酒醒後會厭惡自己，卻還是會趁酒興做些誇張的表白。我說好啊，我等著他去為我買，然後就一頭栽到他懷裡。又一輪倫巴開始了。

我們玩到天濛濛亮。有錢來墮落一回真不錯。傑克布和我在一夜間都長了不少酒量，酒做燃料我們都不覺得累，累也是一種舒服的累。我不停地跳舞，傑克布在舞池邊略略歪著頭看我跳，他為自己有能力縱容縱容我而自得，而感慨。

他跟羅恩伯格談了許多許多，一定是相互交了底：家庭、如何逃出德國、如何在國外生活，本來就不愛掩蔽自己的傑克布，異國遇到同類，都是寄居人，「同是天涯淪落人」的感覺是環球性的。

我最擔心的事終於沒有發生，傑克布林林總總掏出的錢居然湊了個很大的數目，付了我們的賬，他的律師和醫生哥哥請了我們所有人喝酒跳舞。

走到剛剛休恬下來的馬路上，他捏捏我的胳膊，叫我別擔心，說他有一份薪水很好的工作了。我說好極了，但願從此不必去電報大樓了。他不理會我的打趣。我們在上海清道夫哈欠連天的清掃中都有著醉漢的好脾氣。什麼都好說，吹牛或說謊，揭穿或符合，彼此都包庇地笑著。

你一定想知道，我什麼時候聽說梅辛格的「終極解決方案」的。約瑟夫．梅辛格此人，大概你已經很清楚。從歐洲來的猶太人把他看成索命惡鬼。據說連日本人聽了他對猶太難民的「終極解決方案」都覺得他該進瘋人院，或者乾脆就是惡鬼附體。

一九四二年六月，梅辛格從日本到達上海，行蹤詭祕，在理查飯店包了一間房間。那時候的「猶太難民事務局」由日本領事館代表、日本憲兵隊和駐軍代表，以及三個德軍代表組成。光聽聽這種組閣，你就可以設想，難民們落到了什麼人手裡。日本領事館代表叫柴田，梅辛格的「終極解決方案」把他嚇得失態，當時就要退席，驚歎說：「啊，原來就是把人當垃圾處理啊。不管是把三萬猶太垃圾集中到幾條船上，運到公海去沉沒，還是讓他們去崇明島集中營，在那裡當人形白鼠提供給科學實驗，都需要大筆經費，總不見得全部攤派給日本政府。」柴田在錢上借題發揮，其實是想瞭解更具體的屠殺細節。梅辛格在冷氣充足的豪華套房裡不斷擦著光腦袋上的汗，基本是以一種歡樂的口氣把每一步怎樣走談了出來：「船嗎？從中國人那裡找些廢舊的就可以了。哄騙猶太豬們，就說是送他們去日本移民。送到崇明島，比較麻煩一點，因為暫時還得餵養這三萬個人形白鼠，試驗要一批批來，一下子用不著這麼多五臟和大腦。實在餵養不起，也不妨學歐洲，用『旋風B』。」

旋風B，你知道吧？就是往密封的房子裡噴毒氣。這是當時集體屠殺猶太人效率最高的方法。

最好的時機是猶太新年。九月一號晚上，猶太佬們會傾家出動，到各個猶太會堂去過他們的新年。這時候下手會不費勁。屠夫梅辛格把屠宰的日期鐘點都想好了。

柴田的情人是個中國人，她把這消息走漏給了她的中國朋友。那個中國朋友給一個塞法迪猶太人打工，便把消息傳給了他的老闆。

與此同時，柴田也找到猶太社區的領導人物，把梅辛格的計畫告訴了他們。那時離猶太新年只有一個半月，就是說，逃脫或制止這項大屠殺，是有四十幾天時間。

傑克布和彼得幾乎是同時得知這個惡訊的。

那時只要傑克布有點錢，就會帶我出去尋歡作樂，夜裡晚歸，白天一直睡到中午。醒來時，床頭常常擱著一大把梔子花。花不是尋常的插法，而是浸在一個豁了口子的玻璃魚缸裡。一個小小的球形魚缸，帶許多葉子的梔子花插在裡面顯得異常豐滿。傑克布不知從我家的哪個角落找到了這個廢棄的魚缸。

這天傑克布照舊乘早班輪渡去浦東上班了。就是去那個偽造「美國製造」機件的工廠當總管。

我跳下床，一面下樓，一面把聽覺伸向樓上樓下，看能否聽出我的小繼母和顧媽當下的活動。房子裡非常安靜，凱薩琳一定又從全家的開支裡貪汙了一點小錢，到女友家打牌去了。顧媽大概去排隊買米，還沒有回來。家裡只有我一個人。我直撲傑克布的房間，頭一眼就看見他昨晚穿的那件細麻布西服掛在衣架上。它是傑克布最滿意的一件夏天禮服，很適合他。傑克布適合穿逍遙悠閒的衣服，即便別人都穿上隆重的深色晚禮服，個個都冷峻得像時尚殺手，他也不去合群，他的打扮總是缺乏一點莊重和挺括。我往衣架邁了兩步，又聽了聽四周，確信家裡沒有別人，才摘下西裝。我一陣口乾，心跳得好重，遠比偷字畫和白玉度母時的犯罪感要強烈。

護照並不在西裝的內袋裡。我一愣，怎麼忘了呢？傑克布當然不會把護照裝在口袋裡：現在美國護照可不像一年前，可以做護身符；現在它只會惹禍。它變得一無價值，僅僅對即將冒充傑克布進入美國國境的彼得是個寶貝。我翻起他的枕頭，下面什麼也沒有。抽屜、衣櫃、床頭櫃，我一樣樣翻查，就是找不到傑克布的護照。我早就把護照上的欄目背熟：傑克布・阿龍・艾德勒/生日：一九一七年二月二十二日/出生地：柏林。只要我眼睛一閉，就能看見扉頁裡面的照片。我總是在幹這件事，閉上眼，看著記憶中傑克布的護照相片。這麼做只是要進一步說服我自己，彼得完全可以被偽造成傑克布，並且，用什麼手藝去偽造。我盯著記憶裡的傑克布相片，還有別的用意，因為它看上去相當討厭，絕不可能讓我愛上相片的主人。像所有的證件照一樣，傑克布的護照相片攝取了他一生中最醜最傻的瞬間。因此只要把彼得糟蹋得足夠醜，足夠傻，他會看上去和傑克布一模一樣。

我看到床邊扔了一雙髒襪子。不知為什麼，我突然想到那個清晨我們跳舞回來，他站在門廳裡對我所做的。要不是顧媽的腳步聲，他已經把我變成了上海灘另一個身分曖昧的女人，那種夫人不夫人、小姐不小姐的女郎之一。我對自己說，就憑他對我的放肆我也不該內疚。我的色相還沒輪著彼得享用就讓傑克布搶了先，憑這點我也饒不了他。等著吧，他將為他在我這裡嘗到的甜頭付出代價，我可不像那類女郎那樣便宜。他可玩不起我。

這天夜裡，傑克布回來了，但他沒有驚動我，誰也沒有驚動，拿了幾件衣服，一瓶十滴水就走了。他的行動是顧媽聽見的。我又到他的屋裡，打開衣櫃，看看被拿走了哪些衣服。我想根據這點來判斷他會離去多久，或去幹什麼。我發現他最貴重的一套禮服不見了。依他的性子，去國際飯店吃晚宴或者參加某要人的葬禮也不會穿得那麼周正。我拉開床頭櫃的小抽屜，什麼也沒找到。我也不知道應該找到什麼。一張字條，表示他對我的牽掛？我稀罕嗎？

第二天，傑克布還沒回來。我急得在一個地方坐不了五分鐘。開始我還寬自己心，誰能怎麼樣他？他別坑害別人就行。我急什麼呢？慢慢的，我發現我自己不光掛念他，而且很想他，他像那種見面就煩，不見又想的表哥，整天看他一無是處，但在他缺席時，你會覺得他的一無是處正是他可親之處，他的人情味。

第二天晚上，我等傑克布等到十點，心比外面的夏夜還悶熱。我沖了一個冷水澡，換上一件素色旗袍。我至今還清清楚楚記得我那個年代的衣櫥裡的存貨，大部分是刺激異性感官的，那種不學好的年輕女子的行頭。只有兩三件冰清玉潔，禮拜天去教堂的女孩子的行頭。我記得這天晚上我換了件淺藍色帶白圈圈的布旗袍。出門前，我順手掐了兩朵梔子花別在第二顆鈕絆上。

看見彼得我幸福得渾身一飄。他穿白大褂比他平常更好看。有人生來是該穿某類衣服的。傑克布生來就該穿熱帶殖民者的亞麻布西服的。

彼得迎著突然出現的我站起來。我不請自來的習慣讓他越來越頭疼。

「你們中國人太隨意。」他無力地笑笑，對我說。在中國住得越長，他對中國人總結性剖析越多。

他領著我走出辦公室，走過長廊。我納悶他這是要帶我去哪裡。下了一段樓梯，他停下來。這是五層和四層之間，他鄭重地親吻了我，輕聲說：「妳有我的電話呀，**親愛的**。」他的意思是埋怨我不事先用電話和他聯絡，即便自己邀請自己，也應該先有個電話通知。他哪知道我有多忙，在兩個男人之間擺渡。然後他又輕聲說：「不過見到妳就好。見到妳是每一天所祈求的最美好的事。」

他說得非常真情。我什麼也不說，跟他走回辦公室。他又在做他自己的理想了：認真地閱讀每個病人的病例，以及這種病的臨床研究，甚至所服的藥的成分、好壞作用。現在他在我眼裡，也是我的理想，我很想成為他那樣一身用處的人。我幾乎是崇拜他，這一點我不說，他也應該看得出來。

實際上，我在最甜蜜的時刻讓自己閉嘴，是跟傑克布學來的。

我告訴彼得，讓我們快走吧，逃到澳門，從那裡再跳上遠走高飛的輪船。

彼得幾乎自語，把一句話說了好幾遍：「再給我一點時間。」

❋

我父親的三封信一塊兒到達。郵路太複雜太不可預料，所以他只能託人帶信。信是寫給凱薩琳的。其中一封要她如何把屋頂上的片瓦換成新的，把花園的花修剪一下，再把不怎麼暢通的雨漏通一通。他抱歉自己走之前未來得及做這些瑣事。假如妹妹在家就好了，他信上說，妹妹在這些事上很能幹。我老父親不知道他的女兒眼下帶了個更能幹的人回來，在接到他信之前把房子裡外都收拾了一遍。只要不是掙錢謀生的事，傑克布玩著就幹了。另一封信父親提議把房子賣掉，假如凱薩琳堅守上海的話，房子變的糧夠她吃幾年了。父親說，假如凱薩琳仍然想去內地和他相聚，千萬打消念頭。那裡的官員幾乎人人貪汙腐敗，剋扣教授和學生們的福利，已經有不少人得了黃疸型肝炎和肺結核。

我有幸讀到父親的信，是因為凱薩琳拿著信來找我，要跟我拉起統一戰線，抵制父親賣房的破落戶主張。她說就是一座金山，賣賣吃吃，也吃得空的呀！她要我出去再拉一兩個傑克布這樣的冤大頭來寄居，外國人做房客好，手面闊，小事不計較，再有一個好房客，買米買小菜就夠了。有兩個更好，橫豎書房沒人用，把書捆一捆賣掉，能隔出兩間睡房來，多幾個房客，大排骨總吃得起了。凱薩琳跟我籌劃著。她臉上光澤暗下去了，衣服光澤也暗淡了。家裡買一點油葷，她都省給我們的好房客吃。不知怎麼，她這副模樣倒比曾經好看，更像她那個階層精打細算、聰明嫻淑的小家碧玉，那個當教授夫人之前的懂事女人。不知我爸爸怎樣看，我是看她順眼了許多。再去找一個房客來試試，我答應了凱薩琳。

找房客的主張遭到了傑克布的否決。他自認為是這個家的男主人，至少是未來的女婿，有義務做這個家人福利的唯一提供者。他常常夜不歸宿，有時中午或下午回來，洗了澡換一套衣服又出門。隔三差五地，他丟下一些鈔票，毫不計數。有一次我裝著不經意地說：「你別把美國護照帶在身上，萬一被日本人搜出來，會把你抓到敵對國僑民集中營去的。」他讓我放心，太平洋戰爭爆發不久，他就在外灘一號的中法銀行開了個保險箱，把護照鎖進去了。我看著他，心想，要費多大的勁才能拿到你那把銀行保險箱的鑰匙？

不久我發現，傑克布的鑰匙環上一共五把鑰匙，排除我家大門的那把，其他四把裡，有一把樣子跟一般鑰匙不同，紅銅的，樣子笨拙，方形匙把，半圓匙頭。它一定就是中法銀行的保險箱鑰匙。

必須承認傑克布・艾德勒的能力。尤其是亂世中辦事的能力。很快地，他在猶太人、法國人、日本人、中國人那裡都有了熟人，跟他去外灘附近的餐館，去理查飯店頂層的花園餐廳，他都用名字招呼侍應生。每個人對他提過的事物，他都記得驚人地清楚。進入國際飯店的電梯，他會跟人聊起來，問某人上次說的那個朋友到上海沒有，或登廣告想賣的馬駒賣掉沒有，或者某人某天去看的那場跑狗賽，贏到錢沒有。他在猶太難民區更是個吃得開的人物，好幾次參加難民的足球比賽和籃球比賽。他樣樣玩藝都玩得不錯，卻不精，實在是有精力沒地方揮發，就什麼都玩。假如不是因為他跟彼得是完全不同的性格，就憑他在難民區混得那樣爛熟，說不定最終都會和彼得混成哥兒倆。

他有時去浦東上班一去兩三天。路太遠，工作太多，在總管辦公室的桌子上睡了兩夜。他就這樣告訴我，但他的笑容是說，我知道妳不信，不過妳再追問我還是這些話。

上海有的是走私禁品的人，走私煙土、西藥、止痛靈都能發財。我懷疑藏在傑克布那笑容後面的就是這類不三不四的勾當。那些勾當變成凱薩琳和我的大米飯、鹹菜肉絲和暴醃黃魚，我才不會去過問。

說實話，我沒想到他那時幹的事情有那麼大。

我倒是從世海那裡聽到了不少傑克布的好話。一天，世海幾乎撞在我身上我都沒認出他。這個年齡的年輕人幾天一個樣，何況我快一年沒見他了。他戴的眼鏡是黑框的，穿著舊工袋，一絲闊少氣也沒了。一個皮膚黝黑的年輕技工，這就是一九四二年八月溫世海給我的印象。他才十八歲出頭，在我看已經是個大謎團。他身後是戴白色涼棚的茶攤和下午五點的陽光。

我問他怎麼知道我在這個時刻回家。他笑笑說他總是能把我等回家的。那次等到的是傑克布・艾德勒，要不現在的工廠總管交椅可能就是我的了，世海對我說。我懷疑他們的廠主花錢僱的就是一口好英文，管他男的女的，一口流利的英文能幫他行銷假冒「美國製造」的機器配件就行。

我說：「我可不行，我絕對不可能口若懸河地說假話。」

世海說：「對待邪惡，正義沒有必要說真話。」

這種十八歲的哲理，能讓我拿它怎麼辦？我定住眼看著他。

「世海，我問你，你和傑克布到底在幹什麼？」

「為了妳的安全，我必須守口如瓶。」

「你不會是為你父母的安全，讓他們哭瞎了眼吧？」

「當然是為了他們的安全。」

這個呆氣的孩子真拿他自己幹的事當真。

我問他今天找我什麼事。

他說他只想問問我，他母親可還好。他知道我會跟他們常走動的。

我說他母親最近開始吃點乾飯了。前幾個月一直喝粥或喝湯。就是背著光，隔著他的平光鏡片，我也看得見他的上下眼皮又鬆泡泡地幾層摺子，包著忽閃忽閃的淚水。哪個家庭的父母不養個把冤家？這倒把我、世海、傑克布歸成了一類。

世海擦了擦眼淚，用傷風的聲音問我能不能幫幫他，去他家偷偷拿一些他的衣服出來。

八月一過，雨就會把秋天帶來。我說這事我怎麼也幫不了他。他說有個叫阿文的女傭是他小時的乳母，可以買通她。我火了，說：「溫世海，以後別器重我幹這種內外勾結的事，別指望我每次對日本人的拷打都嘴嚴。」

說完我從茶攤子站起就走，把同坐在一條長凳上的另一個茶客差點給掀到地上去。世海急得英文也忘了，叫道：「勿要生氣呀！」

他付了茶錢，從後面趕上來，嘴裡說：「好的，那就不去偷！不偷還不行嗎？」我又好氣又好笑：茶攤上的人現在想，這兩個人滿口漂亮的外國話，就商量點小偷小摸的事？

我轉過臉。世海的樣子這一剎那非常稚氣。

「阿玫姐姐，那就請妳偷偷告訴我父母，我還活著，打敗日本鬼子，再回家看他們。」

這下要哭的是我了。這個世海，放著現成的闊少不做，要過朝不保夕的日子。還沒完全發育好的他，哪裡來的如此寬闊的心胸？

❀

這是個星期五，彼得從醫院請假出來。他讓我六點到西摩路口等他，然後跟他去參加猶太會堂的薩巴士。

我站在路口，看見衣著隆重的人們和黑衣黑帽，拖長鬍子長鬢鬚的拉比們陸續走進那座聖殿般的建築。可以想像那個在第一世紀在反抗羅馬人的起義中被毀的耶路撒冷聖堂。彼得跟我講過他的祖先的事。他的民族的祖先。這是為了心靈自由什麼災難都可以承受的民族。二世紀的羅馬皇帝海德安(Hadrian)允許他們恢復被毀的聖堂，但他們發現海德安把丘比特樹在神壇上供他們膜拜時，他們再次揭竿而起。薩盟・巴爾・可克斯巴將軍領導起義者重建了以色列，重建了能夠保衛他們心靈自由的城廓和廟宇。儘管最後的代價是海德安的屠城屠國。那是猶太民族最沉痛的失敗，屠夫們穿行在耶路撒冷，大群的戰馬窒息了，因為猶太人的血沒到了馬的鼻孔。從那以後，猶太種族從自己的土地上消失了。五十八萬人被屠殺，剩下的人被作為奴隸帶出了耶路撒冷。就連耶路撒冷也不再存在，因為海德安皇帝在地圖上抹去了她的名字。所有猶太人的城鎮，都從地圖上被塗抹殆淨。

西摩路靜下來，會堂門口只剩下我一個人。音樂響起了，彼得還沒有來。希伯來文的誦經聲把幾條馬路和一片天空都震動了。

會堂裡的猶太教民是從全世界各地來的，偶爾聽彼得說到各國猶太人之間的利益、文化分歧，但這時的會堂裡，誦經的聲音低沉渾厚，像是低低沸煮的聲音，沸煮著無論怎樣尖銳的區別和差異，熬得所有分歧都溶化，成了一大片；那熱烘烘的雄渾頻率，震動在含著一場雨的大氣層裡。

我感到從未有過的孤單。我是個在哪裡都溶化不了的個體。我是個永遠的、徹底的寄居者。因此，我在哪裡都住不定，到了美國想中國，到了中國也安分不下來。

而寄居在這裡的彼得、傑克布、羅恩伯格卻不是真正的寄居者。他們定居在這片雄渾的聲音裡，這片能把他們熔煉成一體的聲音。

我站在西摩路這座聖堂前面，一動不動。人能信著什麼多好，沒有國土也沒關係，信仰是他們流動的疆土，嗡嗡的誦讀緩緩砌築，一個城廓圈起來了，不可視，不可觸，而正因為它的不可視和不可觸，誰也擊不潰它。

我一直等到人們從會堂裡出來，也沒等來彼得。

遠處傳來手風琴拉的《波爾卡》。俄國猶太人的家裡在舉行晚會。俄國人可以比任何民族都沉重，也可以比任何民族都活潑浪漫。

地上的冰棒紙橫著捲動，接著，雨來了。我看見一個人踩著《波爾卡》的節奏向我跑過來。彼得氣喘吁吁地走到我面前說，他以為我已經走了。假如這麼一個妙齡女郎等煩了，走了，那只能是他活該，他對我說。他喘得很厲害，一看就知道是跑了老大一截路，週五的薩巴士時間，這一帶的黃包車都給占完了。

我問他是不是臨時有病人出了情況。他點了點頭，吻著我的太陽穴。雨點加大了分量。他的嘴唇貼在我的鬢角上，用吻問我：「假如妳等我等不來，妳會怎麼樣？」

我說：「你說呢？就像你從來不等我，而我不等自來一樣。」

你看，跟彼得在一起，我是另一個人。把傑克布跟前的我和彼得面前的我並列在一塊兒，他倆都會不認識我的。連我自己都不知道我這條變色龍變出的哪一種色彩是真實的。

「去哪裡？」彼得問我。

我說找個氣氛好的小館子吃晚飯。跟彼得在一塊兒的這一部分我需要寧靜，酷愛竊竊私語的幽暗小天地。一支蠟燭，兩盤爽口的簡單飯菜。音樂也要，詩也要，要它們替我們把甜蜜傻話說出來。傑克布對我的影響還是有的，那就是我一旦要說什麼甜蜜傻話了，就馬上讓自己閉嘴。我們在虹口公園附近找了一家奧地利人開的沙龍式餐館，這天晚上有配音樂的詩朗誦。

進門時我和彼得都成了落湯雞。老闆娘是個話劇演員，和彼得母親是好朋友。她把我們請到樓上，給了我們一人一塊浴巾。樓上是老闆家三代人的居住地，德國人在住房上從不將就，居然做了一個壁爐。老闆娘把壁爐的煤氣開關打開，藍色火苗從水泥塑成的假木炭縫裡竄出來。老闆娘讓我們烤一烤衣服，體貼地說她不會讓人上樓的。她下樓前替壁爐陪不是：「可惜它只是舞臺上的角色，不過表演還不錯。」

我們裹著浴巾，坐在假壁爐前面烘烤衣服。八月哪裡是生壁爐的時候？馬上便出汗了。

彼得乾脆打開浴巾，也替我打開浴巾，身體和身體兩小無猜，這種無邪和坦蕩，只能在我和彼得之間發生。

他把一條手臂伸平，讓我的頭枕上去，又拉起我的腿架在他的腿上。我看他一眼，他就回我一眼。世上也一定有兩個彼得・寇恩。我指的不是名字，而是跟我緊密相依的這個形骸，裡面包藏著兩個彼得。兩個彼得有一個是我熟識的，另一個是在夜裡乘船去鄉下收購糧食的陌生人彼得。現在的彼得寬肩細腰，兩腿又長又直，坐著立著躺著，都是出汙泥而不染，很難看出他跟另一個精明強幹、一不做二不休的彼得共處。我想像那個陌生人彼得，挽著褲腿，一臉霸氣，跟賣糧的農民們一斤一兩地殺價，然後像所有走私者一樣，趁夜色順著臭氣燻天的蘇州河返航。再往後呢？讓我感到最艱難的，是在腦子裡看到這樣一個彼得：他看著滿街大排長龍搶購糧食的人們按兵不動，同時狠狠地想：這個國家哪還是個國家？是個活地獄！讓我別看見他們吧，讓我離開這些臭哄哄的街道！

沒錯，我不能為上海狡辯，這城市的確臭哄哄的。壞氣味有一部分來自屍體，晦暗角落裡常常臥著爬滿蒼蠅的屍體。每天清晨，清道夫、掏糞工的車裡都放著嬰兒的小屍首，他們的父母們窮得連最小一筆喪葬費都花不起。假如對那個剛扔掉兒女屍首的父母表示一下哀悼和安慰，年輕的父親會指指妻子說：「不要緊的，她很會養的，只要明年吃飽肚皮，再養一個就是了。」彼得在這種時刻會認同他弟弟大衛的作法，對如此一個地獄，活著逃不出去，死了總能逃出去。

彼得問我在想什麼。我說沒想什麼，衣服好像快乾了。

他佝身探出手，試了試搭在壁爐架子上的衣服。我忍不住又去看了看他的手。我有一個古怪的毛病，就是喜歡看人家的手。顧媽告訴過我，手的形狀很說明問題，手又大又長而指頭不尖的人，往往為人溫厚。這就是彼得的手。但手的動作往往又演出一個人的心理活動。彼得現在的手遠遠比過去有力、主動，是派用場的手。在卑瑣的事、缺德的事、高尚的事上都能大派用場的手。

這手比他的臉和身體要年長成熟，甚至憔悴，帶著苦相，似乎在大太陽裡勞作了半生。我不在意他在太陽下勞作，我甚至不在意下半生和他一起在太陽下勞作，但讓我吃驚的是我看出這手有點心狠手辣的勁頭。

這手可以把收購來的糧食嚴實存放，價錢不飆到他那遠大的理想，絕不手軟。

彼得這時又看我一眼。

我也側過臉，好好地看他一眼。

在生意上手軟就做不到完美極至。不登峰造極的事有什麼做頭？那是我和傑克布這種甘居三流的人之所為。彼得彈鋼琴彈到了極至，他的極至並不是音樂的極至，這不怪他，天生的元素擋了路。可憐的彼得！他哪知道隨心所欲，隨遇而安是什麼東西。做一件事，他必定讓自己「愛做」（這就是幾十年後中國流行的「幹一行愛一行」）。在他父母那裡，愛不愛做某件事，要緊嗎？「我愛做！」或者「我不愛做！」愛是多麼輕佻膚淺的玩意，尤其跟責任相比。

我和傑克布的父母，都企圖這樣改良我們，磨煉掉我們動不動就「我不愛做」的性子：「我們是難民，寄居人家的國家，你還動不動使性子：『我不要……我不愛……』。」

等我真正愛上舞蹈，想六根清靜好好跳舞時，我父母對十二歲的我說：「跳舞能跳來飯吃？」我從小是個糟糕的孩子，被所有人吼罵：「妳做事情就憑興趣，做得好嗎?!」後來我想，做事情憑興趣難道不是最正確、最自然的？沒有興趣哪兒來的生命？人類（以及所有生命）不就是起源於一雌一雄的興趣？……

彼得不僅是我的理想，也是我父親、我伯伯們、我姑媽們的理想。這是我們中國人家認為最拿得出手的晚輩。我的面頰貼在他光潔的肩上，優美的江洋大盜，千萬別在做成一筆缺德喪良的漂亮生意之前就吃了日本人的子彈。

我問他生意怎樣。他說不錯，不過還應該更好。我求他說，別「再好」了，再好他就要讓日本人和汪政府不舒服了。

他安慰我，說他不必出面，手下有個叫阿立的仲介人，幫他辦所有會惹禍的事。

他要是再漲米價，連我們家都要喝青菜湯了。我笑起來，告訴他我家顧媽天天詛咒的正是他這種人，有時我也跟她一塊兒詛咒。他說我該詛咒希特勒。我說希特勒我當然不放過。

他站起來，跪在我對面，兩隻手掌托起我的臉頰說：「May，做了這一筆，我保證不再做了。」

我說：「為什麼？」

他說：「因為妳不高興。」

我說：「我沒什麼不高興。我又不是什麼天使。」

他嚴肅起來，還有點煩惱，叫我閉嘴。他不許我拿自己胡扯。

原來他真以為世上有天使般的女孩子。把我當成天使般的女孩，太誤會了，正如他在我心目中做理想一樣，做他心目中的天使也受不了，要大氣都不出，離人間煙火遠遠的。

至於我們兩具風華正茂的天體，現在要收藏到衣服裡。好事情是值得等待的。我們走下樓，穿著半乾的衣服，外面風大雨大，老闆娘朝我們投了一瞥知情人的目光。

我們點的菜上來了，老闆娘低聲跟彼得交談了幾句話，給我們送來兩杯甜味德國葡萄酒。她請客。

老闆娘用帶德語口音的英文悄聲說，今天有幾個猶太人給抓起來了，抓得神不知鬼不覺，但顯然是日本人幹的。因為「終極解決方案」被他們捅到上海猶太人的最高宗教領袖的會議上去了。老闆娘說完便忙到別處去了。

我問彼得，他估計日本人會怎樣處置那幾個猶太人。

彼得神不守舍地沉默著。

我拉了拉他的袖子：「彼得？」

他「嗯？」了一聲。

我說日本人會不會槍斃這幾個猶太人？他說問題不在這兒，問題在於，這樣一來，會不會刺激梅辛格這個屠夫馬上動手。反正消息走漏了，不如趁早動手。彼得與其在跟我說話，不如他在跟自己商量，做推斷。

我當時怎麼也不會想到，幾個被日本人抓獲的猶太人中間，有一個是傑克布．艾德勒。他那一陣忙的事情特多，但主要就是忙著探聽「終極解決」何時實施，忙著把這個大陰謀披露出去，讓美國的舉足輕重的猶太人參與干涉。就在我站在猶太會堂門口滿心甜蜜的等待彼得時，他和羅恩伯格還有其他人突然闖進了一個有猶太大拉比梅厄．阿什肯那齊主持的薩巴士。那個薩巴士聚集了最有話語權的幾個社區領袖，影響波及到世界上其他國家的猶太社區。

傑克布帶我四處吃喝玩樂的同時，也順便幹些驚天動地的事。而就在我和彼得坐在壁爐前，兩情相悅時，傑克布正在被拷打。

這時我跟彼得說，再也不能等了，應該馬上聯絡潛逃澳門的船。他神不守舍地看著我。我想他一定在想他的父母怎麼辦。假如他逃走，把他們留給屠夫們，他剩下的半生怎麼過。

彼得還是看著我。沒錯，這是一個人一生所要做的最殘酷的選擇。換了我，我也會這樣看著桌子對面的那張臉，神不守舍。

彼得問：「一旦到了澳門，肯定能去美國嗎？」

我說：「肯定。」

「妳那麼有把握？」

我拉住他憔悴的手。

他說：「現在妳還不告訴我嗎？妳的把握到底來自哪裡？」

他的眼睛怎麼會這麼大這麼黑？這樣的眼睛表達無助和恐怖多麼合適。我不要彼得這樣無助和恐怖，不做天使就不做天使。我脫口便說：「什麼都別問，等上了三藩市的岸，你拿著我給你的護照，就行了。」

「什麼護照？」他問。

「你的護照。」我說。

「妳給我買了一本美國護照？」

「沒有賣的。就是有，我也買不起。但我給你弄到了一本護照。」

他把手抽開，說：「妳得給我點心理準備。到底是怎麼弄來的護照？我連相片都沒給過妳呀！」

他的黑眼睛越睜越大，黑色放射開來，恐怖似乎散布到周圍。

「彼得，聽著。」我用幹練的口氣說道。我的口氣是那種幹缺德事的人，顛倒是非，頭頭是道。「有個人叫傑克布・艾德勒，美國公民，三三年從德國逃亡的難民。你進入美國國境的時候，就是傑克布・艾德勒。他和你長得很像，就是眼睛和頭髮顏色不一樣，但相片上看不出來。你把頭髮染得淺一點，一定沒人會發現你們是兩個人的。」

「可是……我還是不懂。」他說。

我沒辦法，只好把事情再講清楚些，否則他以為我謀害了艾德勒先生。我告訴他，我如何千辛萬苦地把傑克布哄上船，哄到了上海，就是謀取他的護照。在我講到艾德勒先生在愛爾蘭酒吧如何跟人賴賭債，又如何偷竊義大利廠主的罐頭，我儘量把艾德勒講成一個喜劇人物，可悲可惡的丑角，暗示彼得：跟這麼個丑角，像我這樣的女子只能毫不留情地利用。

他說：「他真的非常像我？」

原來他不放心的只有這一點。

「萬一被美國移民官看出來怎麼辦？」他盯著我。「風險會很大嗎？」

「冒這種風險遠比冒風險留在上海，被終極解決掉要好得多啊。」我說。為了消除他的恐怖，我告訴他，唐人街的許多人都用一張醫療保險卡看病，我小時候就把自己的醫療保險卡給我幾個表姐們用。她們拿著我的身分證和我的保險卡出入大醫院小診所，護士看看身分證上的相片，最多說一句：「這是妳幾年前的照片吧？」

彼得心裡仍然七上八下，卻基本被我說服了。他這樣一個醫科大學優秀生能幹出國積糧食，投機倒把的事，非但不讓我吃驚，反而讓我心疼。我本性就不安分，愛犯規，但彼得不是。我犧牲傑克布和我自己，為的就是保住彼得的純正。那略帶書呆子氣，略有些古板的純正。

他終於恍悟過來，問道：「那這位艾德勒先生沒了護照，怎麼辦呢？」

我聳聳肩。

他說：「這總得想個辦法出來吧？」

我又聳聳肩，抿嘴一笑。他對這個叫艾德勒的犧牲品於心不忍。

彼得說：「丟了護照，他會設法跟美國方面取得聯絡，掛失什麼的。萬一他這麼幹了，可能對我不利。我拿了他的護照也沒用，號碼已經掛失了，我登上美國海岸，不成了上門投案？」

我暗暗地出了口氣。原來他並不是擔憂傑克布・艾德勒沒名沒姓沒身分，一旦從上海和中國逃走該怎麼活。他擔憂的是這個金蟬脫殼陰謀不夠完善。別忘了，不做到盡美盡善的事，彼得寧可不去著手。

我說做什麼事都會冒險，全看值得不值得。梅辛格和日本人要在猶太新年之前實施「終極解決方案」，與此相比，還有什麼風險算得上風險？只要他準備好了，我現在就可以拿到他的護照。然後我們就消失掉。

我一邊設想編排，一邊吃驚自己陰險殘忍。

彼得的眼睛睜半天不眨。他一定也在想，面前這個年輕女子還是他認識的那個May嗎？她是多麼鐵腕冷血。

「艾德勒會動用警方找妳的。」彼得說。

他並不是在重新認識我，認識一個幹得出缺德喪良的事情的我。他還是在吹毛求疵，把陰謀進一步完善。

「不可能。」我說。

「怎麼不可能？」

「你會嗎？假如我突然消失了，你會馬上想到我和你一切的一切，從頭到尾，都是個套子？」

彼得說：「我和妳是不一樣的。我愛妳。」

我說：「傑克布也愛我。」

我心裡不知道為什麼痛了一下。傑克布比彼得更愛我，是這個事實，以及我對於這事實的承認讓我心痛了？

他說：「好吧。那麼我們再回到那個點上：艾德勒發現妳不見了，員警也找不到妳。然後呢？」

彼得看著我。他在做論文答辯，一絲不嚴謹都有可能被擋關，所以他必須提前給自己層層設障。

我說：「然後我們先躲藏起來，等待時機逃到澳門。」

他說：「他一旦向警方報案，妳在上海就可能非常危險。萬一一時去不了澳門的話，妳就成在逃犯了。那怎麼辦？」

我聳聳肩。我的意思是走一步說一步，你彼得的小命都捏在梅辛格和日本人手裡，除了魚死網破，還有什麼選擇？

彼得呷了一口德國白葡萄酒，吞嚥得很慢，一邊轉頭看看窗外的雨。

老闆不知什麼時候出現在我們桌旁，問菜餚是否合我們的口味。他看見我們盤子裡的食物幾乎是原先的分量，飛快地看了看彼得的臉色，小聲說，猶太人中間竟有日本人的內奸，真不是東西！那幾個闖進大拉比會議的猶太英雄剛從華德路會堂出來，就被捕了。一輛神祕的大型吉普突然開過來，跳下來幾個亞洲人，用棒子一陣亂打，然後就把他們綁上了車。

彼得看著前喜劇明星的老闆，眼睛幾乎不眨不動。一雙眼睛能盛得下那麼多無助和恐怖。

我問老闆，在這裡聚會的人是否知道正在飛快惡化的局勢。

老闆說誰也搞不清這群人裡有沒有暗探，所以他只跟他的至交談論這件事。其他人也在交頭接耳，但只跟自己徹底瞭解的人交頭接耳。這年頭貨幣貶值，食品昂貴，每個人的體重都在下降，所以為了每天一頓豐足的晚餐，個別猶太癟三人不做了，去做狗。

「做日本狗的中國人多得是。」我說。

「你們打算怎麼辦呢？」老闆用耳語問彼得。「我和我妻子都在談論偷渡澳門，再從那裡繞道，去美國或者澳洲。我們在求美國和澳洲的親戚，希望他們能幫忙，真是難為情得很，這些親戚我們從來沒見過！」

彼得說：「即使有經濟擔保書也不行，美國移民局還要看你在奧地利的納稅證明。還要警察局開的五年內無犯罪紀錄。」

前喜劇演員說：「早就知道美國人不怎麼樣，沒把我們這些猶太佬當回事，這種時候了還刁難？我們給殺光了關他們屁事，他們的國門還是只對我們開一條縫！」

老闆娘從他背後拍一巴掌，說他瘋了，喊什麼？喊給內奸聽嗎？

「那就在這裡讓他們解決？」老闆對老闆娘張著兩隻手，然後又轉過來，面向彼得，這個姿態變有喜劇感。

彼得說：「八千英里，花一大筆船票錢，到了這裡來，被『終極解決』，呵呵呵……」

老闆娘那雙極具表現力的眼睛瞪了一下彼得。彼得說沒事，暗探們都是下三濫，不懂英語。「晚上好，」他對著遠處招招手：「你們這些吃屎的猶太蛆！」接著又是一陣毫不快樂的大笑。

彼得忙得一天都沒吃飯，酒量酒風又都不好，一杯酒就在他空空的腹內興妖作怪了。

我趕緊拉著他離開餐館。馬路上的水已經漲起來。彼得看見一個打傘的猶太男人站在門廊裡，便叫出他的名字，請他用車把我們送到畢勳路上的猶太俱樂部。男人問他肯付多少錢。彼得請他先開價。

「這麼大的雨，雙倍車錢。」

「好的，沒問題。」

五分鐘之後，男人把一輛黑色汽車開到餐館門口。已經看不出它是什麼牌子、什麼年頭的產品，因為它是肢解了好幾輛車拼湊的。

猶太俱樂部裡沒有一張空椅子。鋼琴曲子是陌生的，但十分好聽，有一絲中國情調。也許是阿龍・阿夫夏洛莫夫新寫的小品。傑克布・艾德勒到上海沒幾天就混進了阿夫夏洛莫夫家，白聽了一場音樂會、白吃了一頓冷餐，之後便把這個猶太作曲家的作品介紹給了我。

走出餐館我就覺得自己在等待什麼。似乎彼得欠我一句話，我在等那句話。我把那個偷梁換柱的計畫原原本本講了一遍，一個細節都不馬虎，總算達到了彼得的理想程度。他總該說點什麼。他一句話也沒說，我被自己的等待一直懸吊在半空。這是一件大事，天大的事，要置他人於死地，他怎麼可能不說一句話呢？

我不是想要一個：「謝謝！」或者：「May，做這一切都是為了救我，太難為妳了！」

這些話都會文不對題。有一個人將為了他彼得的安全出逃而待在莫測的上海。不，遠遠不止這些；一個人在發現他的真情被一個女人踐踏得稀爛之後，留在了舉目無親的上海。何止舉目無親？簡直是敵意彌漫。一旦日本人發現他是交戰國僑民，就會送他去郊外的集中營。街上一隊一隊，一車一車的占領軍過往，奔向某個罪惡的目的地，一個個軍帽下的腦瓜，運行著惡毒的念頭……彼得逃亡的身後，被丟棄下來的這個人舉目看去，原來這是一座對他充滿不善的都市，茫茫的不善中，竟有一份來自他熱戀的中國女子。

好了，傑克布・艾德勒被榨盡了價值，成了真正的人渣。

彼得至少該對這人渣說一句什麼。

我的心慌慌地，就是等彼得的這句話。比如：「May，我們對這位艾德勒先生缺乏公平。」或者：「以後怎樣能償還我們欠艾德勒的呢？我們欠他太多了。怎樣才能得到他的寬恕呢？」一整個晚上，我聽著鋼琴曲和音樂中人們的低聲交談，其實一直在等彼得的一句話。哪怕說：「可憐的傢伙，算他倒楣，愛上妳這小巫女！」

彼得請我替他翻譜，我這才醒悟過來，果然是他要試奏他剛才即興寫的幾個樂句。他的真實心情我不知道，但手指下的樂句在輕歌曼舞。是個心情不錯的告白。我看著他認真、專注的側影，就像我們第一次見面，他替我翻譜一樣注視他。這側影很優美，沒說的。我卻好失望好失望。彼得怎麼可以讓我懸在等待中，就是不讓那句話把我落實下來？

彼得彈得很出色，人們請他再彈兩首曲子。他說了一句什麼，周圍嘩啦啦地鼓起掌來。我發現一隻手在捅我。彼得的手，人們是在衝我鼓掌。因為彼得剛才宣布那支鋼琴小品是獻給我的。

我受寵若驚，但我一直急不可待的絕不是這句話。

❀

傑克布一直沒有回家，也沒有任何消息，我的小繼母這樣告訴我（那時候我當然還不知道傑克布已經進了橋頭大廈的監獄）。第二天下午，我教了一節課回來，聽到的還是她這句稟報。家裡又沒小菜錢了。她羞怯地暗示我。

不久有電話打進來，找我的。我剛接電話，那邊人詭祕地說：「請等等，有位先生要跟妳說話。」我聽見電話在兩隻手上交接了一番。

「阿玫姐姐，妳只管聽，不要說話。」世海在電話中用英文指示我。他的嗓音通過電纜傳過來就露餡了，乳臭未乾。「阿玫姐姐，傑克布被日本人抓進去了。」

我聽自己說了一聲："What?"

「請不要插話，」世海嚴峻地說。「他現在給關在那座所謂的橋頭大廈裡。」

到了一九四二年夏天，橋頭大廈對誰都是個著名的所在。日本憲兵隊用它關押收審抗日分子。

然後我便聽說了傑克布・艾德勒事發的始末。他惹了一身禍，卻跟他自身利益毫不沾邊。

世海說：「能不能請妳去我家一趟？也許我爸爸能找到關係營救他。」

我掛下電話就換衣服，換鞋子。一面飛快地想著父親的一個姓劉的學生。那個學生的父親在汪偽政府裡做部長，不是教育部長就是司法部長。我打開皮鞋匠縫補過的小皮包，發現裡面的錢只夠乘黃包車。我教鋼琴課的課時費要到月底才能拿到。凱薩琳跟著我亂轉，問是不是傑克布有消息了。我跟她講什麼？什麼也講不清。我愣頭愣腦地問：「妳還有多少錢？」

「做啥？」凱薩琳用應付查賬的警覺口氣說。

「沒啥。我沒車錢了，給兩個車錢來，馬上還妳。」

她轉身就走。我等著她給我拿錢來，卻等來一本賬，她指著一排排密密麻麻的數字：「那，艾先生的錢我沒有花一分在自己身上。妳看看好了。」

我剛要說我一點都不懷疑她的廉潔，她嘩啦嘩啦說起世道如何壞透了，昨天顧媽出去買小菜，鈔票在手裡捏得緊緊的還是被小偷得了手。皮鞋壞了，拿到攤頭上去修，結果攤頭和皮鞋統統沒有了。電燈泡買回來了只用了兩天，瘪掉了！……

我從櫃子裡抓出兩條長裙子，都是最香豔、肉感那種，放在一張舊報紙裡一裹，衝出門去。

這是下午五點多鐘。你知道上海的夏天。夕陽又熱又黏，走了一回就覺得一身的不潔不爽。我們這一帶的幾家寄賣行都讓陸續登陸的猶太難民慣出了毛病，知道無論他們把價壓得多低對方都會出手。已經傾家蕩產的難民們為全家人吃一頓猶太新年大餐，寧可賣掉他們賴以過冬的毛皮大衣。他們就這樣在上海精明的寄賣商手裡一步步傾家蕩產，走向赤貧，穿起了國際紅十字會捐糧的麵粉口袋的。

寄賣行的店員對著光仔細查看這條太平洋彼岸來的三手貨。晚禮服是杏紅色，前面兩個主人滴在前襟上的香檳酒、霜淇淋汁、番茄沙司趁夜色混混還可以，在這樣的查看下，太丟人了，我都為它們抬不起頭。

「這種東西我們賣不出去的。」店員說：「喏，這條裙子我們到現在都沒賣出去。」他指著一件象牙色太陽裙，質地精良，也沒有那麼多點點滴滴的「前科」。我一看標價，也不過幾趟黃包車車費。

另一條裙子我連打開的勇氣也沒有。看看錶，已經六點出頭，一狠心，我把錶放在櫃檯上，請這位要對難民穿麵粉口袋部分負責的人隨便給我幾塊錢，我有急事。

我拿著錢便走。店員在後面叫住我：「忘記妳的衣裳了。」我轉身謝謝他，請他先替我存放一下。我的事實在太急了。

連黃包車夫都給我嚇了一跳，問我：「小姐儂做啥？」因為我一句話沒有就從人行道衝到馬路上，連蹦帶坐已經乘在他車上了。

我按照打聽到的地址來到父親的這個學生的家——一所在楊樹浦區的兩層樓的洋房。路上走了半小時，但等人花了兩個鐘頭。我父親的這個學生叫什麼我已經忘了。就叫他小劉好了。小劉的父親對我父親非常敬重，所以一下班回到家馬上答應見我。劉部長讓了座請了茶，自己踱著方步來到黑色大辦公桌後面，站在那裡剪雪茄，打火，點煙。他身後轉椅是黑色牛皮的，釘出一個鼓囊一個鼓囊。然後他坐下來，開始聽我講述。我告訴他我的猶太難民「未婚夫」傑克布和日本人如何發生了一場「誤會」。部長絲毫不動聲色，一看就知道我說的對於他不是新聞。我說作為一個在異國寄居過的人，我自己完全能體會猶太難民的不安全感。怎麼會有安全感呢？寄居在美國、在世界上許多國家的中國人都是被排斥、被驅趕、被迫害、被殘殺的。

我忘了對面坐的是個溫文爾雅的漢奸，什麼都忘了，講述起我祖父的故事來。我祖父乘坐著蒸汽船靠近美國西海岸（就從我和傑克布常常攀登的燈塔旁邊駛過），停靠在三藩市東海灣的港口。還沒站穩腳，就被消防水龍頭噴射的水柱擊倒。一注注可以打穿沙土的高壓水柱劈頭蓋臉而來，紅色的高錳酸鉀水柱，把從大洋彼岸來的瘦小的中國佬沖得像決堤洪流中的魚。襤褸的衣服被水柱撕爛，從一具具瘦骨嶙峋的軀體上剝下來。那是什麼樣的消毒程式？碗口粗的紅色高錳酸鉀液體活剝了人的衣服和體面。在異國做寄居客，就是從這裡開始。從此他們就知道自己會被人家當成永遠的異己。他們誰也不相信。就像猶太難民在上海，他們誰也不相信。一群淒淒惶惶的人，風聲不妙他們能幹什麼？當然是奔相走告，做好最壞的打算，同時也垂死地爭取逃生的可能性。

那一刻我比漢奸還下賤。我對著部長垂淚，又對著他巧笑。部長問起我父親，我心想，他正是為了不當你這樣的人，不遠萬里去過六個人住一屋、一天只吃一頓飯的日子了。

我時刻提醒自己，不能暴露傑克布的美國公民身分，否則他就會直接從監獄去集中營。天色在部長身後暗了，我還在講啊講。「啪」的一聲，辦公桌一側的檯燈亮了，照亮了部長左邊的腮幫。那腮幫細膩如膏脂，鬆弛得如同上歲數的女人乳房。我再求偷生者幫著傑克布偷生。保存下來的最終就是一點皮肉。我突然沒勁了，低下頭，看著玻璃絲襪脫了一串針腳，露出我的皮肉。

部長說了什麼，我一個字也聽不進去。等我被小劉送出大門，我才開始回想，我是否得到了部長的承諾，部長是否答應了我去幫著傑克布偷生。

然後我又跳上一輛黃包車東去。

車子經過福州路上了廣東路。老的和新的「會樂裡」弄堂口，路燈亮得灰塵濛濛。窯姐們東倒西歪地站在街邊嗑瓜子，瓜子殼在燈光裡飛得如同落花時節。這一帶是傑克布逛不夠的地方。小吃店、小酒廝一家接一家，他儘管很忙，也會抽空帶我來小酒廝裡小吃小喝，一筆筆從他父母和哥哥那兒得到的貸款在這條街上流走不少。他用貸款給我買過幾塊絲綢，要我去置新行頭。他自己也置辦了幾套貸款的生絲西服，但回到家就不喜歡了。每回他帶我來這條街，享用貸款酒、貸款小吃，我們都極其快活，破罐子破摔的那種快活，一旦我勸他適可而止，他總是叫我別急，他明天開始一定好好存錢。

許多人家把竹床、門板搭在馬路上，睡的睡，靠的靠，從車座上望去一片起起伏伏的蒲扇。家家都點了蚊煙或者燻了艾草，滿街都是灰白的辛辣雲靄。

進了溫家的門廳，就聽見小客廳裡的洗牌聲，自從我電話裡通報世海健在的消息，溫太太斷了很久的搓牌聲響又續上了。溫家上上下下的心情都給徹底地洗了一遍牌，又重新開出了一局。

溫太太一看見我就從椅子上起身，一面迎上來：「阿玫來啦？」然後向門外叫道：「菲力浦，阿玫來哉！」

菲力浦是從不跟他夫人的女友們一同玩牌的。他這時在大客廳裡跟大兒子說話，一張梅蘭芳的《貴妃醉酒》在留聲機上轉出醇美的聲音。菲力浦聽音樂和他收藏東西一樣，生冷不忌，什麼都愛，也什麼都無所謂。溫太太把我領進大客廳，嘴裡對我一口一個謝字，粗粗的腰身還一欠一欠的，似乎是我讓失蹤的世海重生的，或者我對世海施了還陽術。

溫太太看著我在客廳裡落坐，就蹬著一雙先裹後放的半天足，跑到下人住的地方，去叫廚子起來給我燒兩碗點心。世海的哥哥不太瞧得上一切和政治、軍事、商業有染的濁物，所以我一開口講到世海如何跟我見面，他便起身，兩手插在褲袋裡走了。

大家倒是給我行了個方便，我可以跟菲力浦單獨談話。我用英文把傑克布・艾德勒的事告訴了菲力浦。我的話從來沒有如此地經濟有效。菲力浦等我的句號一吐出口便說：「這種事只有鈔票和女人能派用場了。」

趁溫太太沒回來，他說他的燃氣公司也失蹤了一個人，姓羅恩伯格，他和這位艾德勒先生恐怕弄到一道去了。

我證實了他的判斷。羅恩伯格和艾德勒在國際飯店一共只用了十分鐘就建立了莫逆之交。他倆和其他三個猶太人通過祕密途徑得知「終極解決方案」已經進入了具體部署，兩萬多名在上海的猶太難民將會在「移民滿洲」的謊言掩護下被驅趕上船。當下的爭執焦點是這些將在公海沉沒的船隻由誰來投資——既然希特勒不放過納粹下餘生的猶太難民，那麼「終極解決」的巨額耗資就不該由日本負擔。

看得出來，菲力浦很矛盾，他一張平展如蠟像的臉上一點都不動容，但心裡卻煩得厲害。

這煩也有一分是衝我來的，我一個女人，年紀也不算太輕了，當嫁不嫁，弄些不本分的事情出來做做。世海活轉來，他為父的卻害怕得要死，立刻想回歸本分，養尊處優地做個老好上海人，因為做中國人顯得太政治化，並且做中國人的格局也太大，道德、志向、血性缺一樣不可，顧不過來，不如做上海人識時務合時宜，為一個亡了的國家保存一份個體實力，未必不是一個大境界。再說，他儘管和十六鋪碼頭的行幫有世交淵源，十六鋪的人情不是好欠的，一向都是以升欠以斗還的。這樣的財力他也不具備。另外，他善於利用行幫間盤根錯節的對立——協調關係，但如今上海被日本人占了，誰知道以毒攻毒的老伎倆是否還行得通？行不通的話，是不是會有惡果？一個老婆兩個兒子，他現在不求多一份福，只求別少了一塊心頭肉。

我們都聽著梅蘭芳花一句、草一句地艾怨，假如他扮演的楊玉環知道幾年後有條白綾子在馬嵬坡等她，她就該花也好草也好地數數自己的福分了。

溫太太吩咐了點心回來，往丈夫對面的沙發上一坐，問我世海胖了還是瘦了。這一句話她在電話上已經盤問我好幾次，我說壯實多了。那是個用胖來誇獎人的時代。

「這個討債鬼，」她又哭哭啼啼起來。「養小人一點意思都沒有。就是前世裡欠他們，今世來還債的。他要到抗戰勝利再回來？抗戰不勝利就勿要爺娘了？儂去告訴伊：用不著回來了，抗戰勝利哈辰光？阿拉老早死了！」

我告訴他們，世海現在多麼自立，能吃苦，年輕人一旦有了一種理想，什麼苦都能吃。「以後回來，倒能要他去跑跑南洋了。」溫太太眼睛在紅紅的眼泡裡閃閃發光，看著菲力浦。

點心來了。溫太太又問我，世海的牙疼有沒有犯過。我笑笑說，他沒有這麼好的甜點，牙就不會疼了。我是一句俏皮話，溫太太卻說看來抗日還能治好他一個頂要命的毛病。

菲力浦始終不語。我說到世海為了牽記他們流了淚，溫太太又是一口一個「小討債鬼」地哭起來。我本來不會勸人，這時簡直如坐針氈，急忙想告辭。菲力浦幫忙或不幫忙，我再說都是多餘，他心裡有數得很。

我說：「世海為了不連累你們，只好下這樣的狠心，你們千萬別怪他。」

我拿起包，站起來，一手拉平裙子的皺摺，我心裡再為傑克布著火，眼下也只能成事在天。

菲力浦突然說：「事體一有眉目，我會通知妳。」他右手的拇指和食指撚了撚，就是要準備好這個。

走到溫家的門廳裡，身後好幾座老爺鐘都打起鐘點來。它們音色不一，脾性有快有慢，七上八下地打完了十點。我沒有菲力浦食指和拇指撚動的東西，連手錶也當掉了。

我走在弄堂裡，不知誰家的女傭還在井臺上捶打衣服，捶得我心裡好空。

我帶著比黑夜更黑暗的心情回到家，好在凱薩琳和顧媽都睡了，否則我可就有了出氣筒。

我不想上樓回到自己臥室，推開傑克布的房門。心情忡忡又無所事事，我拉開他書桌的抽屜。抽屜是個大雜貨箱：西藥片、剃鬚刀、筆記本、名片。名片占了三分之一的空間，一整個上海的外國人都在他這抽屜裡。還有兩張大光明電影院的票子，沒有被用過的。顯然他自作主張安排了跟我共渡一個吃喝玩樂的夜晚，為我造了個好萊塢電影，但回到家沒等著我（我一定和彼得約會去了）。他事後對此事隻字不提，也許他也早忘了。

我發現他的筆記本裡盡寫著德文。他提防的就是眼下發生的事。但我覺得我能讀得懂一頁頁亂七八糟的記載。眼睛貪婪地梳篦下去，每頁都有"May"出現，有時會出現幾回。第一次記下May這個名字是一年多以前。那個日子我當然不會忘記，是我表姐的婚禮，傑克布記下May這個穿淡紫長裙的伴娘，不屬於唐人街的一群年輕女子，更不屬於婚禮上寥寥可數的白種人。一個沒著沒落的年輕女子，一個和他一樣的寄居者……

一本筆記本快記滿了，我看到May在每一頁上頻頻躍出。May也被他寫得越來越潦草，越來越飄舞，他寫May的這一剎那是什麼感覺？感覺把我抓住了？把我認識得淋漓盡致了？就像我心裡一旦出現彼得這名字，就會想，這個名字我將呼喚多久？我此生會呼喚無數次嗎？會呼喚著說：「彼得，幫我晾一下衣服，我夠不著！……」或者：「彼得，能不能請你把收音機開小聲些？我還想睡一會兒呢！……」或者：「彼得，去看看孩子醒了嗎？……」這名字我會一直呼喚到生命的最後一口氣嗎？

假如傑克布不再回來，我會不會保存他的日記？保存多久？這日記得在我和彼得將來的共同生活中占據一個什麼位置？一個私密的位置嗎？……

❀

那個夜晚我上次已經講過。在我的生命中，那是個重要的夜晚：為了傑克布，我去求了一個漢奸。我出現在那張書寫了若干語重心長、由賣國而救國文章的書桌前，一無所有，只有臉上一副笑容；一副導向許多男女之間的可能性的微笑。

第二天我下樓時覺得一個世紀過去了，我把無限漫長的一段無可奈何睡過去了。從欄杆拐彎處看見樓下坐著的彼得時，我竟然毫無意外。所有的無奈苦悶過去，從另一端走來的，當然應該是這個面目清純、黑白分明的彼得。

自己是怎麼在兩個男人之間踩翹翹板、玩雜耍，我真不願去想。

我叫了一聲「彼得」，兩手撐著木頭扶手便跳到了樓底。這是我十二歲的動作，那個剛從美國來的時候的我。

從我的小繼母的臉上，我才看到我的窘境：彼得一旦發現我和一個年輕的、身分模糊的男寄居客同住一個屋頂之下，我可就身敗名裂了。

彼得來了有一個鐘點了，凱薩琳告訴我，他不許她叫醒我。她比我慌多了，不知道該怎樣能解釋傑克布掛在大門口的草禮帽以及顧媽替他擦亮的一雙時髦的淺色皮鞋。凱薩琳眼光賊溜溜的，用上海話教我，就告訴彼得，家裡招進一位房客是沒辦法的事。樣樣物什漲價，收點房錢貼補家裡開銷。

凱薩琳說：「就推到我身上好了，就說我一定要招這個房客進來！」她慷慨極了，拿出她曾經最看重的臉面讓我大用特用。她一面教唆我，一面給彼得續上熱茶。茶葉是二手的，有時泡了茶客人沒喝或只喝了一道，凱薩琳就讓顧媽把茶葉濾出來，曬一曬，重新裝進茶葉筒，所以這所洋房內自一九四一年春天到一九四二年秋天，茶水有其色無其味，徒有其表，沒有靈魂。

彼得根本沒去注意另一個男性居住在此的跡象，上來便問我有沒有溜世海的消息。我怕凱薩琳那點英文理解裡聽得一知半解，反而斷章取義，回頭來盤問我，便請彼得一同上樓，到我房間裡談話。

凱薩琳更慌，瞪著樓梯上的彼得和我。她看到的這個穿著皺七皺八的睡袍的女子簡直就是大白天接客的暗娼。

彼得一進我的繡房就看見那個床罩。它已經陪我在太平洋上兩度往返。他說看見我如此珍惜這件舊物，他非常高興。再好的事都別去說破它，然而彼得偏偏說破了它。一旦說破，你就非常地不甘，因為你預期的遠比說出口的這點飽滿豐厚，魔力都在不可說的那部分裡。

我就不必說我當時怎麼垂死地抱住彼得了。你反正知道熱戀男女在私下裡的動作。我關上門，在我小繼母聽覺雷達中「卡噠」一聲鎖住門閂。讓她在彼得走後說我「老勿作興」好了。我們在鎖住的房門內發生的事是靜默的，這靜默讓小繼母痛不欲生，從門外走過去走過來，清嗓子或歎氣，破舊的繡花拖鞋抽打著木地板等於抽打我的臉頰。

十分鐘之後，彼得重提剛才的問題，溫世海是否和我聯絡過。

我問他是否有急事找他。

他問：「妳覺得這個赤佬靠得住嗎？」來上海快三年了，他的上海話說得最地道就是「小赤佬」三個字。

然後他告訴了我，在我大睡的兩天一夜發生了什麼。溫世海在他上夜班時找到了醫院，叫他設法弄一盒盤尼西林，他可以出高價收買。彼得把盤尼西林送到了一個他們約好的接頭點，可是來取藥的是另一個年輕人，錢只付了原先說定的一半，說是要證實藥的貨真價實才付另一半，這年頭什麼假貨都有。彼得堅持一手交錢一手交貨。那個小慇求求他說，這些藥要去救一條神聖的生命。彼得說為人處事、守信用在他的價值觀裡是最神聖的。他正要揣著那盒盤尼西林離開，小赤佬一下翻臉，從腰裡拔出手槍。彼得在槍口下接受了這樁有辱尊嚴的交易。

我問彼得哪裡買到的盤尼西林。

你知道，那年代盤尼西林剛發明不久，一滴藥一滴金子。

他叫我別問。他原話是這麼說的：「妳可不想知道這類骯髒勾當……呵呵呵。」

接下去，他告訴我，被日本人抓獲的五個猶太人裡出了叛徒，又有一批更高的猶太社區領導被日本人抓進了橋頭大廈。日本人指控他們造謠惑眾，誣陷日本當局罪當抗日。他們原意是要阻止「終極解決方案」的實施，但說不定會讓德國人、義大利人、日本人將計就計，把猶太難民圈到崇明島上，築起與世隔絕的集中營，再逐批屠殺。這就是為什麼他冒生命危險跟世海做交易，他急需湊足錢，跟我逃出去，再設法把他的全家偷渡到澳門。

在我一場昏睡中發生了這麼多變故。德國人和日本人巨大的陰謀無聲地行進著，如同烏黑的蘇州河一樣不可告人。

你知道我在垂暮時總想到什麼？我想到傑克布說的這麼一個現象：一旦迫害開始，就收不住，它的能量要徹底揮發。它會乘著慣性，推波助瀾。它的能量自然釋放時，像性能量被釋放一樣具有極大快感。沒錯，我覺得他是對的，那能量的釋放肯定能和性能量釋放時的快感相提並論。甚至，那快感超過性活動的快感，否則它不會弄得一個民族、一個國家的人同時亢奮。我直到今天也為那種千萬人、億萬人同時發情般的迫害狂熱而著迷。

陰謀穩穩地朝我的彼得淹沒過來，可我卻在昏睡。

彼得說：「妳必須幫我找到這個小赤佬。」

我看著彼得，我的眼睛一定在說：「啊?!……」

彼得說：「詹姆斯這個小赤佬，簡直耍流氓手段！是在打劫！」

我勸他別急，可能沒那麼糟糕，世海的同志們一旦確定那盒盤尼西林是真的，就會把欠他的另一半款項補上。

我抱住彼得。我這樣一抱就看不見他憤怒的臉了。樓下電話響起來。我豎起耳朵聽凱薩琳用那沒有動詞的英文在搭話。

我可以在樓上接電話，但我怕電話和傑克布有關，便快步跑下樓，彼得在我身後叫道，若是詹姆斯・溫的話，告訴他一聲，他有話跟小赤佬說。

我的慌亂腳步在樓梯上踩住了睡裙下襬，把裙襬和上身扯分了家，現在我可好看了：一手抓著裙裾和上半身接縫的地方，抓得它勉強掩體。

電話裡的男人自我介紹是菲力浦的朋友，叫格裡高利・黃。寒暄了一兩句之後，他問我錢是否準備好了，一千塊美金應該夠了。

「黃先生，再給我一天，行嗎？」

「一天時間對於橋頭大廈是老長的，跟日本人頂撞一句會怎麼樣，我不說小姐妳也清楚。小姐聽說沒有，他們把一個猶太社區領袖從很高的臺階上推下去，摔得血肉模糊，拖上來，再推。」

「黃先生你曉得，這個數目不小，我總要想想辦法，假如黃先生你需要鋼琴，……要麼我可以暫時抵押房契的話……」

「鋼琴在英國人、美國人撤退時是最不值鈔票的東西，小姐妳曉得的。」

「那我會去想想辦法的。」

「要快點想。」

「好的，謝謝黃先生。」

「如果小姐妳能弄到點金條，頂好了……」

彼得這時從樓上下來。我得趕緊結束談話，對著電話猛說好的，再見，謝謝。我看著彼得，跟姓黃的格裡高利說我還有急事，失陪了。他卻想起一大堆話，說其實這幾個猶太佬嘴太硬，跟日本人做個自首，承認一下過錯，再做個保證，畫個押，總歸出得來的。我抱歉必須掛電話了。他不理我的抱歉，又囑咐我快點想辦法弄錢，弄到錢之後，就送到菲力浦·溫家好了，溫先生曉得怎麼跟他聯繫。

黃先生說：「只要不是抗日分子，自首一下，老命總會保得牢的。」

我說：「非常抱歉，我得掛電話了，再見。」

電話掛斷後，彼得問我，出了什麼事。

我說是我家房客的電話。

彼得說：「可是剛才聽妳在談錢和抵押房產。對不起，我企圖不讓自己聽的，但那兩個詞堵也堵不住。」他看著我，大眼睛和他的語言一致，也在說對不起，為他一剎那的教養淪喪而害羞。

「房客遇到了一點麻煩。」這就是我告訴彼得的。

我心裡好奇怪，他怎麼對這位房客不打聽一兩句。一個年輕的男性房客，在多少文學作品中是女主人公浪漫史或墮落的起點啊。這一位呢？會變成他的情敵嗎？彼得居然毫不起疑。也不妒嫉。

可是他的不妒嫉讓我十分地不甘心。我記得跟你說過，戀愛的雙方很少有同等瘋狂的，往往是一個比另一個更癡傻。因為彼得的平常心和大度，我對他反而越來越貪得無厭，總想再從他言語之外多榨一點。我說不出來究竟想要什麼，只能用這種不甘心來形容我那時的感覺。

彼得說：「我還要趕去上班。」他匆匆地湊上前，吻吻我的左邊臉頰，再吻右邊。「拜託妳了，萬一和那個小赤佬聯絡上，想方設法要把他留住，然後給我打電話。我下午五點會去醫院。」他轉身拉開門閂，開了門往外走。一步兩步三步，已經隱在門廳的昏暗裡。

我叫道：「彼得！」

他轉過頭看著我。他心想我這種慘叫是什麼意思。

我說：「我們的房客叫傑克布・艾德勒。」我沒頭沒腦的一句話把我自己弄得更亂。「你知道他怎麼被捕的嗎？」

彼得的眼神在說，他壓根看不出我說的事和他有什麼關聯。

我說：「他就是那個艾德勒。我跟你提過的艾德勒先生。」徹底懺悔的衝動在我喉嚨口冒了冒。

彼得說：「哦。」他想起來了。

我告訴他艾德勒就是那幾個被日本人逮捕的猶太人之一，現在還不知下落。

那種我最熟悉的無邪面孔，又復原了。大眼睛裡全無主張，我說怎麼辦就怎麼辦。

我要他看到的，他錯過了。我要他看到傑克布・艾德勒似乎並非人渣，他在人格上的改善讓我不知所措。

彼得說：「妳剛才接的電話，和艾德勒有關？」

我說：「一個幫會裡的人物。他在幫忙救艾德勒。」

彼得眼睛又在我臉上定了一會兒，轉開了。我的樣子真是看不得，破舊睡裙被拉扯一邊高一邊低，頭髮大亂，明眼人一看就知道那下面腦瓜裡的想法更亂。

凱薩琳不知從哪裡弄到兩塊奶油蛋糕，供品一樣端上來，擱在茶几上。這事她做得有點像個長輩，並且是那種自卑的長輩，痛苦地接受了晚輩以不堪啟齒的謀生方式提供的贍養。

彼得在這種時刻都不忘禮儀，對凱薩琳點頭笑笑。笨蛋也能看出我和傑克布的關係不一般。他的大眼睛抖了抖。就像一個人突然發現自己的一塊暗傷那樣抖了一下。不看見傷是不覺得痛的，現在看見了，傷得挺難看，疼痛於是變本加厲。

我的淚水汪在眼眶裡。彼得的痛苦原本可以免去的，可我就是不饒他。好吧，你不妒嫉，你大度，我看看你能挺多久。

現在看見他痛苦，我滿足了。

我說：「艾德勒一被捕，我們的計畫就落空了。」

彼得的眼睛又一抖。另一種抖法，振奮了，或者說再一次看清我。看清我什麼？冷靜而手辣，為了他和我們的幸福小日子，不惜傷天害理。

其實我都被自己那句話嚇得一哆嗦。原來救傑克布是這麼個動機？至少有部分動機是為了彼得？我向漢奸媚笑，跟黑幫掛鉤，名為營救傑克布實為營救彼得？我並不是要救出傑克布，而是要救出他身上那把鑰匙，紅銅的，半圓匙頭方形匙柄，能打開中法銀行裡的一個保險箱。

「需要多少錢？」

「一千塊美金。」

「我手裡有一筆錢。到了澳門，要用在去葡萄牙的旅費上，還有從葡萄牙去美國的船票。」

我說他的錢無論如何不能動。彼得不同意，認為救不出艾德勒，一切都是空的。

那一會兒我煩死了。這個彼得，難道他非得把事情弄得更亂，把我弄得裡外更不是人嗎？

彼得強硬起來：「為什麼不能用我的錢？」他那張單純清秀的臉看來也可以撕破，變得固執、兇暴。他們家老老小小靠他的收入過活，漸漸讓他乾綱獨斷，動不動給點臉色讓大家看看。

「我已經說過理由了。」

「那理由不成立。因為它不邏輯，救人應該是第一位，總不能讓人死在日本人的監獄裡。猶太難民中有人蹲過日本人的監獄，從裡面活著出來是奇蹟！讓他在裡面多蹲一天，他活下來的可能性就減一分。」彼得說。

我腦子開了小差，假如我在傑克布的房間裡找到了保險箱的鑰匙，我還會不會救他？前天晚上我在那個漢奸部長家裡，先是巧笑倩兮，笑得引火焚身，然後又慷慨陳詞，把我祖父都端了出來，想煽動起漢奸萬一還沒泯滅的民族良知。那一刻我想到救傑克布是要圖他什麼嗎？我似乎沒想到。

彼得說：「……把人先救出來，是最要緊的，不是嗎？」他在我滿腦子嗡嗡地回憶著在漢奸部長面前的講演時，結束了他的邏輯推理。他以為我被說服了，要我立刻換好衣服隨他去銀行。

原來在我激昂正義的同時，就在下意識地實現我的謀算。愛情是不是原來就不高尚？不管你犯了怎樣的罪過，只要為了愛情，就可以自我正義，從古至今，不都是這樣嗎？我很卑劣，愛情很高尚，因而我通過卑劣而實現高尚。

通過彼得的錢，贖救傑克布。通過傑克布的護照，使彼得脫險。通過毀掉我們所有人對愛情的原始理解和信念，實現愛情。

我那時當然沒有把那一切理得這麼有頭緒。那時的我跟彼得坐在江西路上的德華銀行陰森森的大廳裡，聽取員用上海英語唱付彼得提取的一千美金巨額款項時，來不及順理那幾天發生的事。我覺得有什麼擰了，很不對勁，但來不及細想。反正有一輩子可以去想。你看，五十幾年後，我面對你，已經把當時的事情理得清清楚楚。

彼得把我和這筆錢一同護送到溫家。在我跳下黃包車時，我又說了句蠢話，我說：「彼得，你真的不妒嫉嗎？」

他說：「我妒嫉什麼？妳又不愛他。」

他做了鬼臉。彼得臉上肌肉從來不是用來做鬼臉的，所以他刹那間變得很醜，宛如陌生人。從這裡我明白他心裡有多緊張，怕從我神色中看到哪怕一丁點破綻，向他證實他想刺探的。我的疑點可不少，那些跟傑克布之間不乾不淨關係的疑點。

我固然可以把一切都推在營救彼得的策略上。營救了彼得，也就營救了彼得的一家子。也許還營救了彼得父母的至親友人，比如那一對開餐館的維也納話劇明星。這樣的大營救，總有人要付出慘痛代價，彼得以我的貞潔付出這代價，這一點他遲早會想通。在生命存亡之間，所有倫理道德要重新定義，不是嗎？

彼得塞了幾張鈔票在我手裡，要我支付我以下幾天的生活費用。他提醒我一句，可以買條新睡裙了，然後他轉身讓黃包車開路。鈔票在我手裡猶如異物，我很久都不願把它入進錢包。彼得的提醒顯然是帶些嫌棄的。嫌棄我什麼呢？外面穿得人五人六，私密空間裡完全是另一回事。而淑女們在繡房裡也要做人的，首先是為自己做人。自己左顧右盼，問心無愧，做的是個品行端方的人。

他若知道我們一家子吃傑克布、喝傑克布的已經好久，還不知道會怎樣噁心。

到了溫家，傭人告訴我溫太太出去買菜了，菲力浦一早就出了門，興許去十六鋪了。

我又轉身招呼剛才送我來的黃包車。車夫正靠在電線杆子上歇氣，脫光上身，一根根肋巴骨在極薄的皮肌下起伏。他一看這麼快生意又回來了，馬上套上上衣，對跳上座椅的生意咧開嘴一笑。

「去十六鋪碼頭，」我說。「快一點！」

這個把自己當成馬的精瘦男子飛快地跑起來，我看見的就是兩隻迅速向後翻的腳底板。現在傑克布心已經硬了，上了車也會像我這樣說：「快一點！」假如車夫跑得好，他會在車費外額外加一筆可觀的小費。有幾次他在夜裡帶我出去吃喝玩樂，讓拉著我和他的兩個車夫賽跑，誰跑贏了他獎一塊大洋。傑克布到了上海，很快就用上海方式玩耍。

我到溫家的公司時，已經是中午十二點多。溫家船運公司是一幢舊樓，從菲力浦祖父那一代，它就立在十六鋪了。樓裡又黑又潮，地板高一塊低一塊，有些地方顯然漏水，鋪了帆布，所有打碎的玻璃都沒有更換，只是用三合板代替。

三樓走廊上二十多個人，有的站著，有的蹲著，臉色都很難看。我敲了敲董事長辦公室的門，出來一個老小姐模樣的女子，自稱是祕書，姓吳。吳祕書把我請進辦公室，說菲力浦躲出去了，因為他一早來吩咐了幾個部門裁員，被裁的人不肯走，想找他求情，願意降薪水，與公司共渡難關。菲力浦不忍聽他們說全家要餓死之類的話，只好逃出去了。現在走廊上人還在等他回來。

我問他會躲到哪裡去。

老小姐說：「這就難講了。菲力浦朋友多啊。」她打量人的眼鋒飛快：「小姐，尋問老闆阿有要緊事體？」

我心裡的火一下竄上腦子，脾氣很大地回道：「沒啥事情，我就是來白相白相！」

等我踩著劈了岔的半高跟走到樓梯口，老小姐叫住我，塞給我一個位址。我一看，是理查飯店的一個房間。

我趕到理查飯店是下午兩點，粗粗一算，發現自己有三十多小時水米未進。理查飯店的樓頂餐廳稀稀拉拉坐著衣冠楚楚的人們。在這裡上海話是外國話，而全世界各國的語言是本邦語言。

待者把我領到一個小休息室。我剛剛敲門，裡面就響起菲力浦朗朗的招呼聲：「珠珠darling！」

門同時開了，裡外都是尷尬的面孔：我不是他的珠珠darling，菲力浦聽了吳祕書的傳話，想當然地把我當成什麼珠珠，把臨時的祕密藏身之地暴露了。像菲力浦這樣的老少爺，若不在宅子外面養些darling，就不正常了。

他馬上變成了一貫爽朗率性的菲力浦，絲毫不解釋自己無意中敗露給我的私生活隱密。這是個供友人喝茶或餐聚或玩幾局橋牌的小室，沙發和扶手椅中間，擺了張方桌，上面蓋著紫紅絨毯。假如誰犯了癮，可以躺到沙發上燒煙。上海男人有點錢，都是做做人又做做神仙，好幾重日子輪番過。

我把一千元美鈔拿出來，讓他趕緊去交給格裡高利・黃。

菲力浦說五個猶太人中已死了一個。他的死嚇住了另外幾個人，所以出了變節分子。現在除了他的燃氣公司總工程師羅恩伯格和艾德勒仍然被囚禁著，其他人都被釋放了。因為要讓這個變節分子魚目混珠地和其他難友一塊兒獲得自由，才能保障他在猶太人中的安全。變節分子使更大一輪逮捕正在展開。

菲力浦又告訴我，用黑道的人等於用虎狼藥，他們幫忙是幫忙，但回報也要得狠毒，他不得不答應他們，替他們走私。我猜想一定是走私煙土。菲力浦歎了一聲，說他曾祖父創業艱難，走私過一些造孽的東西，臨終前囑咐他兒孫們，他造孽是為了他們不用再造孽。

❋

一九四二年八月十五號這天，傑克布·艾德勒出獄了。很難弄清，漢奸劉部長還是黃先生，到底誰使上了勁。我現在還記得傑克布走進門來的樣子。頭上裹了一條圍巾，臉上是瘀血和血痂，嘴腫歪了，領帶把一隻胳膊吊在胸前。五天的監獄生活催出一大片原野般的鬍鬚。

他一見我就說：「還好吧？基本上沒有變成個陌生人吧？」

真不知道他怎麼從監獄回到這所房子的，一路上會嚇壞多少人。然後他對緊跟進來的顧媽說：「我沒有錢，請妳去付一下車錢。」

這是上午，凱薩琳出去找女友們喝茶聊天了。顧媽要我攔住傑克布，讓他把泡足了血的兩隻鞋子扔在客廳外面。

我對自己的眼淚毫無預感，看見他搖搖擺擺的走近，淚水突然就出來了。曾經讓你煩也好，讓你開心也好，這個你不拿他當回事的「表兄」在此刻好親。

我問他為什麼要把好好的綢圍巾包在腦袋上，還嫌自己不好看嗎？

他已經把自己在沙發上擺置舒服了，說他是在路上臨時「買」的綢巾，賒賬賣的那猶太小販看見他遭難的兄弟似的，同意下回見面再收錢。他抱著條圍巾完全是為了滿街的人著想，也是為我好，否則我會嚇死。

我堅持要解開圍巾看傷勢。他堅持推擋我的手，說沒什麼好看的，只差一點，槍托就砸穿了顱骨，滿腦殼對我的思念以及他關於人類迫害的思考就會滾熱地一瀉而出。他聲音空虛，說話非常吃力，但還要胡扯。

二十分鐘後，我從附近私家護理站請的護士到了。她打開那條圍巾，看了看，要我馬上準備熱水。女護士四十多歲，又紅又粗的手指頭驚人地靈巧，她在顧媽和我驚恐地瞪視下，把傑克布剃成了個光頭。中年女護士說話總是輕描淡寫：「那，頭髮長起來呢，也快的，就是這塊疤上不會長頭髮了……那，我縫一縫……不太好縫，口子張了好幾天，皮都乾掉了，要用大點的針。」

顧媽和我都沒有去看那個大張的口子究竟多大，但從護士縫補的動作看，確實費了不少針線。護士縫好了傑克布的頭，又用碘酒擦洗他的臉，話仍舊輕描淡寫：「這裡稍微縫個兩三針就可以，頭髮蓋一蓋，針腳看不出的。」臉處理完畢，輪到上半身了：「這條手臂膀，我是不會接的。頂好請個接骨師來。我倒是有個人可以推薦給你們，他接起臂膀來只要十分鐘，麻藥都不用，喝口燒酒就好了。身上的傷痛是痛一點，個把月就會好的。倒是要用聽診器聽聽你的內臟，看看阿有打壞掉的地方往肚皮裡流血。胃傷得稍微厲害點，血麼是要吐一陣子的，硬東西少吃點，血就少吐點……下頭麼，也會得撒血咯，腰子給他踏了一塌糊塗咧，血總要給它撒幾天的。沒事情吃吃睏睏，小餛飩、雞湯麵吃吃，就會好了。」

吃吃睏睏的日子傑克布只過了兩天，就煩死了。他的胳膊果然是那位接骨大師花了十分鐘接好的，但痛得他長嘶短嘯，髒字罵得連凱薩琳都聽懂了。

❀

戰爭似乎頭一次打到凱薩琳的世界來了。她頭一次把個人瑣屑的是非暫放一邊，全力主持美國傷患傑克布的康復工作。從早到晚，監督傑克布吃吃睡睡，聽聽留聲機。第三天，為了買一隻烏骨雞給傑克布燉湯，她把留聲機搬出去，搬進了路口寄賣行。然後就對我說：「彈彈琴給艾先生聽，不然他悶死了。」

我打開落滿灰塵的布簾，下面是不久後也會變成雞、鴨、魚、肉滋補到傑克布身體裡的立式鋼琴。我東彈一曲、西彈一曲，把傑克布最後的養傷耐性也彈沒了。他從我肩後伸過一隻手，是那隻健康的手，捂在琴鍵上。他說我根本沒心思彈，他也沒心思聽，不如出去一趟。

他裝扮起來，穿了一件風衣，豎起領子，把半個青面獠牙的面孔藏在裡面。又在頭上扣了草編禮帽，帽沿壓到眼睛。儘管這樣，還是半人半鬼，他站在穿衣櫃的鏡子前，一站站了好幾分鐘，眼睛冰冷，像要拔出槍來撂倒鏡子裡的醜漢。

「我的傷算最輕的，妳知道嗎？」

「我知道。」

「監獄裡天天槍斃人。」

「……」

「有一些比詹姆斯還年輕的學生，在我眼前給打死了，十來個人一塊兒給打死了。就是要我看看，渾身打出洞眼的也可以是我。」

他和我走到了靜安寺大街上。雨前的天氣，讓人感覺尤其髒。大街上人很多，卻是些快活時髦的人，不知他們大白天不工作憑什麼這樣花枝招展，一個餐館出來，又邁進一個甜食店。

幾個日本海軍在放假，和兩個日本女子響亮地談笑著走來。他們沉默起來和打破沉默都頗可怕。你看，在上海的大街上，光天化日，他們炫效著他們的放肆。連他們的放肆也顯得比別的民族徹底，因為那正是他們的沉默蓄養出來的放肆。

「他們有什麼權力……不，我是說，是什麼讓這些人認為他們可以在別人的國家把人當糞土？為什麼總有一部分人有這個需要，這個把別人當糞土對待的需要？」傑克布站下來，看著日本人從他旁邊走過去。「我敢說，他們在自己的東京、大阪、橫濱一定不這樣放肆大笑。」傑克布說。「只有把別的國家的人當成糞土，踐踏爛了，他們才會這樣肆無忌憚地大叫大笑。他們為了這種肆無忌憚的痛快，需要把別人看成糞土。這就是為什麼。他沒辦法比你高，就用殘酷血腥的辦法迫使你低，這樣他就比你高了。迫害是自卑的表現。迫害者都是心理殘缺，內心孱弱的人。迫害是個非常幼稚的把戲，把比他高大比他強的人用非自然的力量——比如武器、比如輿論、比如氓眾，壓低，壓低，壓成他腳下的糞土，呵，他就感覺好極了。」

幾個日本人消失在人群裡，我拉拉他，說好了，可以了，他們有什麼看頭？

我們繼續走著，走得很慢，不時停下，讓傑克布把氣喘上來，或把一陣疼痛忍壓下去。

我問他我們要去哪裡。他好像目的地明確，跟以往一樣。

「我聽說他們會把人的指甲一根根拔下來。他們每次把我帶出去，我都渾身發抖，在等待這一刻。假如說我過去害怕過，跟那種害怕相比，我才知道什麼叫真正的害怕。也就是說，我過去根本沒有害怕過。這樣的害怕也讓人智力低下，要麼是糊裡糊塗叛變，要麼是糊裡糊塗硬頂，做烈士。那些當場殉道和很快變節的都可能是我。一個人在那個情況下不死、不變節真是偶然。」

傑克布說：「但現在我感到了什麼妳知道嗎？我感到最嚴重的恐懼我都經過了，我對恐懼最基本上免疫了。」

他和我那時一樣。從拘留室出來，我也以為我對恐懼免疫了。

他那隻接好的胳膊吊在繃帶裡，草帽沿下面露出大半個臉容，紫色的瘀血正在往青黃轉變。這個臉像出窯陶器，燒出了意外的窯變。傑克布已經忘了他出門前在鏡中自己看到的尊容，忘了他該體恤一下滿街好心情的人們，別像現在這樣恐嚇他們。

我們坐進一家咖啡館。他財大氣粗的樣子又來了。我提醒他別瞎花錢。他說他會寫信給他父母在瑞士的朋友，讓他們給二老打電話，說他英勇被抓，光榮受傷，請他們通過瑞士電匯些錢來。

我聲明自己一點胃口也沒有，讓傑克布別給我叫什麼藍莓蛋糕、巧克力布丁，或者新鮮攢奶油。

他才不理會，照樣花花綠綠叫了一桌子，瞬間就花掉了凱薩琳一週的伙食費。

我只好再一次提醒他，為了打通黑道關係，菲力浦使了一大筆錢救出羅恩伯格，我也借了一千美金。

他皺皺血痂已經變黑的眉頭。似乎生死大關剛過，我怎麼會拿如此不搭界的雞毛蒜皮的事來煩擾我們自己。他舀了一勺攢奶油放進嘴裡，過癮地長長地哼了一聲。兩天前他都不知道此生還能否再吃上攢奶油了。

傑克布說：「別擔心，我會在信裡告訴我父母，保釋我出獄的錢是兩千塊。日本人抓我，我有什麼辦法？」

我說那就成了藉日本人勒索他父母。

他說只要照張相片，讓他父母看到他現在的樣子，多少錢他們都願意付。連他的兩個哥哥都不會像平常那樣，對老弟他的貸款請求左盤問右審查；他們會立刻給他寄錢。傑克布輕蔑地笑著，對他遠在紐約的兩個哥哥直搖頭，說醫生先生和律師先生有多少錢都沒個夠，真不知道他們到底要有多少錢，多少房產才算夠！難道被趕出德國、奧地利、波蘭的猶太難民還沒讓他們看到教訓？什麼錢財都會在剎那間變成零。難道幾千年歷史的重複還沒讓他的父母、哥哥想開？第十一世紀威廉一世把猶太人放進英格蘭，是圖用他們的錢財，既貪圖他們的資本也貪圖他們的金融才能。這兩個東西能讓英格蘭富強起來。但威廉王的規定非常苛刻，行行業業都不准猶太人幹，只准他們做金融信貸。當時統治意識形態的天主教把有利息借貸看成罪惡。一次王室為戰爭徵款，很小的猶太人口就攤派了整個國家徵款的四分之一。小小的猶太社區一次就拿出了全部的攤派款項。

傑克布嚥下一大口攢奶油，長把銀勺子在高腳杯裡無目的地攪和，碰出危險的聲響。我提醒他，那個又薄又高，頭重腳輕的杯子很容易翻倒。他看看杯子，手安定了一會兒，不久又忘了，讓勺子和杯子繼續揮發他的亢奮能量。

他的敘述線索一點沒斷：徵款讓猶太人在英國人眼裡露了富。一一八九年的大迫害就是猶太人以財富引火焚身。英國人拿了猶太人的錢，認為這些天生會讓錢生錢的人低劣，是天生的罪犯，他們得幫幫忙，讓猶太人贖罪。大批猶太人在倫敦被屠殺了。成百上千的猶太人被圍困在約克城堡裡，不皈依基督教就燒死他們。城堡裡所有的猶太男人殺了妻子和孩子，又相互幫助，殺死了彼此。到了一二七五年，太后愛麗諾(Eleanor)把最後的猶太人逐出英格蘭。他們一無所有地走了，跟歷代被逐的猶太人一樣。跟艾德勒一家一樣。

他說：「我的父母到了美國，紐約的東南西北還弄不清，就開始沒命地賺錢、存錢。」

我一句話沒有，還是盯著那個被他攪得糊糊塗塗的攢奶油高腳杯。杯子在他手裡轉過來轉過去。大批華人登上南洋的海岸，美國的海岸，大洋洲的海岸，暈船的腸胃還沒平定，就沒命地開始賺錢、存錢……一樣的。遷移和寄居是人類悲慘生存現象之一。所有寄居人都一樣，珍惜自己的零起點，勤勞、忍耐、愛財如命，不管你怎樣告訴他們，到頭來很可能一場徒勞，他們還是想不開。

喝了咖啡，吃了點心，傑克布又是一條好漢，氣宇昂軒，走出咖啡館時說：「猶太人錯了幾千年，誤了那麼多代人，還要錯下去，以為有錢終究會有一切。」

「可是沒錢什麼都沒有。」我在心裡這樣說。

他果然去照相館照了一張正臉相，一張側臉相，一張全身相。幾個等待照相的新婚小夫婦換得一身嶄新，站在四周，看著這個可怕的活寶。傑克布用半英文半中文說他是小日本行暴的活證據，大家可要好好看看。他過去可不是長得這麼難看，活活讓小日本給打成了醜八怪。

照相館老闆原先在樓下開票，一聽樓上有人做反日宣講，跑上來，讓傑克布行行好，別砸他的小本生意。然後他對周圍的新郎新娘們說：「你們都沒聽懂，對吧？大家都不懂他的英文對吧？」

新娘新郎們輕聲說：「對的，一個字也不懂。」

老闆對攝影師說：「快點快點，快給他照好請他到馬路上去宣講。」老闆又跟傑克布說，只要他住嘴，他的照相費由店裡請客。

傑克布不肯接受老闆這份禮物，接著說：「中國人膽小怕事是沒用的！像猶太人那樣明哲保身，獨善其身，給誰都省事，根本沒用，還是給納粹和日本人任意宰割。」

老闆說：「大家都聽不懂先生你在講什麼。所以請你別講了。」他把傑克布的衣服從衣架上取下來，迅速地替他穿上，又把草禮帽扣到他頭上。

傑克布把照相費用往老闆手裡一拍。他才不領這個沒種的中國人的情。

❋

我們還必須接著傑克布照相片那天說。

凱薩琳告訴我，傑克布夜裡走了。她半夜餓了，起來沖點炒麵吃，發現他臥室開著門，一看，他床上一攤被子，人卻沒了。「傷成這樣，他深更半夜能去哪裡？還落了一夜雨？……」

「我怎麼會知道？」我說，一面從床上支起上半身。

凱薩琳以為我會馬上起床，在門口等了一會兒，但我又縮回毯子裡了。她似乎有個大話題在舌尖上，需要她小輔排一整夜或好多天的大話題。

可我不想和她談她的大話題，管它是什麼。

「阿玫，妳父親來信了。」凱薩琳說。

「哦。」我說。

「他知道妳從美國又回到上海了。」

我不吱聲，把毯子往上拉一拉，再木的人也看出我這是在關閉門扉，逐客出門。還用問嗎？一定是這個長舌婦把我如何為非作歹通報了我父親。峰迴路轉，迢迢千里，也擋不住她在我和父親之間搬弄是非。

凱薩琳又說了一兩句旨在挑起我好奇心的話，就訕訕地走了。我和她兩人，只要有一個不配合敷衍，局面就會這樣乾巴巴，訕訕的。

等她走出去，我聽見她進了她的臥室。我趕緊跳起來，去樓下洗漱，打算找點吃的再回到床上。一場夜雨，氣溫低了，到處陰濕昏暗，這所到處都欠修理的洋房只有被窩一個安樂處。我的生活要到天黑以後才能開始。像上海身分曖昧的年輕女郎一樣，我每天的陽光燦爛時間是夜幕降臨之後。我會在夜幕中新鮮得像剛發芽的嫩白菜，帶著露珠的濕潤在彼得面前出土。

在廚房櫃裡找到幾顆花生米，其他什麼也沒了，這個家慘澹經營，連做樣子都做不了了。顧媽進來，不知從哪裡端出四個生煎饅頭，還是熱的。她總是背著凱薩琳給我一口兩口好吃的，似乎這個小繼母真的是傳統戲劇裡的後媽。我說我只吃得下兩個，顧媽做出「不要作聲，乖乖地吃下去」的強烈手勢。我請她一塊兒吃，她眼淚突然掉下來。

我慌了。這老太婆的疼愛常常讓我心煩意亂。

「妳吃吧，下趟也沒有人省給妳吃了。」老太太說。

我問她什麼意思。

她說凱薩琳不是個東西，今天一早告訴她，要給她買火車票回蘇北去。明面上是僱不起人，她自己來做馬大嫂，實際上就是嫌她老太婆護著我。

我一聽火冒三丈。凱薩琳怎麼可以讓一個大把歲數的孤老太太回鄉呢？她揚州鄉下的親友自南京失守到現在也沒消息來。慢說路上不太平，就是太平也不能做這種事。

顧媽說：「我跟她講我不要工錢，就做這家裡一個老人，妳燒飯多添半碗水，燒粥用水蕩蕩鍋，就有我這一口了。她心黑哦？一定不肯留我！」

原來凱薩琳要跟我談的是這麼個大話題。

我什麼也吃不下，站起來就大聲叫喊：「凱薩琳！」

然後我轉頭對顧媽說，家不是她凱薩琳一人的，就算我和凱薩琳都請老太太走，還有父親呢。我發現那麼一眨眼功夫，生煎饅頭又不知給藏到什麼地方去了。

凱薩琳從樓上傳來一聲帶呻吟的回答。她胃氣病，不想下來，有話就去她房間說。她知道一下樓她便是少數，會寡不敵眾。她要先瓦解我，硬化我的感情，讓顧媽成少數。

果然她亭亭玉立站在她臥室的窗子前面，劈頭就說這件事她決定了，我不必再費口舌。我說她休想把一個照顧了我十多年的老太太攆走。我的口氣惡劣，其實在告訴她，還不知道該誰攆誰呢，憑什麼她四肢健全，活蹦亂跳，不出去找點掙錢的生活做？

「喏，儂『大的』給我和儂的『雷特』。」她說。自傑克布入住，凱薩琳越來越荒誕，一個如此之短的句子裡，她要放進去兩個發音錯亂的英文單詞，"dad" 說成「大的」，"letter" 聽上去像「雷特」。

我打開信箋。內地的紙張又粗又脆，對折線已經快斷裂，我小心地拿著乾麵餅似的信紙，讀著父親兩個月前的狀況，他得了肺結核，胃口也不好，天天有低燒，假如不改進的話，他將設法去重慶治病。他一旦到了重慶，希望凱薩琳去跟他會合，等等。父親的意思是，這所房子就將作為凱薩琳的路費和他自己的醫療費。

我父親在相片上顯得非常瀟灑，頭髮長長的，留著唇鬚。看不出來那件幾乎襤褸的風衣下面，那敗色的領帶下面，那具身體裹著一副被病菌吞食得血跡斑斑的肺。但你仔細看就能看出他的面頰塌陷得多厲害，他的眼睛多麼做作地聚起光芒，要你相信他樂觀，不惜命，當初放棄上海優越生活，他做了癆鬼也絕不反悔。

顧媽遲早要走，留她也只能留到房子賣掉之前。這就是擺在我們面前的現實。至於她這麼大歲數，離開之後再也找不到僱主，那一切可悲後果是沒辦法避免的，房子一賣，這房子裡是主是客，都得各自為戰。

父親對我又回到上海沒作什麼評說，他只說他瞭解我。他指的瞭解是說我在哪裡都待不慣，不甘心把任何地方作為自己的最終落腳點。就跟他一樣，有著寄居者的悲劇習性。

我放下信紙。凱薩琳兩手交握在肚子上，姿式有點像個窮苦老婆子。我們都苦惱地發了一會兒呆。我們或許都在想像不久後的一個畫面，顧媽一個人撿著行李走出這個門，不知該往哪兒走，不知有沒有必要往任何地方走，不知是否還走得出生路。

我說：「能留顧媽多久，就留多久。」

凱薩琳說：「老太婆說不要工錢，那是她說說的。我們能不給伊工錢嗎？」

我說艾先生昨天不是給了錢嗎？凱薩琳馬上又像被揭了短似，嗓門又尖又沙，說現在四個人吃飯，開銷要多少錢，請我這個小姐頂好打聽打聽去。

除了教幾節吊兒郎當的鋼琴課，我大部分時間在做寄生蟲，所以真的不清楚鈔票貶值貶得多麼快。我不吱聲了。

「本來嘛，儂的事體我不想多閒話的。」凱薩琳長輩面孔出來。我馬上看她一眼。這一眼比拿英文叫她閉嘴還厲害。她英文懂得不多，在我父親跟我爭論時，她常常聽見長輩對晚輩吼叫"shut up"，偶爾地，晚輩也嘟噥"you shut up"。我這個晚輩造反，拿"shut up"回敬長輩，是在長輩自認為虧心，娶了個年少的太太之後。總的來說，這一對從美國回來的父女，他們之間沒上沒下的程度，還是驚壞了凱薩琳，所以她知道，我白她的那一眼裡，含有上百個"shut up"。

她又開口時，先長長的歎了口氣。她說女人不是都能夠走運，嫁給自己歡喜的男人的。絕大多數女人嫁漢，都不是因為她歡喜那個男人。她說她看得出來，我在彼得和艾先生中間搖擺不定。

我隨她去說，要是我告訴她我對彼得從來沒搖擺過，並且一生都不會搖擺，她一定會拿出過來人的笑容，更不肯 shut up。

她請我別怪她多嘴；她忍不住得多這一份嘴，因為她覺得艾先生對我更合適。

我挑釁地轉過臉。現在我正視她了。我問她為什麼？她的手從肚子上放下來，拿起一件拆了又織的毛衣，一針進一針出地織起來。她在幹這類女人活路的時候，還是有魅力的。

她要我相信她的能力，她看人不會錯。艾先生對我更合適。這年頭漂亮些的，有點洋教育的女孩子腳踩兩隻船也不是大事情，但踩久了，自己搖晃暈了，倒會落到不合適的人手裡。再說，總不能長期兩面瞞，兩頭坑人，兩個人總會對賬的，一對賬就是女孩子裡外不是人。

我突然問她和我父親是怎麼回事，當時有沒有另外一條船，讓她兩頭踩。

她悶了一刻，然後說：「有的。」

這種坦白和誠懇，打了我一個冷不防。凱薩琳徹底逗起了我的興趣。

「我聽了我姆媽的話，嫁給了妳父親。」凱薩琳說。

「那妳不歡喜我父親。」

「談不上的，婚姻又不是白相，要過日子的。」

我看著她不到三十歲已經焦黃的臉。為了讓我接受她的苦口婆心，她不惜出賣她的祕密。這個做給人看、那個做給人看的凱薩琳，原來也能豁出去，拿出了真相，只要是為我好。

她說她不怕我恨她，也不怕我告訴我父親，因為我父親心裡清楚得很。能和我父親白頭到老，能和他做一生和睦夫妻，就這一點是我父親所求的，至於中途年輕的凱薩琳要克服多少不甘心不情願，我父親不計較。

所以她要我別犯糊塗，艾先生是出去做強盜都會讓我無憂無慮過好日子的人。

我嘴上無話，心裡卻想，現在事情有點麻煩：我一旦偷了傑克布的護照，跟彼得逃出中國，還得永遠把這個掉包計隱瞞下去。凱薩琳會替艾先生仇恨我。我倒從不在乎誰仇恨我，我在意的是減輕對傑克布的傷害程度。如果按照我設計的那樣，讓我自己和他的護照一塊兒不知下落，一塊兒成了存亡未卜的謎，他只會因失去我而傷心，但不會被我的狠毒絕情傷害。讓我們設想一下，當一個男人明白自己對一個女人的價值只是一個身分替換，提取了這點價值，他就被扔掉，不管死活地作為敵國公民被扔在集中營，那是怎樣的傷害？所以，唯一的辦法，就是連同凱薩琳、我父親，以及我所有的親戚朋友一塊兒隱瞞，讓一切人都當我下落不明。戰爭中下落不明是死亡的同義詞。我將在他們所有人的餘生中做個已故人，同時和彼得在紐約或者芝加哥或者洛杉磯隱名埋姓地生活。我們的日子將會過得非常好，犧牲太大了，投資太高了，我們的好日子務必過回本錢來。多大的犧牲啊！讓我父親犧牲了他的獨生女兒，讓傑克布犧牲了他心愛的「未婚妻」，讓我的表哥、表姐們犧牲了他們古怪但不失有趣的妹妹，讓顧媽犧牲了她終老可以投奔的阿玫，讓凱薩琳犧牲了她偶爾可以吐一吐肺腑之言的繼女兼女伴——像她眼下這樣肝膽相照，我有指望做她的女伴。這犧牲在一大群人的現實裡將是一個大坑，得要許許多多歲月去填，但終究也無法填滿。為了這麼多人的犧牲，我和彼得也該把日子過得加倍美好，不美好對得住誰呀？

這樣想著，在織毛線的凱薩琳眼前，坐著的就是個黯然神傷的我，眼睛呆鈍，嘴角厭世地下垮。

凱薩琳哪裡知道我心裡的黑暗計畫，她以為我就是那種不經事的小女子，正在忍耐割捨的疼痛。總歸要痛一痛的，她以憐愛慈祥的長輩目光籠罩著我，送我慢慢走出她的臥室。

第三章

每個人的一生，都有一些景物在記憶的黑暗中突然閃現。閃現這詞不如英文"pop"，十分動感，帶有聲響，並帶有爆破力。"Pop!"某個記憶中的場面或景物pop上來了。

在我的一生裡，不斷pop上來的景物和場面可不少。我的一生不算短啊，在我十歲那年，幾個白人少年從中國人的水產商店買了一條活魚，是鯉魚還是鯽魚我不記得了，反正是條一尺左右活蹦亂跳的淡水魚。他們一口一個中國佬地叫著：「中國佬最噁心！居然在吃活著的魚，連頭帶尾地吃，肚雜也吃！」白男孩們讓一個老中國佬當他們的面把魚的鱗剝下來，要像表演那樣，細細地刮，讓他們不錯過任何細節，看著魚怎樣扭動痙攣，尾巴狂掃。一面看，他們一面說中國佬真殘忍，簡直是沒有進化好的動物。天吶，看他們就這樣刮魚鱗，慢慢處死一條魚！然後他們叫老中國佬剖魚肚子，從裡面取出五臟六腑和魚卵，魚繼續彈跳掙扎，在自己一堆臟器旁邊扭過來扭過去，嘴巴張到最大限度，腮幫子支起來，支得大大的，露出一鼓一鼓的血紅的腮。男孩往後退縮，藍眼球、灰眼球、褐眼球比魚還痛苦恐怖，同時說，狗娘養的中國佬，看見了吧？他們把魚養在水缸裡，就為了要這樣殺牠們，活吃牠們。那些眼神不光是恐怖和痛苦，而是超飽和的瘋狂喜悅。老中國佬不懂英文，對他們笑笑，表示他還可以提供更全面的服務。他把魚卵和魚泡摘除下來，滿手是血，又在一堆臟器裡摸出一塊肝，摘下裡面的膽囊。這時男孩們驚呼一聲，魚的心臟在強有力地跳動，血紅的一顆，如同自己泵壓汁水的成熟櫻桃。

男孩們看著看著，一個個伸出食指，去撥弄那顆裸露的心臟。他們把心臟放到魚的臉龐旁邊，看著魚對自己心臟瞪眼鼓腮，大張其口，都被這道奇觀震住了。魚一直在扳動身體，一會兒頭尾著地，身子向上形成彎弓，一會兒是腰部著地，頭和尾一塊兒靠攏。漸漸地，在那藍、灰、褐色眼睛的追光中，那彎弓的幅度變小了。心臟卻還在強有力地搏動，一下一下，搏動出魚在水中的活潑自在；它不知道自己已經沒有必要再跳了，它失去了魚的美麗身軀為它遮體保護，在一雙雙眼睛的瞪視下，赤裸裸地跳動，是可悲的。可它跳得非常奮力，就在它死去的軀體邊一上一下，一上一下地跳，沒有任何停歇的跡象。

男孩們去上學了，囑咐老中國佬替他們保存那顆活著的心臟，他們放學之後來取。

當時十歲的我覺得莫名的不適。我希望魚的心臟不要再徒勞地跳下去。它原本是為一個生命跳動的，是為了一樁使命跳動的，而它並不知道它的使命早已結束了，只是為了一些居心不良的眼睛在跳，在演出。

那顆心臟一直跳，一直跳。男孩們直到天快黑，水產店就要關門的時分才回來。老漁佬把心臟和魚各放在一張油紙上，魚的肉體外撒了層薄鹽，男孩對不再感覺疼痛的魚的遺體早沒興趣，他們驚呼著圍著外表已有些乾燥變色的心臟，看它一起一搏，一起一搏……

我們家的一個洗染店就在這家水產店對面，我從七、八歲開始，就會站在凳子上點查櫃檯上客戶的衣物。這個傍晚，我看見三個白種男孩托著那顆赤裸裸的心臟走過去。這顆小小的中國鯉魚心臟一直跳了多久，我就不得而知了。

這顆裸露的小心臟跳動的情景，在我長長的一生中，不斷從我記憶中 pop 出來，我不知道它向我喻示什麼。它不斷地 pop 總是有它的道理，它一定想讓我明白它的寓意。可我一直不明白，因此它一直 pop 出來。有時我的眼皮下，我的太陽穴，我的脖子和鎖骨交接的地方，都是它在一起一搏，它好像說，這意義有什麼難理解呢？妳怎麼到現在還不明白？

在我和彼得對視而坐的時刻，我發現這顆小心臟就 pop 出來了，在頭頂的燈泡鎢絲裡起搏。讓我非常緊張、不適。讓我無端地想到彼得和我，掙扎求生，也許註定不可逃遁。也許我們掙扎在一個巨大的掌心上，那掌心可以隨時合攏，掌心上方一雙雙巨大的眼睛，射出驚訝、好奇、亢奮、狂喜的藍色、綠色、灰色、褐色追光。我們赤裸裸的掙扎在這些眼睛的追光中是徒勞而可悲的，是他們一個短暫的娛樂。

整個猶太難民社區，兩萬多手無寸鐵的肉體和心臟，在更加巨大的掌心之中，何嘗又不是如此？他們的上空，被藍色、綠色的日爾曼眼睛，以及黑色的日本眼睛射出的追光罩住……

我和彼得常常在十一點以後約會。我這次在醫院門口等到他，就來到這家不比壁櫥大多少的咖啡館。老闆是個奧地利猶太難民，六十多歲，跟妻子把一個前自行車棚改造過來，擺上家庭式的桌椅。只有三張桌，但咖啡極好。

這天晚上我帶了個好消息來，溫世海把另一半盤尼西林的費用付清了。世海下午給我打了電話，約我在虹口公園門口見面，然後把一捲法幣塞在我手裡就走了。他現在已然是個身手漂亮的江湖俠客。我問他為什麼讓一個陌生人去彼得那裡取藥，還用手槍威脅，他說地下黨人不能同時在一個接頭地點出現兩次。

喝咖啡是我和彼得最溫情的時刻。我們常常不說話，你看我，我看你，因為越來越壞的局勢讓我們不敢開口，一開口所有的溫情就會蕩然無存，法國人都在搬出上海，到處是賣房子賣傢俱的招貼廣告，饑荒撂倒的人越來越多，有些店家早上開門開不開，因為門板外面躺著好幾具皮包骨的屍體。關著門醉生夢死了好幾年的租界已不存在了，處處有孩子在哭嚎，哭他們餓死的長輩，哭他們自己的饑餓，哭一覺醒來已被父母丟棄在行色匆匆的無數腿腳之間。

在我們溫情的對視中，我們偶然會悠閒地講講不相干的事，猶太社區正在上演的話劇，圖書館又進了一批歐洲流行小說，跟彼得閒談，我還是比較高雅的，彼得愛一切美好高雅的東西，因為他明白他必須愛它們，愛它們有好處。

我們繞開最最敏感和令我們亢奮的話題，如何利用傑克布，再把他作廢掉。寧靜的暮夏夜晚，我們心事忡忡，但還是竭力維護它的寧靜。寧靜的對視和閒話中我們互相無聲地問過：

「各就各位了？」

「各就各位。」

「一切就緒了？」

「一切就緒。」

老頭、老太太看我們這樣一對情侶似乎缺點什麼：鮮花或蠟燭。一會兒，老太太把一支蠟燭點燃，放在我們桌上。蠟燭是假的，石頭中間有個洞，裡面放燈油，外體漆成蠟燭的黃白色。火苗一呼一吸。那顆小心臟又 pop 在火光裡。

無端地，我想到傑克布。他帶著傷又投入了什麼活動。更加神出鬼沒地活動。也許他也在日本人和梅辛格的掌心中，像鯉魚心臟那樣，自以為強有力地跳動，跳給他們看。不死的心臟不知道它有多麼可憐，被日本人、梅辛格看著，娛樂著。也被我和彼得看著。

世上總有一些生命像這顆小小的心臟這樣不甘心，它要給你看看，你剝掉它所有的掩體和保護它還要跳動，它面對粉碎性的傷害，傻呼呼地跳，傻呼呼地給你看它的生命力。它最是脆弱，又最是頑韌，這樣不設防，坦蕩蕩的渺小生命。

我眼裡的淚光被彼得發現了，他問我怎麼了？我說不純的油燈煙有些辣。

我跟你講了，一個人的一生總有一些場面和景物會 pop 到眼前。常常 pop 上來的，還有另一個場面：彼得全家和我站在客廳裡，彼得囁囁嚅嚅介紹著我，然後反過來介紹他的父母、妹妹。

我是在扶手椅上坐下來很久，才回過神，想起彼得對我的介紹之辭，他說：「這就是 May，幫了我們不少忙，記得我跟你們提到過的，對吧？」

父親和母親交換了一下眼色。在我回過神之後分析，他們的眼神在說：「彼得跟你提到過這個 May 嗎？」

彼得的妹妹是個美少女，欠缺一點活力，但從臉蛋到身材都沒得可挑。她在我進來不久，就下樓去了。然後我聽見她打開了亭子間的門，走進去。我敢說她不知道如何和中國人近距離相處，甚至連中國人的相貌是好是壞都分辨不出來。或許她覺得我很醜。

一個人在僵硬的禮貌中總是很醜。我被指定到一張扶手椅上，坐下來，覺得一隻長統絲襪在我落坐時鬆了，正勢不可擋地往膝蓋下滑，只要我站起身，它就會掉到腳腕子，在那裡像腸子、肚子一樣纏成一堆。我心裡懊喪之極，仇恨自己在臨出門前為什麼對自己的裝束突然質疑，又回去換了這套臀部包緊的西裝裙。假如我穿好件紫羅蘭色帶白花的布旗袍也許就不會發生這個災難。我把自己打扮得更西方化一些，是要他們適應我還是我適應他們，我一時弄不懂。

彼得的父親寇恩先生是黑頭髮，他夫人的頭髮顏色是深紅。彼得和母親十分相像，那種天生的雅致和貴氣，要好多代人的培育、篩濾，把雜質一代一代濾出來，最終出來彼得這樣的結果。說俊美有點文不對題，就是特別順眼，一舉一止都達到你預期的得體，只有把一切好東西，例如古典樂、芭蕾舞、繪畫和雕塑（基本是經典作品）全拿來滋補自己的生命，才會這樣。滋補是理性的，選擇它們因為對你有好處，你必須愛對你有好處的東西。

用我們八〇年代後的話，叫做優生優育。彼得家那足夠前衛吧？那時就已經開始優生優育了。

我坐在那裡，兩隻架在椅子扶手上的手掌一個勁出大汗，只想早點結束這種有問必答的局面。長統襪溫熱地繞在膝蓋部，提醒我一結束這個受罪局面，它懶洋洋墜落時，我會多麼好看。

寇恩先生總是言歸正傳，問我父親做什麼工作？母親怎樣？父親去了內地是否談到內地的生活狀況？母親去世後我由誰教養？在寇恩家裡，沒有寇恩夫人教養孩子，一切不可設想。

彼得把母親端來的茶放在我旁邊的小桌上，小桌是中式高几，或許是他們房東連同房子一塊兒出租的。我在緊張的問答中顧不上打量房間布置，再說一個女子眼珠亂轉，賊溜溜地打量別人的家不太像樣。所以我抬一次眼睛，儘量觀察一個局部：窗簾——蕾絲邊，白色的底，白得透亮純淨（彼得告訴我，他母親說，不能把白色的東西洗得雪白透亮的人是不配用白色東西的）。窗下的長沙發，薑黃色底子帶咖啡色方格，非常舊卻非常乾淨。這房裡的每件紡織物似乎都跟窗簾一樣，動不動就給寇恩夫人放在水裡泡過，又放在搓板上搓了搓。我回答寇恩夫人偶然的提問時，看見她坐的單隻沙發是一色的，淺咖啡色，扶手上有個洞，一定是前主人在上面抽煙打瞌睡燒的。雖然都是舊傢俱，但色彩搭配得極其協調，處處留著女主人煞費心機，辛苦而饒有興趣建設的痕跡。寇恩夫人背後的牆角，摞起一摞皮箱，上面蓋了一塊白色臺布，擺了一個小座鐘。他們一家住在難民大宿舍時，皮箱和其他難民的行李堆放在露天，上面不過蓋了一層油毛氈，取出來時，箱子裡外都是綠黴。

趁寇恩先生又問了我一句話：「妳父親的肺病是幾期？」我把臉轉向他，目光把他虛掉，去看他背後的酒杯櫥，上面擺著彼得弟弟的照片。大衛死前沒照相片，這張放大的照片是他十五歲騎術隊證件上的。彼得告訴過我，大衛留在奧地利的太多了，他的馬、狗、鴿子……

我眼皮一垂，看見酒櫥的一隻「老虎腳爪」殘廢了，墊了一塊木頭，漆得顏色儘量和酒櫥原體靠近。這隻酒櫥大概是從一個英國人家買的。許多英國人在太平洋戰爭開始前把家當三文不值二文地擱在馬路上拍賣。現在這隻櫥殘了一隻腳站在這屋裡，也是君臨天下。我估計它的腳是從陽臺上往上吊時碰斷的，因為又窄又曲折的樓梯根本不容它上來。

我把寇恩先生的提問全回答了，但是我無法判斷自己是不是話太多，因為我思想不集中的時候往往是有用沒用的話都說。我腦子裡的畫面是寇恩夫人指揮著由寇恩父子組成的人體吊車，把逃亡的英國人的舊傢俱和這個酒櫥搖搖欲墜地吊上三樓，而我嘴裡彙報著我父親如何在他朋友的介紹下到了雲南，在西南聯大謀了一份職。又是如何跟其他五個教授合住一個破廟，染了其中一個人的肺病。我談到國民黨如何不是東西，派人監視教授和學生們的言論，像我父親這樣言論過多的人被校方多次警告。國民黨的貪汙、腐敗令我父親作嘔。他每天配給的兩餐粗米飯常常被他省給同事，他自己常常打獵、捉魚，所以還沒有像其他教授那樣處於饑餓邊緣。我大概從我父親又扯到了他信中談及的貨幣貶值，多少次國民黨的金融措施遭到我父親的挖苦，強制控制糧、油、棉價格使民眾信心一垮再垮，而奸商鑽空子的機會越來越大，因此囤糧和囤油的無恥之徒從中國腹背又插一刀，說到這裡，我突然沒話了。

你一定常常經歷這種時刻，一個人在誇誇其談中已經丟掉了所有聽眾，他一閉嘴就發現死寂的大門立刻緊閉，把他關在門外，他似乎再也無指望去敲開這門扉。我和彼得父母，以及彼得，就處在這樣的時刻。誰都想打破死寂，可一時間誰也無法打破。

這時我聽見彼得的妹妹在和一個中國人說話。兩個人都將就著對方的語言，說著馬桶不通的事。

然後寇恩小姐進了客廳，對母親說了句德語。不用懂她的德語，你也明白她在抱怨那個中國人。你更懂她對中國人的不屑和厭煩。寇恩夫人用德語回答了一句什麼，寇恩小姐不情願地走到酒櫥邊，拉開一個抽屜，從裡面拿出幾枚零錢，我慢慢理解寇恩夫人的話是：那麼就給他點錢好了！

事情大概是這樣：房東按照合同來修馬桶，發現板手被扳斷，便說這是損壞器械，應該由房客付買配件的錢。彼得的妹妹在外面力爭了一陣，爭持不下，求援於母親。寇恩夫人便輕輕一翹下巴頦：拿錢給他，不就是兩個錢麼？她心力交瘁，淡泊地笑著，瞧不起對方也瞧不起自己，這場爭執誰也不怪，只怪貧賤。

寇恩先生還在和彼得交談。他們是那種絕不在不懂德語的人面前講德語的人。他們不能容忍那樣沒教養的行為。他們的教養提醒了寇恩夫人，她對我笑了一下，請我務必原諒她說了德語。寇恩先生問彼得到了美國沒有工作怎麼辦？彼得說可以先用帶去的錢生活一階段，然後從最低的工作做起，他做好了心理準備去工廠上工，聽說美國的工人掙得不錯。

寇恩先生轉過頭來問我：「May，他說的可行嗎？」

我心想，彼得把美國調查得比我還清楚。但我表面上裝得跟他一樣胸有成竹，有板有眼：

「可行的，美國工人有工會保障收入。」

寇恩先生說：「以後彼得還要靠妳多關照，May。」

我看出他在叫我名字時的含糊。似乎是怕他自己叫錯。給他的時間不多啊，他沒有足夠的預習機會，怎麼能指望他牢記這名字呢？

我說當然會關照彼得。

他們以為我是誰？人口走私販嗎？彼得在我出現在他家之前，到底把我說成了誰？假如我沒有一再提出要見他的父母和妹妹，我對於這個家庭是什麼？是千千萬萬幫助了猶太難民的中國人？就像從中國員工那裡摳出口糧工錢，聘用猶太難民的菲力浦？

後來彼得告訴我，他們的家規很嚴，屬於最保守的猶太家庭，不主張兒女和外國人通婚。我頂了他一句：「尤其是中國人。」當然是在腦子裡頂他的，但我敢說，假如我真說出口他會默認。即便他們在踏上中國土地前對中國人沒概念，住了兩年也不一樣了。中國人的苦難之深重讓他們膽戰心驚，這不是一世一代的貧窮苦難，這貧窮苦難一看就知道是幾千年的累積。而我就是他們之一；是那個往牆根一蹲就吃東西，或打盹，或解手，或死去的龐大人口的一分子，是其中的走運者。他們知道冬天的每個早晨有多少凍死的屍體，春天則是餓死的，而夏天，中暑加各種傳染病死去的。我是這個人群中的一分子，他們對我們既是悲憫又是嫌棄。

彼得的妹妹再次走進來。這次她用英語說：「該是去某某家做薩巴士的時候了。」

彼得立刻跟我說：「我們一塊兒去吧？」

我說不行，我晚上有約會。

彼得叫我把那約會取消。他說假如我不想和他父母一同去他們的朋友家參加薩巴士，他可以在晚祈禱後和我去溜冰。

他是夠敏感的，明白自己得儘快補救這次不太成功的會見。不成功誰都怪不著，每人都盡力而為了。或許除了敏感的彼得，其他寇恩家成員都認為會見成功極了，不是偶然還有哈哈大笑嗎？前銀行家寇恩先生的哈哈大笑特別討人喜歡。

我說好吧，那就去溜冰。

他們家裡的人要梳妝更衣，我知道他們在急切地等著我回避。但我的長統絲襪馬上會把我窘死。西裝裙剛過膝蓋，只要我從椅子上站起，長統襪立刻會讓我成為他們記憶中最狼狽的中國人。假如是一身襤褸他們不會見怪，因為那屬於沒辦法的事，但我費了多大力氣打扮，對準都是一目了角的，但收效一塌糊塗，所謂狼狽，正在於此。

我急匆匆地用上海話告訴彼得，我正面臨的危機。

彼得禮貌而溫雅，請我再說一遍。

我指指大腿，又說一遍，一臉氣急敗壞。

指大腿的動作和氣急敗壞的表情都十分不雅。彼得臉漲得通紅，問我需要不需要他妹妹來解決我的麻煩。他不想讓他父母看出我與他之間的關係親近到了可以講女性的麻煩。我沒辦法，只好用一隻手拎著又緊又窄的裙子裡面的襪筒，希望自己能保持個完整的形象從椅子走到門口。

寇恩先生和夫人都站起來，我知道他們在想：「怎麼？連握手告別的禮節也免了？」

彼得也覺得我不給他爭氣，那麼潦草就告了別。

這時我已走到了門口，一手提著長筒襪（在別人看是毫無必要地提著裙子），給寇恩夫婦和寇恩小姐深深鞠了一躬。

看看他們的表情，我知道自己的行為被歸結為：「她是中國人嘛！」

我和彼得在去大世界的路上沒提這次會見的任何細節。

告訴你，我年輕的時候可是個玩主。什麼東西都愛玩，玩玩就會，一會就扔。溜冰也是。我喜歡的不是溜冰這項運動，而是穿著短裙、緊身褲、戴小帽子，踩著庸俗不堪的音樂瞎晃悠。彼得溜冰也溜得相當好，我說過這人幹什麼都不把自己當龍套。

溜冰場在大世界裡面，夜裡十點多了，還是喝彩、口哨、歡呼、尖叫……誰也聽不見自己說話，但每個人還在不停地說。上海就這麼可怕，什麼時候都有人歇斯底里地享樂，沒有明天似的。空虛無聊的人不得不享樂，他們一步一晃地在冰上走，一撞一跌，都是刺激。發了財心情好的必須在這裡飛旋，破了產要跳樓的更需要在此橫衝直撞。像彼得這樣滿心嚮往的人，一步一馳都離大洋彼岸更近似的。我和他手牽了，熱風擦著面頰而過。我原來心裡的窩囊和疑問都不再煩擾我。享樂是惡性傳染病，溜冰場上有不少猶太人，已經被傳染得忘乎所以，要把末日前的每一分樂子都得賺到手。

我跟彼得熱得一頭一鼻子汗，紅臉蛋對紅臉蛋，在溜冰場邊上喝蘇打水，狂喜的臉如同面具一樣罩在我們臉上。面具後面，繁忙的思路全停滯了。在進入溜冰場之前，那些思路傳導著一個賊亮的念頭：如何把傑克布的護照弄到手，神不知鬼不覺地逃往澳門，再設法登上運糖的、運乾海產的、運布匹絲綢草編、運南洋木器、運藤器竹器的船隻，向葡萄牙遠航。彼得像這冰場上的其他猶太難民一樣，讓速度把軀體帶到前面，而把思維拉在後面，腦子於是成了真空，不再去想每逝去的一分鐘都是朝梅辛格的「終極解決」進發的一步。還有一週就是猶太新年，「終極解決方案」正在完善。而這些都不影響那個穿蘋果綠裙裝的猶太少女，她開心得那麼徹底，笑容那麼耀眼，仰臉大笑時把槽牙都露出來了。日本人一旦徹底出賣上海的猶太難民，對於整個猶太種族，集中營和屠宰場便跨國界跨越大洋，連成了一片。而那個穿紅襯衣的猶太小夥子在這一時玩忘了，跟那個中國舞女摔成一堆，笑成一攤……

我和彼得玩到凌晨三點，渾身玩散了架，也玩空了彼得的皮夾子才回家，彼得要趕回去睡兩小時覺，起來還要去船運公司的辦公室去上班。

每次瘋玩之後我的心情會很差，自我厭惡這詞英文叫"self-loathing"，非常恰當，自暴自棄後的自我厭惡，自己噁心自己。這就是我在一九四二年八月二十三日那天凌晨的感覺。彼得不能送我回家，還是照例往我手裡塞幾張鈔票。貨幣貶值，我也貶值，同樣幾張鈔票一個月前和一個月後買到的食品從斤兩到滋味都次了很多。我不想馬上乘車，便獨自沿著馬路往前走。婆娑的樹影濃黑，莫測得很。我這樣一個蓄謀害別人的怕誰害？

我的心情越來越壞。自我厭惡到了極點。我真是無救，一遍遍重複這種讓自己心情惡劣的事：我會無端地花掉一筆錢買一對耳環或項鏈，明知道自己不會去戴它們。要麼無端地睡一個大懶覺，向自己的鋼琴學生撒謊告假。總之我會做出一件又一件事後極其厭惡自己的事。這很不合算，為了圖一時痛快，而受到三天「自我厭惡」的懲罰。尤其跟彼得這樣的人在一起，他跟我玩完了把錢往我手裡一塞，毫不愧悔地又去開始他一天十四小時的辛勤工作，而讓我有漫長的一整天來自我厭惡。他每天活得井井有條，每個行為完成一任務，每個任務離預達的目的更進一步。可我玩完了什麼都完了。他把幾張鈔票塞在我手裡，我跟那個紅襯衣猶太小夥子的中國舞女有什麼不同?舞女比我實事求是,告訴小夥子:「喂,darling,那是上月的價錢了,我們也要吃大米的,大米漲了我們也要漲的。」

我終於招了一輛黃包車是因為我想省鞋。皮鞋成了那時最昂貴的東西。因為只有鞋很難去將就穿舊貨。我走路為了省車錢,坐車又為了省皮鞋,就這樣一個寒酸女人玩起來也是不要命的。

到了家快五點了。我從熱水瓶裡倒了些熱水,馬馬虎虎地擦洗了一把,就把自己扔上了床。竹席溜溜的,倒汗似的。蚊子的叫聲很響,有一兩隻拖著長腔,越來越近,突然就斷了。一定是隔著帳子咬住了我。我猛地出擊,帳子蚊子一塊兒抓,但馬上就發現出擊方位完全錯誤。自我厭惡這一刻就在蚊子的嚶嚶之聲裡。我的心情不是壞,而是腐爛了。

一早凱薩琳就來敲門,說昨夜艾先生叫人送了一些錢來,還有一張小字條給我。她把小字條和鈔票都從門縫下面塞進來。我赤腳跳下床,撿起字條,把鈔票又推出去,大聲說錢就用在家裡的開銷上好了。

傑克布說他一時不能回來看我,如果我想見他的話,今天晚上可以乘輪渡到浦東去。他會接七點半那班船,不要打電話給他,因為他不會在辦公室。

我匆匆起了床,讓顧媽燒了一大壺水,上一天為了去見彼得的一家,我在頭上抹了不少髮蠟，必須徹底清洗。塗髮蠟的我，讓我厭惡，但每到這種時候還會去塗，每次塗彼得還都會捧場。

七點多我就走出門去。早晨的上海讓我自新，該看到的美景和苦難你都看得到。搬運工瘦瘦小小地在年輕的太陽裡哼著號子，行走在碼頭和巨輪之間的獨木橋上，一大群沒被僱傭的搬運工縮在一起，等待下一個好運。

我穿著白帆布力士鞋，步行到了十六鋪。我找到了菲力浦介紹給我的一位老闆，在澳門、南洋以及中國大陸之間走私煙土、妓女、勞工、猴子，還有就是馬戲團用的駝背和侏儒。此人有個嗜好，再忙都會到粵劇團票戲。所以我按照菲力浦的建議，背熟了粵劇名角們的身世和唱腔特色，跟他聊了十多分鐘。菲力浦告訴我，粵劇對於這位老闆就像老酒，十分鐘就把他聊醉了，然後什麼都好說。我厚了厚臉皮，問他能否在把彼得和我走私到澳門去的價錢上給個折扣。他果真醉了，手指頭撚了撚我的臉蛋，說可惜我不上臺，否則他可以把我捧成個角兒。

那一陣我隨身帶有一張備忘錄，上面記著逃離上海前必辦的事物。當我從人口走私販的辦公室出來，成功地把價錢殺下去三成，我用筆在備忘錄上又劃了一道。太陽把白紙照得晃眼，最後一項該辦的事是給彼得染頭髮。一個自稱法國混血的俄國猶太女人在南京東路開了個理髮沙龍，她會把什麼顏色的頭髮都染成金色。把彼得的一頭黑染成傑克布的深栗色，太不在她的話下了。

快離開董家渡時，我突然覺得肚子餓得作痛，昨天夜裡溜冰，彼得和我都沒吃什麼東西。兩人心照不宣，我們要為未知的彼岸生活做準備，能少吃一口就少吃一口。我走到一個賣水果的攤子邊，買了幾個渾身創傷的桃子當午飯，然後借了果販的刀，打算剜下潰爛的桃肉。有個人在叫我的名字，一扭頭，看見一個穿油汙工裝的男人。

至少花了幾十秒鐘，我才認出眼前的人是誰。日本人的橋頭大廈幾乎給羅恩伯格造了另一張臉：額頭到鼻梁再到顴骨，一道大疤斜劈過來，疤痂剛剛脫落，露出鮮嫩粉紅的新皮。

我跟他握手時說，要是在晚上，我恐怕得花十分鐘才能認出他來。

「花了我母親十五分鐘！」他笑呵呵地說。

他那臉一笑更爛。

他跟我說傑克布剛剛走，假如我不是彎著腰挑水果的話，說不定傑克布會看見我。我問傑克布來這裡做什麼，羅恩伯格說是他們公司談生意的。菲力浦投資的燃氣基本上可以投產了。

羅恩伯格說他要去吃午飯，問我願不願意帶他去個好吃而便宜的中國餐館。我說我很樂意做飲食嚮導。說著我悄悄地把千瘡百孔的桃子丟在水果車下面的地上。我跟我的小繼母學得很好，吃一肚皮糠，面子還是光溜的。我的白力士鞋底子磨得紙一樣薄，面子卻給鞋粉塗得雪白無瑕。顧媽塗的鞋粉比老日本歌伎臉上塗的妝粉還厚，腳步重一點，粉白的表層就龜裂出旱田般的口子。

我們吃的是上海最便宜的館子，羅恩伯格也不講究了，雞也好，鴨也好，不按猶太教規宰法，他都只管吃。食物的緊缺在哪裡都看得到，館子的小二端來的米飯全是碎米粒，用硫磺燻過，白得瘮人。

我們就著兩個菜和兩碗碎米飯談羅恩伯格的第二百零九項發明。因為燃氣公司涉及的技術程度很高，菲力浦又在猶太難民中招聘了二十名化工學科的大學生。現在溫家的產業虧空是休想堵上，菲力浦索性撒開手讓羅恩伯格去經營。盈也好，虧也好，就是掙扎不好，菲力浦停止了力扳虧局的掙扎，反而舒服了。

傑克布要買的，是他的另一項發明，一種膏狀燃燒劑。

跟羅恩伯格談到傑克布時，我覺得那是個不同的傑克布·艾德勒。我根本不認識羅恩伯格嘴裡的傑克布·艾德勒。他是個什麼樣的人呢？講起來比較抽象，比較造作，但實際上他確實是有一層抽象人格的。那個傑克布渴望大動作，不放在大動作中他反而是假象。他的父母、兩個哥哥、我、他自己，看到他足夠的假象。你必須給他行動，否則他那種攻擊力和毀壞力，他那躁動不安，神經質的能量就會毀了他自己和他周圍的人。所謂大動作，就是硬碰硬的對抗衝突：生對死、善對惡、我對敵。他的家庭帶著他在一九三三年離開德國，錯過了「水晶之夜」那樣硬碰硬的對抗衝突，而在上海，他心裡一定常常吶喊：「啊哈，我可沒白來，我可終於沒白活！」

這個一九四二年八月下旬的晚上，當我見到傑克布的時候，我就試圖把羅恩伯格描述的傑克布和我認識的他交疊。但是辦不到。他這人和我有同樣的毛病，自我厭惡。談著談著，他就嬉皮笑臉，惡嘲那個莊重的自己；他對一本正經、煞有介事的那個傑克布是自我厭惡的，而他對嘻皮笑臉、自己不拿自己當回事的那個傑克布也是自我厭惡的，因此他在說「我太想妳」的時候，一個哂笑馬上冒出來，表示他自己都不知道自己在說什麼，妳呢，信不信都行。

我從渡船上走下來，他迎著我站著，早就等煩了的樣子。我想他千萬別動，別當著挑菜擔子或者獨輪車上裝滿雞籠子的人群衝上來，把我一抱什麼的。這件尷尬事總算沒發生，看來傑克布挺尊重中國國情。他現在學會悄悄把你的手一捏，或在你臉蛋上飛快拍下之類的偷襲式親暱。偷襲式親暱適合這個人口密集的國家，尤其上海。

他的傷還沒有痊癒，臉上的血腫褪了，但還有些檸檬黃和淡紫的瘀塊，看上去還是斑斕無比。

他告訴我，從此他不能再回我家了，因為他在從事的活動會給我們帶來危險。他那危險人物的目光雪亮地照射我一下，又照射一下前後左右。上海浦東的傍晚已是夜深人靜，燈火闌珊。不久我們就坐在渡口的一個小吃鋪裡，等著大鍋裡的陽春麵。

我情不自禁看一眼他的衣服。他穿著不太乾淨的襯衫，褲子的大腿上兩灘油亮，是磨損和汗垢造成的。就這樣一身，那把銀行保險箱的鑰匙藏在哪裡？……

傑克布問我最近過得怎樣，是否參加過舞會或酒會。還問我是否碰到了猶太難民中的熟人。他擔心那些熟人們是否還活著。自從太平洋戰爭打起來，難民們雖然每天仍舊得到一頓救濟餐，但分量和油水減了許多。

我隨口應答著他，心裡有九隻貓在抓搔，什麼樣的機遇可以讓我取出那把鑰匙。我得像身手不凡的扒手那樣兩根手指一鉗，從他深深的褲子口袋裡鉗出那一整串鑰匙。

「……我想，妳還是回美國吧。」他說。「妳有美國護照，一旦被日本人發現，很麻煩。」

我沒有聽見他在此之前的話，所以朝他笑了一下。我的笑在他看是相當純情的。

「想辦法先去澳門。我可以給妳找到路子。到了澳門再去葡萄牙。葡萄牙現在成了歐洲去美國的唯一後門了。別擔心錢。」

「那你呢？」我說。

「我必須在這裡。」他說。

「你到底在做什麼?」我問他。

他看著我，把我的手捏緊。他眼睛大了，又大又黑。成了彼得的眼睛。我撬不開他的嘴，正如日本人的刑具也撬不開。但那眼睛裡的恐怖是足夠的，足夠讓他突然崩潰，祕密像血一樣被吐出來。

小吃店的老闆和老闆娘一看就是幾年前從浙江跑返來的難民。他們照應著十幾個顧客，但還是給我們額外款待。老闆娘從後面拿來長長一條蛇形蚊香，放在桌下。後面一定是他們的住房，大概孩子們剛才還藉蚊煙屏障在溫習功課。

我跟老闆娘說：「請燙半斤加飯酒。」

傑克布加了一句：「煮花生和茴香豆!」

我「噗哧」一聲笑出來。他的上海話土頭土腦，浦東味十足，並且吃懂了土頭土腦的小菜。其實燙酒是我的計謀。傑克布喝不慣黃酒，半斤酒就能醉倒他。然後我將閃電似的朝他口袋裡的鑰匙下手。

一杯黃酒喝下去，傑克布用手掌橫抹額頭和脖子上的汗。他受不了黃酒的味道，喝得齜牙咧嘴，我不住地笑。

我說：「熱的話就把襯衫脫了吧。」

他站起來脫襯衫，短汗衫的袖口露出他胳膊上的瘀血，顏色也正是青黃不接。我朝他的兩個褲兜掃一眼，初步的偵察完成了。右邊那個口袋看起來沉些，鑰匙一定裝在那裡面。我從鞋匠補好的小包裡拿出手絹，站起身，走到他旁邊。做扒手是要經過嚴格專業訓練的，否則就不可能在一秒鐘裡做完一整套動作。你得把鑰匙掏出來，再把它藏進小皮包。在我的手指向傑克布的右邊褲兜伸手時，館子裡七、八個人同時停止了「呼啦呼啦」吸麵條、喝湯、抽鼻涕的聲音，四周一片寂靜，我的心跳像是一座巨大的老爺鐘，所有人都聽得見。

當然，你肯定猜到了，我什麼也沒做。一切都是錯覺。

我剛張口想說什麼，喘亂了的氣息讓我喉嚨一陣痙攣。扒手是令人噁心的行當。自我厭惡使我一杯杯地猛喝酒。這也是我重複幹的蠢事：為了舒緩自我厭惡而灌自己酒，又因為酒醉而加倍地厭惡自己。

傑克布笑著說：「上海是個好地方，容納了多少像妳這樣年輕的酒鬼。」美國法律禁止年輕人在二十一歲之前喝酒。

臉上的傷疤使他成了個醜漢。他端起酒盅，傳遞著醜漢的風情目光。

我舉起杯子說：「為我遠行美國，為我們在美國重逢！」

他端起豁了口子的土瓷酒盅說：「這就好，妳是聽話的好孩子。」黃酒有一股泥腥味，喝到嘴裡就滿口渾濁。傑克布一口乾了他的酒。他酒醉的第一個跡象是不再喝得出酒好酒歹，什麼酒他都喝得興高采烈。

我說：「親愛的，我在三藩市等你。」

喝了酒扯謊一點都不難受。

又一壺熱酒上來了。我和傑克布瞪著對方，卻不記得誰又點了半斤汙泥濁水般的酒。

我腦子只有一根思路非常清晰，那就是，等酒把傑克布放倒，我可以從容行竊。等我拿到傑克布的護照後，馬上帶彼得去染頭髮。最遲三天，我們就在駛往澳門的船上了。

傑克布現在是七分醉，正是醉得花好月圓。泥湯般的黃酒盛在豁一塊瓷的酒盅裡，跟 Remy Martin 白蘭地毫無區別。酒盅上燒了青花圖案：三根蘭草葉片，一枝蘭花。鄉村粗工匠描畫同樣的三葉一花，描了一輩子，企圖把幾十萬隻杯子描得一模一樣，而正因為他失敗的複製，酒杯才有了一點偶然性，才有了一點看頭。

偶然是這世上最難得的東西。

我跟彼得、傑克布的相遇都是偶然。眼下，我必須把偶然變成了必然，變成萬無一失，讓傑克布按照我暗地裡嚴密安排的必然一步步走下去。與此同時，彼得和我自己，都必須嚴防偶然，因為偶然對我的不利，偶然太叵測了。我的性格瑕疵比較多，所以常常被偶然裏帶到未知中去。

傑克布大汗淋漓，講著國際戰局的戲劇性，我偶然往牆上一靠。這一靠壞了，我是沒有這種自制力讓自己再振作起來的。醉足飯飽，軟綿綿的身體，我怎麼能抵制這樣的舒適？所以你知道，我蓄意讓傑克布走進我安排的「必然」，結果是「偶然」安排了我。

我感覺自己被攙扶起來，往館子門口走，這時所有的吸麵條、抽鼻涕、喝麵湯的聲音倒是真靜下來了（這是傑克布後來告訴我的，所有人都靜悄悄看他扶著年輕的女醉鬼走出門），擔心我別一腳踩空，跌進門口那比浴盆還大的麵鍋裡。傑克布攙扶得很緊，幾乎把我攙得雙腳懸離地面。

「別攙我，我又沒醉……」我說。

「對的，沒醉。」傑克布說。

「人家會笑的。」我說。

「不會，人家都怕死了。」他說。

「怕什麼呀？」我說。

「怕一個醉鬼。萬一她撒酒瘋就糟了。」他說，同時手一擋，幾塊被我撞得搖晃起來的門板給他擋住了。

這段對話和動作我一點也不記得，是傑克布事後告訴我的。

我在他床上醒了酒。那是個什麼床啊，就是個牲口圈。人圈。一條光禿禿的棉花胎鋪在一攤新麥秸上，算作褥子，上面放了條草席，一條帶紅十字的灰色毯子蓋在我身上。

「幾點了？」我問那個煤油燈光裡的人影。

「十點了。」人影說。「小聲點，隔壁有人睡覺。」

兩小時前，我以為他被我灌醉了，現在我懷疑是他把我灌醉了。

我想起身，但那麥秸把我深深地陷在裡面。這是工棚隔出來的一間小屋，牆只砌了一大半，離天花板還有兩尺多距離，所以只要你站在凳子上，就能看到牆那邊熟睡的工友們。

「在哪裡上廁所？」我問道。

他指指門外說：「除了這裡，哪裡都行。」

你簡直不能相信，這個人半年多以前還沒見識過抽水馬桶以外的如廁工具。

他做嚮導，把我帶到工棚外一塊菜地裡。跟他回到工棚時想，今天晚上我是典型的「偷雞不成蝕把米」。輪渡上已經停了，我只能留下來過夜。

那時候一男一女在一塊兒過夜，是件了不得的大事。假如我當時不是對傑克布心懷圖謀，我是一定不會讓這件大事發生的。看看那泥土的地面，就夠受了。泥土地在搭這個工棚前一定長過白菜蘿蔔，施過上海弄堂來的糞肥，夜裡返潮，一股悠久的臭氣。我站在燈光裡，似乎隨時會有蚯蚓在我腳邊拱出，或從角落跑出一隻還未來得及搬家的田鼠。太奇怪了，這個除了席夢思沒睡過其他床的傑克布，居然能在這裡讀書、工作、安寢。

我也奇怪我自己。這個一塌糊塗的生活環境讓我對傑克布生出一般從未有過的感覺。是一種柔情。

他關上門，熄了燈。這些動作一做，我就沒路可逃了。我認了。要犧牲他，首先讓他犧牲我。我是替彼得犧牲我。這個一還一報的環鏈我已經想了很多次，我已經把自己準備成了一具完好的犧牲。

可再充分的準備也會有意外。意外的是那疼痛，我沒想到會疼得那麼尖銳。於是我的身體起義了。

這麼多年過去，我還記得當時的委屈和仇恨。我簡直是委屈沖天，怒不可遏，張開嘴就咬在傑克布的肩頭上。他一聲沒出，事後他告訴我，因為半堵牆一點聲音也隔不斷，他怕斷牆那邊的工友們聽見，所以忍住了。

我一邊咬，眼淚一邊往下流。仇恨什麼呢？我也不知道。為彼得報仇，因為他的女人被另一個男人搶先占有了。或者是為了傑克布而仇恨：這個女人欺騙你呀，騙了你的真情，還要騙你的護照，你這蠢蛋還不醒醒，看你快活的！……或者為我自己仇恨這兩個男人：妳怎麼鬥得過兩個男人呢？到末了苦的總歸是女人，失去最多的總歸是女人，心碎腸斷的總歸是女人……世道太邪惡、太殘酷，把一個好好的女人逼得這麼邪惡、這麼殘酷！

我感覺傑克布痛得渾身發抖。但他卻更猛烈。我也就咬得越發狠。心裡對他說：「你讓我疼，你以為我疼疼就完了？你要為這疼痛付代價的！你從認識我那一天就等著這一刻的快樂，魚肉我的身體，你可不知道什麼在你身後等著你。你以為你時不時提供點錢，就算把我養起來了？我可沒那麼好養，這時你得到的，我會讓你加倍償還，不止加倍，是雙倍。不，是百倍。也許要搭上你的性命去償還……」

他抽了一口冷氣，把他的肩頭輕輕從我牙關下鬆出來。他沒有說話。假如他說「妳激情上來真野」，或者「妳好像哭了？」或者什麼類似的蠢話，我可能會克制不住自己，站起來穿上衣服就跑。這一跑後果會不太好，也許，我的所有謀略都前功盡棄了。

他就是默默地摸了摸肩頭上的深凹的齒痕，躺下了，那隻接骨之後短了一點的臂膀從我脖頸下塞過來，把我的臉靠在他胸脯上。他的心跳就跳在我耳鼓上。他在想我那樣狠地咬他是怎麼回事。一個中國女人，總有足夠的神祕讓他去猜想。

那堆麥秸鋪墊的人圈比豬圈好不了多少，蚊子飛沙走石地打在臉上。傑克布起來點了一盤蚊香，又摸出一小瓶薄荷油，塗在我的胳膊上和脖子上。他還是一句話也沒有。我漸漸感到這樣一個荒唐夜晚也不失美好。不，是相當美好，傑克布擁抱我的姿式跟彼得完全不同，他雖然不如彼得個頭高，但他這時像要用他的形骸圍築一座城堡一樣，把我抱得很小，很柔嫩。人在男女上有了點經歷，就免不了做對比，尤其是女人，尤其是我。看看這個傑克布，他跟彼得模樣相像，可個性那麼不同，讓我真是沒辦法，每時每刻都要拿他們倆對比。

一覺醒來，傑克布不見了。和他的鑰匙一塊兒不知去向。空氣又濕又涼，我成了收穫後被落在田裡的一顆菜。傑克布似乎把我的體溫也帶走了。

我迷迷糊糊，醒了一陣又睡了一陣，終於聽見門開了。

我啞聲說：「我醒著呢。」

進來的人居然說中文！他說傑克布叫他來通知我，馬上離開，趕最早一班輪渡回上海。這人有二十歲？聽上去不比世海大多少。

我光火了。傑克布這混賬，把我當福州路上專接洋客的「鹹水妹」？一夜過完，就派小廝來轟我走？

我叫小狗腿子滾出門外，我要穿衣服梳頭。我本意是要拿到傑克布的保險箱鑰匙，現在可好，一無所獲，大敗而歸。

等我大致上把自己收拾停當，走出門，田地邊緣升起一塊灰白天色。

那個替傑克布承受我惡言惡語的小夥子真的很年輕，比世海還要面嫩。他等我稍一安靜，便說因為昨夜有一個工人偷偷跑了。

我瞪著他說：「所以?!」

所以傑克布連夜把工廠的一些產品藏起來了。他和世海還有另外幾個人忙了一夜，就怕……

「就怕什麼?」

小夥子不說話了。他們有組織和紀律，紀律讓他們常常裝聾作啞。

那個偷跑的人可能會去投敵。傑克布防止他把日本人帶回來搜查工廠。我這樣推測。也許那個人只是個小毛賊，偷了一些打著"Made in USA"的機械零件到外面去零販，畏罪逃跑。傑克布是不存任何僥倖的，對可能發生的搜查做了縝密準備。

那麼他到底在製造什麼違禁品?除了製造假冒的"Made in USA"機件，他難道在做更造孽的事?

小夥子用一輛自行車馱著我在菜田裡穿行。天還沒有完全亮，公雞打鳴此起彼伏，果林瀰漫著水霧，秋季的果實還沒有成熟，小女孩般青澀地待在樹葉後面。我有一種感覺，可以把它叫作美妙的遺忘，就是一剎那忘了身在何處。我突然好不想離開這裡。戰爭沒有觸碰到這裡，觸碰了也沒關係，春天多少生命會活回來？活它們的，照樣有花有果。一個世紀前上海所受的恥辱也沒觸碰這裡，或者觸碰了也沒關係，草木和泥土不像人，會學得卑躬屈膝，學得在稀薄的尊嚴中苟活。

一艘輪渡之遙，那邊的上海多麼不同，身上同時壓著法國美國英國俄國德國，然後是最肆虐的日本。

因此越是碼頭在目，我越是不捨得身後的農舍和菜田。又濕又臭的泥土地也是好的。蚯蚓和田鼠都不無善意，一切都是好的，我可以在這裡生活。我這個三腳貓一樣站不穩、坐不住的天生寄居客，居然留戀起一方土地來。在這方土地上，我可以和一個愛我的，或我愛的男人共同生活，戰爭永遠在別處。愛我的，如傑克布；我愛的，如彼得。真奇怪，浦東一夜荒唐，讓我看到了和傑克布一塊兒生活的圖景。

❀

第二天下午，傑克布打電話把我約出門，說晚上請我看話劇。我先到達虹口公園，等了幾分鐘，突然聽見腳步聲，回過頭，傑克布已經走到我跟前。他比往常更風塵僕僕，兩眼閃光，熬夜熬過頭，人的眼睛就會發出野貓的光亮。他說昨夜幸虧他們幹得快，否則真會出麻煩，那個偷跑的人把日本稅檢局的人招來了，其實誰都明白他們是日本便衣。所有違礙物什早已被藏妥，他們沒找出任何茬子。但傑克布估計他們一定會再次突襲，下次不會那麼客氣了。

「你到底在製造什麼？」我問他

「問得好。」他笑笑，又想蒙混。

「我都不能知道嗎？」我說。

「做了未婚妻就可以接觸高一等的祕密。」他說。

「你必須告訴我。」

「什麼都製造。除了合法的。」他又笑著說。

「你現在的狀況叫什麼你知道嗎？」我說。「用中國話，叫作把腦袋掖在褲腰帶上。」

「我知道。」他說。

「你知道這句俗話，還是知道危險程度？」

「都知道。」

「那你為什麼不安分點？我不是把你帶到上海來送腦袋的。戰爭不會因為你擔當風險而改變什麼……」

他說：「可是風險總得有人擔當。」

我說：「戰爭是幾個大人物在打牌，不靠你的勇敢……」

他說：「沒人勇敢，只好我來勇敢。」他皺皺鼻子，鼻梁上的傷疤令他不適。他的手在那個帶機油汙漬的褲袋裡挖，挖出一個小東西，包了一層印花棉紙。「差點忘了，」他說，「這個妳要嗎？」

我想這樣的包裝裡面可能只是一塊巧克力。打開一看，嚇我一跳，竟然是一枚戒指，戒面是長方的藍寶石，左右各一顆小鑽石，不是了不得的瑰寶，但從眼前這位不修邊幅，形容邋遢的人口袋裡挖出來，還是令我瞠目了一大陣。

我抬起臉。他嘴角動起來。我現在一看他這種笑容就知道他要講自己壞話了。

他說像他這樣品味低下的人，買不出比這顆藍寶石戒指更高雅的訂婚禮物了。

我心想，誰說要跟他訂婚呢？他自作主張要把我下半輩子歸屬到他那兒去呢。而他自己都不知道要歸屬到哪裡。他從德國晃到美國，又晃到上海，晃晃悠悠做了二十五年寄居客，倒想跟我從長計議？我心裡是那樣想，但話還說得蠻漂亮，說我多麼喜歡藍寶石，說它是最樸素、最低調的瑰寶，所以我喜歡它遠超過鑽石。

我現在也能看懂傑克布的笑容。哪一種是在笑我滿口胡扯，哪一種是笑我胡扯扯得動聽，他不相信，但是他愛聽，等等，他看著我把戒指在手指上擺弄，讓八月底的夕陽投射到那一滴海水般的藍石頭裡，臉上就是享受我胡扯的笑容。他可是把我看得太透了，我在唐人街專門挑最大的鑽石試戴，跟表姐們說發了橫財一定來買它的情景，他可沒忘。他用一個月的薪水，逛了所有舊貨店，買下這個戒指，是傾其所有。

「喜歡就好。」他說。

我們往公園外面走。一個猶太難民小男孩上來給我們擦皮鞋，傑克布用德語跟他說了句什麼，男孩看看他，失望地讓開路，傑克布給了他一點零錢。

走到一個街口，又有兩個小男孩上來，都是七、八歲左右，要拉我們去理髮。傑克布跟他們對了幾句話，轉過頭來對我說：「為了全家不餓死，學都不上了，出來掙錢，晚上由父母教他們簡單的功課和希伯來文。物價上漲得太可怕了，難民營有的老人得了腹水。」

他還是老一套，掏出零錢給那兩個男孩。但男孩不放過我們，硬把我們拉到一個新搭的棚子裡。棚子四周插滿色彩鮮豔的紙風車，表示開張大吉。棚子是石棉瓦搭的，支了一個大鐵皮灶，豎著長長的煙囪。灶上坐了四個鐵皮水壺，蒸汽在落山的太陽中成了粉紅的。

早就知道會有這一天，我和傑克布在一起，跟寇恩家的人撞上。日子一久，保不準你最怕撞上的都撞在一塊兒，所有冤家撞在一條窄弄堂裡。

我們走到舟山路時，一個擺雜誌攤的中年男人坐在矮凳子上叫賣。他縮作一團，一巴掌寬的瘦臉上布滿冷汗。破舊的襯衫領口還打著敗色的領帶。

傑克布走上去，買了一份猶太社區報，輕聲和中年男人交談了幾句。我不懂他們的話，但我明白傑克布無非在問他的病情。果然，傑克布跟我說，中年男人得了瘧疾，在八月下旬冷得發抖。

「他剛來上海時辦過一份報紙呢，」傑克布說。「後來倒閉了，他就靠這個書報攤子養家。」

他站起來，回過頭，又長長地看了中年男人一眼。他大概在心裡說：「這個倒楣鬼也可能是我。假如我父母沒在三三年把我帶去美國的話，守著這個書報攤在暑氣裡摟抱著自己禦寒的傢伙也許正是我。我也可能是馬路對面排長隊領每天唯一一餐飯的任何一個倒楣蛋。我更可能是那些被丟在歐洲，陷入了神祕的沉寂的大多數猶太人……」

「你和這人熟嗎？」我問道。

「熟。」傑克布說。

我心想，反正只需三分鐘他就能把這條馬路上任何人變成熟人。

「他也是柏林人。」他把視線從那個中年男人身上慢慢抽回。「我是看著他被病魔、饑餓一點一點吃掉的。能相信嗎？半年前他還在足球場上當過裁判。」

我問他們剛才談了什麼。

他說中年男人問他聽說「終極解決」事端的進展沒有。傑克布笑了一下。這個笑我現在也懂了。它一般發生在他要講一句殘忍的話之前。他說：「他還擔心那個？好像他活得到那一天似的。」

我們走進一家糕點鋪，鋪子後面是個天井，擺開四張小桌，頂上有葡萄架，中央有一口井。這裡是消夏的小天堂，井邊吊下一個個木桶，木桶拉上來，取出冰涼的瓜果、啤酒、汽水。

「聽著，May，」傑克布說。「今天是我們的訂婚日。」

我打斷他，說假如那個戒指是為了昨天夜裡那樁事的補償，大可不必。

他又來了，裝得情場老殺手那樣一笑，說有補償比沒有補償好，不是嗎？

我瞪著他說：「我不要補償！」

他才不生氣，說：「那我要補償。我的肩膀險些就讓那些牙咬穿。」

又是那副可親而討厭的自家表兄模樣。他把你逗急，為的是撈到把你哄好的機會。

我說：「你把我當什麼人？福州路上『鹹肉莊』女人？讓個小毛孩來打發我走！」

他說：「我跟他說，你去叫我太太起床，把她送到渡口去。」他笑嘻嘻的，把傑克布惹生氣不大容易。

接下來的對話我記不清了。大致是那樣的，我們表面在拌嘴，實際上呢，在掩蓋我和他對一個事實的認清，就是我們的關係已經過渡到另一種性質的事實。對話大致是這樣的——

我說：「誰會把太太丟在那個臭哄哄的圈裡？」

他說：「妳們中國話說，嫁雞隨雞，嫁狗隨狗。我住在圈裡，妳只好跟著住。」

「『鹹肉莊』站馬路的都不會跟你去那裡，賣肉的也會挑個好點的地方！」

「別這麼說她們。」

「你跟她們來往過？」

「不是在上海。」

「在哪裡？」

他聳聳肩。

「你真讓我噁心！」

「男孩子很多都是從妓女那兒變成男人的。」

「你髒得像豬！」

「那是人對豬的誤解。其實豬更喜歡在雪白的天鵝絨裡打滾。」

我惡毒地瞪著他，嘴唇繃緊，一鬆口就會朝他傷疤累累的臉啐過去。

「請不要剝奪一隻豬對一隻天鵝愛的權利。」

我繃緊的嘴唇噴出是一個哈哈大笑，連我自己都意外，我的火氣怎麼就被洩了出去。

走出糕點鋪我們步行去劇場。我用不著認路和辨別方向，傑克布走在這一帶駕輕就熟，就像走在他少年時期的柏林鄰區。

愛爾考克區有一座猶太難民的收容所，今天的話劇演出就在那裡舉行。一間巨大的寢室容納了幾百張床，因此就有幾百人相互做室友。現在上下鋪排整齊後，變成了劇場的座位。

這是我第一次參加猶太人的大集會。一個青年男演員走上臺，站在幕前，領誦經文。我轉過臉，悄悄注視傑克布，他微微抬起下頦，雙眼緊閉，不是在聽經文，而是在嗅經文。

誦經結束後，他對我耳語，說他是個不虔誠的猶太教徒，在德國和美國很少去猶太會堂。在上海卻不一樣，他第一次感到跟猶太種族產生了強烈的同胞認同感，也許他感到寄居客必須緊相依偎。寄居者們要靠人多勢眾壯膽，所以他第一次感到如此需要自己的集體。

不止傑克布一人到這裡來壯膽，大多數人都從別人均等的恐懼中找到了安全感。均等的不幸，加在一起，也是溫馨。這樣的集會上，大家熱切交流著各種消息：有一個中國人的祕密組織，正在猶太難民中徵集志願者，逃亡到內地。儘管路途上凶吉未卜，生活環境和文化環境跟上海相比，更難以適應，還是有千餘人悄悄報了名，因為這是唯一能逃出「終極解決」的途徑。

一直到現在，我還清清楚楚記得那天晚上的話劇演出。臺詞是德文的，旁邊豎起的白布簾上打出英文字幕，所以我完全能看懂劇情。彼得母親的朋友（那對開餐館的夫婦）扮演劇中的男女主角，讓你想到納粹有多活該，讓奧地利戲劇損失了這兩顆明星。

傑克布把我的手握在他手中，每到一個精彩片段，我們的手就熱切交流一番。我們的座位是一張上下鋪的上鋪，和我們同坐的一對男女四十來歲，一面看戲一面從一隻扁酒瓶裡呷威士卡。「終極解決」說時遲那時快就要來了，但該喝威士忌還要喝，該看戲還得看。奧地利的話劇明星毫不因為莫測詭異的命運而省一點嗓門，減一點動作。這是一個習慣在末日前照常過活的民族。死亡和災難留下一個個縫隙，他們在其中獨善其身，學十八般手藝。

話劇演完後，傑克布看見了羅恩伯格一家，把我拉過去。我眼睛盯著從後臺走出來的男女主角。一大群人圍住他們，獻的花層層疊疊。女主角走到觀眾席，跟一個女觀眾擁抱起來。那個女觀眾穿著黑色長裙，戴黑色小帽，稍稍一轉臉，我看出那跟彼得一模一樣的側面輪廓。緊接著，彼得的妹妹，父親都從人群裡一一浮現。裝束講究的寇恩家成員在昭示著每一個人，他們有過怎樣輝煌的往昔。彼得晚上在醫院值班。不然所有冤家真的要聚頭了。

我在人群裡東鑽西鑽，怕五米外的寇恩一家發現我。這個難民大營地對我有利，幾百張上下鋪可以障眼，所以他們陪著男女明星往外走時，沒有看見我。

❀

出事就是在話劇上演的夜裡。我原先和彼得約好，十一點他辦公室見面，可我被傑克布絆住，只能讓他空等。回浦東的渡船已經停了，傑克布提議在匯山路一個小客棧住宿。這家客棧的老闆是蘇州人，對猶太難民很照顧，一些剛到的難民還沒租到房子，他提供低價客房，所以德文、英文都能說幾句。老闆用英文說房費漲了，因為所有東西都漲價了。傑克布說那是應該的，米價漲了那麼多，老闆也是天天要吃大米飯的。老闆說哪裡有那麼好的事情，現在天天吃大米粥就是福氣，偶爾還要吃珍珠米粥。一邊說閒話，老闆問道：「有證件嗎？」

傑克布掏出他的假難民身分證時，碰響了他衣袋裡的鑰匙。沒有比這天夜裡更好的機會了。我可以很容易就拿到鑰匙。最遲後天，我和彼得就可以離開上海。

老闆找出許多話來聊天，其實是想細看身分證上模糊的字跡和照片。傑克布抱歉說，洗衣服不當心，證件在肥皂水稍微泡了泡。老闆轉身把身分證放進了櫃檯內一個辦公桌的抽屜裡。

傑克布對我的耳朵悄聲用英文說：「怕我們夜裡偷偷跑了，賴掉房錢。」

老闆聽懂了，笑著說並不怕我們賴賬，而是怕違反日本人剛定的新住店規矩。一旦日本人來查夜，會首先在櫃檯查看住店人的證件。

「常常有猶太難民來住宿？」傑克布問道。看他的樣子他又要熱情搭訕了。

老闆回答了幾句英文。我慢了半拍的理解力翻譯出來的是這樣：對呀，難民營一屋子幾百人，小夫婦們沒法過夫妻生活。老夫婦偶爾也會來的。有時他們住店的錢不夠，他就給他們打很大的折扣。

老闆從一大串鑰匙裡取出一把，尾巴上拴的布條上寫有房間號，又從一個櫃子裡取出兩條毛巾，兩雙木拖鞋，一隻便盆，說：「喏，都消過毒的。」

我們剛要走，他又說：「不過像你們一對這樣，一個是美國人，一個是日本人，我第一次接待。」

我們沒聽明白，請他再講一遍。

他剛說完第二遍，傑克布哈哈大笑，說：「我妻子怎麼惹你了，你要中傷她？把她說成日本人。」

然後他摟緊我的腰，往樓梯的方向走去。

不用告訴你，我再一次作了長長的，大汗淋漓的犧牲。然後我躺在熟睡的傑克布旁邊，感覺到時間在我太陽穴裡敲打，一分一分，微微疼痛地過去了。我一點睡意也沒有，犧牲太大了，把這個傑克布帶到危險的上海，讓他陷在他那些不可告人的危險活動裡，也是犧牲。還有彼得。我的小彼得。不得不去冒囚禁殺頭的危險去偷販盤尼西林，囤糧欺市，多好的一份品行，也給犧牲了，我不成功對得起誰？

傑克布聽見我悄悄起床問我幹嘛。我說我受不了便盆，要去走廊盡頭的廁所。他說當心一點，謹防廁所沒有燈。後面兩個字在他嘴裡含混了，再一聽，呼吸又扯得很長。我站在那裡，黑暗漸漸淡了，又過了一會兒，房間裡傢俱的輪廓浮現出來。傑克布的喘息聲又深又長，氣息從嘴唇吐出時，輕微地爆破一下，類似活門的聲響。世界上竟有如此酣熟的睡眠。下面的一切，我做得近乎完美。就是換了彼得來做，水準也不會更高。

我在走廊辨認傑克布那串鑰匙環上的每一把鑰匙，然後摘下那把半圓形匙頭的。等我把鑰匙輕輕放回傑克布的褲袋，海關大鐘敲了十二下。一樁長達十分鐘的偷竊終於完成。傑克布睡得還是那麼好。我再次走出門，在走廊裡扣好鈕扣，繫上鞋帶。快要到樓梯口時，我用手指把頭髮理整齊，又從皮包裡掏出口紅，抹了抹，一邊在想，這個鐘點抹口紅真不是個東西。

走到櫃檯時，看見守夜的是個年輕男人。我留了張紙條，寫了幾句話給傑克布，大意是告訴他我回家了，怕我繼母擔心我。

我皮包裡剩下的錢只夠付黃包車夫。我不知道心急火燎往家裡奔是奔什麼？也許預兆這東西是存在的，但當時我只想快快回家，快快洗個澡，把麥秸上的一夜，客棧裡的半夜，統統洗下去，把自己再洗成彼得的。不洗，我自己都沒法和自己相處。

那個夜晚是必須清清楚楚告訴你的。那時上海還沒有這麼熱，離現在熱門話題所說的環球暖化還早。所以一九四二年八月三十日的夜風一陣一陣過來時，涼得激人。我到家剛洗了澡，電話鈴就響了。午夜的電話都是不能接的，一接肯定沒好事。果然，世海萬分緊急地請我立刻去找彼得，有個受重傷的垂危的人急需救護。

我問他在哪裡。因為我聽見他的聲音和薩克斯管混在一起。

他在我家附近一個舞廳裡，用的是公用電話，趁著紅男綠女的笑聲把消息傳遞過來。我們的英文對話讓凱薩琳和顧媽聽去，大概是小倆口的無聊鬥氣。

我說我瘋了嗎？半夜十二點去把彼得叫出來。

接下去溫世海拿出了另一種腔調。他說彼得不敢不救這個人，因為他就是盤尼西林的買主。彼得從他手裡賺過多少錢，好幾個人都清楚。

我說他小小年紀學會耍流氓，搞訛詐算什麼抗日好漢?!

我把電話一掛就上樓睡覺去了。五分鐘左右，我臥室的窗戶被一顆小石子擊了一記。我怕凱薩琳和顧媽聽見，在第二顆小石子打上來的時候，匆匆套上衣服。

溫世海一見我便用英文說：「May 姐姐，妳不願被牽連進去，就把彼得‧寇恩家的地址告訴我好了。」

「你去見鬼！我怕什麼牽連？你不是早就牽連了我?!」我的美國平民英文又快又倍，揭他的短：「曾經把抗日宣傳品藏在我的陽傘裡，又在吃不消拷打時把我介紹給了日本憲兵。」

「我們是迫不得已來求助妳的。」

這時我才看見馬路對面還站著一個人，身後停著兩輛黃包車，車夫當然是他們的同志。我從也得從，不從也得從。

「你們為什麼不送他去急救室？任何醫院都有急救室！」

「如果能送他去急救室，我會來這裡求妳嗎？」

「你這是求？你在綁架我！」

「那是妳的理解。」

我只好跟他們一塊兒往虹口去。兩輛黃包車開始飛奔，溫家小少爺坐在我左邊，眼睛看著我。好像說只要我狗膽夠大，敢跳車，他會露出好漢本色，對我拔出手槍。

快要到外白渡橋了，世海把手槍往身子下面的坐墊裡一塞，伸手摟住我的腰。日本兵搜身時，世海和他那位同志的鞠躬和日語都非常正宗。日本人眼裡，我們一行無非是上海灘的紈褲男女，對此類男女，英國美國德國法國日本，都可以做我們的主，誰來了誰去了都不礙我們的事，一樣的夜夜笙簫。

過了橋我們的英文對話又續起來。他說這個傷患是日方通緝的新四軍軍官，在上海領導地下黨為新四軍搞募捐，買藥、買兵工設備。十點左右他們正從蘇州河起航，被鬼子的巡邏艇發現。犧牲了兩個新四軍，那個軍官也負了重傷，但在幾個同志掩護下逃了出來。兩船的藥品和槍械修理機床，以及一些初步實驗成功的特殊武器，落到了敵人手裡。局勢非常嚴重，也許緊接著而來的是全城範圍的大搜查，因為日本人發現居然有人在上海開抗日兵工廠。

「這事傑克布知道嗎？」我問。

「我們找不著他。」世海答道。

整個事端在我腦子裡出現了頭緒。溫世海這個小抗日好漢把傑克布拉入了抗日武器的祕密製造。他們用了猶太難民的精華，比如羅恩伯格的技術發明，艾德勒的社交周旋能力，把相當先進的軍工產品輸送給了抗日力量。所以下面我不是用提問而是用推斷把細節偵察出來的。

「那種燃燒油膏做的燃燒彈摧毀力很有限。」我說。

「如果一個班的鬼子在睡覺，扔一顆進去，能燒傷一多半。」他說。

「主要是燒倉庫、停泊的飛機，比較好用。」我說。

「那倒不見得。襲擊火車、運士兵和軍械的卡車，都很好用。」他說。

我心想，原來傑克布整天就在忙這個。

「羅恩伯格在你爹地的公司搞出這項發明，看來是間接地反法西斯了。」

「羅恩伯格和我爹地都不知道他們的產品派了什麼用場。」

「真不知道？」

「我爹地是真不知道。羅恩伯格是不願意知道。所以請妳幫著隱瞞。」

「我也不願意知道，所以等於不知道。」

溫少爺呵呵地樂，一派久違的頑童慼出來了。藉著路燈一看，他上下眼皮那些未老先衰的皺折全沒了。過去他只是沒找到有勁的事做，才會沒長大先長老。

凌晨的路好走，我們很快已經到了彼得家的弄堂口。

溫世海把煙紙店的窗子敲開，說是要付雙倍的錢打電話。

我撥通了彼得家房東的電話號碼，用英文堵住他的囉嗦，請他務必叫彼得・寇恩來聽電話。三分鐘後，睡意朦朧的彼得來了。

我說：「聽著，彼得，我被綁架了。」

「什麼?!」他下了夜班，剛睡了一小時，一定以為噩夢成真。

「你馬上到弄堂口來。」

「……要我給巡捕房打電話嗎？」

彼得呀彼得，這種時刻還向我討主張。

「你到弄堂口來，什麼都解決了。」

「因為把槍口頂在我脊梁上的是溫世海。他們需要你的救護。」

「……為什麼？」

「……傷在哪裡?!」

我看了一眼世海，他飛快地指指肝部。我對著電話筒說：「肝。」

「叫他把能堵塞上去的東西立刻堵塞！襯衫、棉衣裡抽出的棉花什麼的，壓住！以免失血過多！我這就下來！……」

我鼻腔酸脹，兩眼淚水滾燙：彼得這麼在乎我。他上了鉤，就因為在乎我。

世海的那個同志始終沒吭過一聲，此時說：「你倆別動！」他不是本地人，聽上去帶常州口音。看不清他的年紀，但從他動作的敏捷程度看，慣於非俠即盜的生活。他橫著身曲著腿，緊貼樓房的一溜門洞跑過去，跑得比我這樣的人正常短跑還快。然後，他脊梁貼在彼得家門洞的旁邊，身體貼得又薄又扁，都貼沒了。他兩手都拿著手槍，槍口一枝明一枝暗，明的對準即將出現的彼得，暗的把可能發生的突變都罩在裡面。

我和溫世海等在弄堂口的黑影裡。世海那枝槍對著我。我耳語說他別一慌神走了火，真把我斃了。他耳語安慰我說不會的，槍保險關著呢。

門一響，彼得走出來，正在愣神，雙槍大俠已把右手的手槍抵在他後腰上。我在黑影裡看得清清楚楚，彼得的雙手飛快地舉過頭。

我用上海話罵了溫世海一句：「下作坯，求人家救命動槍做啥?!」

我的一聲罵讓那位大俠火了，一枝槍口馬上指向我。

彼得兩手舉在耳邊，頭半耷拉著。他已明白溫世海並沒有受傷，而他們挾持我和他，想必有更危險的目的。

他們把我們押到里弄口，我還是跟世海乘一輛黃包車，彼得旁邊坐著那個雙槍好漢。車跑起來後，世海的手在口袋裡弄出一聲響。是金屬的碰擊聲。我用英文問他：「你在幹什麼?!」

「沒幹什麼。關上手槍保險。」

我用鼻子笑了一聲。

我笑得他不自在了，解釋說不是他不信任我，而是他們同志之間也不敢完全信任。現在他真的把槍保險關上了。

也就是說，剛才在弄堂口，他對準我的槍口，果真臥了一顆充滿殺機的子彈。假如我朝還沒出門的彼得喊了一句：「別出來，這是個圈套！……」那顆子彈也許已經在我正冷卻的身體裡了。世界上剎那間轉變的敵與友、親與仇、生與死還少嗎？三八年十一月，那個猶太青年在法國向德國領事開槍的剎那，給了希特勒完美的口實，導致了「水晶之夜」的大迫害。溫家小少爺的一顆子彈，險些劃時代地改變了我們的親、仇關係。

到了畢勳路，我看見一輛馬車停在猶太醫院門外不遠處。車廂裡跳下一個人，動作麻利地把另一個人抱下來。彼得動作也飛快，上去就用手搭那人的脈搏，檢查他的槍傷。

他對溫世海說：「要手術。我沒辦法手術。沒有執照。」

溫世海跟那個雙槍大俠小聲嘀咕了一句，又回過頭對彼得用英文說：「有沒有執照我們不在乎。」

彼得說：「我在乎。沒有執照，就是技術不過關。」

溫世海又從大俠那裡討來了指示：「過不過關都得做。」

然後彼得改口說了一句德語。世海猶豫了一下，讓彼得再說一遍。他聽德語的時候臉朝彼得的方向偏斜，似乎這樣就可以離理解力近一些。彼得又說了一遍，放慢了速度，加強了重音。世海的回答簡短而肯定：「好的。」或者：「是的。」

門鈴被按響了。門房是個中國漢子，把門上的一個小方洞打開，問道：「啥人啊？……」雙槍大俠右手的手槍已經捅進那個方洞。常州話被他一說，毫不軟懦：「出一聲就打死你！」

大門被拉開，常州人先進去把門房綁了，嘴塞住，又蒙了眼，然後把我們放進去。穿過冬青樹通道，就是主樓。樓上只有每層的醫護值班室亮著燈。雖然在槍口的逼視下，彼得依然冷靜地向這一行人打手勢，讓他們閉住嘴，放輕腳步。

就在我們進入一扇大門之前，彼得站住了，再一次用德語問了世海一句話。和先前相同的那句話。

溫世海這次是用德語回答他的。兩人達成了什麼協定。

彼得輕輕地推開門，下巴向裡面一擺。人們一點聲響也沒有，飛快地沿著走廊小跑。

我趕到彼得旁邊，拉住他的手。他看了我一眼。這樣就好了許多。我們非得這樣定定神，壓壓驚。

手術室在一樓，門是無法開的。常州口音的抗日志士向那個架扶傷患的悄聲交待了一句，那人把傷患往世海肩上一靠，就出去了。不一會兒，我們聽見側面的窗子輕輕響了一下。門從裡面打開了。彼得立刻說：「不要開燈。」

走進手術室，彼得從門邊一個掛衣架上取下一支巨大的手電筒。掛衣架上有七、八支同樣的手電筒，是為了常常發生的斷電準備的。他輕聲指示道，為了手術不被打擾，只能用手電筒的光源，所以每個人都必須做他的無影燈架。只要一開燈，馬上會引來值夜班的醫生或護士。

彼得突然又想起一件事，說：「沒有麻醉師，手術還是做不了。」溫世海把話翻譯過去，雙槍大俠一口常州土話，叫彼得少找藉口。

彼得說麻醉弄不好會出性命。

傷患突然開口了，說：「出了性命再說。」他基本沒有聲音，就剩下氣。

彼得仍說他不敢做。常州人說：「你有意拖時間！做盤尼西林的地下買賣，你膽子大得很啊！」他的槍朝上升了升，槍口和彼得的太陽穴平齊。

彼得從櫃子裡取出消毒手術大褂，讓每個人都穿上。然後他讓每個人都去洗手，戴上膠皮手套。

雙槍大俠就像沒聽見，仍然握著雙槍，槍口仍然把彼得和我照看得很緊。

彼得問我能不能替他遞工具。我有什麼辦法？只能點點頭。他把刀、鉗、鑷子、剪刀……的名稱一樣樣告訴我，說：「親愛的，用力氣記，會記住的。」

手術在三支手電筒的照射下開始。痲醉，切口，止血。彼得的手很忙，卻不亂，不時說：「燈光近一點！左邊！右邊！」我一手拿手電筒，另一隻手還要給他遞工具。有時我兩隻手弄錯，把手電筒遞給他。他也不吱聲，自己伸手在工具盤裡飛快地揀出他要的工具。

手術室是一間大屋，中間拉了一塊白布簾，大約以此來隔開另一張手術床。

我舉手電筒的胳膊開始還覺得累、酸，漸漸就好了，完全失去了知覺，化成了那支巨大手電筒的支架。

直到最後一針縫合，我都沒感覺自己只換了一隻手術鞋，另一隻腳仍穿著半高跟涼鞋。整個手術有兩個多小時，我始終這麼一腳高一腳低地站著。

彼得把兩支血淋淋的手套摘下來，然後到各個櫃子裡去找消炎藥。但一顆藥也沒找著。他想到布簾子的那一邊，說不定會有個藥櫃。

剛一拉開布簾，就聽見木板撞擊的聲音。雙槍大俠在我們沒反應過來的時候已經衝到了一個壁櫥前面，同時槍聲響了。彼得一把攔住我。我朝他轉過臉。

彼得的大眼睛在手術帽和口罩之間大得離奇。

持雙槍的常州人自己也愣了。他的槍射出子彈就像猛獸的撲和咬一樣，純屬條件反射，他對此也沒辦法。我們的耳朵在剎那間恢復了聽覺，聽見被擊中的人在低聲嗷嗷叫。

所有人迅速架著傷號往外撤。彼得兩隻大眼睛瞪著我。我的頭向布簾的方向一挑，說：「快去看看！」

他不動。

常州人又跑回來，看著我們。突然，他一揮槍把，打在彼得頭上。他用嫌煩的口氣耳語說：「不要躲呀！……」

彼得不懂他的意思，我突然懂了，低聲對他說：「他在幫你，讓你脫開干係。」

彼得明白了，又往常州人跟前湊了湊，希望這回能給他個好些的角度。

常州人揮起槍把就往彼得頭上砍，彼得被打得退了好幾步。

好了，見血了。一道血注從彼得的手術帽下面流出來。

彼得對我說：「妳跟他們一塊兒走！」

「你呢？」我說。

他指指壁櫥的方向，那裡的號叫成了呻吟。我說我等他。他說難道我還嫌他的麻煩不夠大？

我鬆開他血跡斑斑的衣袖，用力看他一眼，跟著常州人跑出去。剛剛跑出醫院，就看見一輛送魚到市場的板車過去。早晨就要來了。不久馬桶車、牛奶車都要出動。

我看著那輛載著傷患和抗日志士的馬車走遠。城市在清晨是淡灰色的。我孤零零走在馬路上，漫無目的走了幾個街口，又匆匆地走回去。我都不知道這樣胡亂走動是為了驅蚊子還是為了等待彼得。

醫院對面有一家麵包店，老遠就聞到熱哄哄的烘麵包氣味。我一文不名，憑著還算像樣的穿戴走進去，要了一杯涼開水。我發現十個指尖都在抖，腿肚子繃成了兩個鐵陀。我不斷向站櫃臺的俄國小夥子打聽時間，他也沒有手錶，必須到後面的作坊去替我看鐘。就在他第七次或第八次去後面看鐘的時候，我看見彼得從醫院出來了。

他貼著繃帶的臉向我轉過來。這是早上五點多鐘，但夜色還沒褪盡，他的臉和繃帶白得刺眼。我朝他跑過去。

我們一句話也沒有，一門心思往前走。走了十來分鐘，我伸出手，想去握彼得的手，他觸電似的渾身一抽。他轉過臉，似乎剛發現他身邊不是空的，有個女人，是與他親近之極的一個女人。我可憐的彼得，居然魂飛魄散。

我問中了雙槍大俠子彈的人傷勢如何。他說傷得非常重。

「那人的槍法真夠準的。」

「沒錯，夠準的。那一槍打在哪裡？」

「打穿了動脈。」

「他怎麼會在手術室裡過夜？」

「哦，一個清潔工，最後一個手術做完，他清掃過後，太晚了，偷偷留下來，睡在長椅子上。我們進了手術室就把他的出路給堵住了，他撤到後面，拉上了簾子，以為可以躲過去。」

我問：「那他聽見外面做手術的整個過程了？」

我站住腳，彼得已經走出去好幾步，才發現身邊空了，猛地站下來，回頭來找我。

「彼得！……」我驚恐地看著他。清潔工一定聽見了常州人的話——他用什麼脅迫彼得就範的。

「妳怎麼了？」彼得心力交瘁地看著我。

「你為新四軍走私盤尼西林的事，他會告訴別人嗎？」

彼得聳聳肩。他無能為力，或者聽天由命。

我記得那時我們已經完成了去澳門的一切打點，該付的錢付了，該買通的人買通了。我和彼得在畢勳路口告辭，還有一些事情要去分頭準備。我必須馬上去外灘一號的中法銀行取出傑克布保險箱裡的護照，彼得要去收回投機大米的一筆錢款。我們將在無邊自由（但亦是無邊未知）的將來漂游，錢是唯一的救生圈。彼得在說到錢的時候，臉上有一種饑餓，鼻孔略略撐大，嘴唇繃得很薄。只有在這個時候，你才會注意到他的喉結有多麼大，多麼尖。曾經打球、騎馬，把他的脖子塑造得很美，幾乎和頭顱一樣粗細，而現在肌肉萎縮了，喉結頂起薄薄的皮膚，讓你誤以為他從小到大都營養不良。

到外灘一號等了兩個多小時，銀行才開門。我把鑰匙交給一個五十多歲的職員。他請我稍等幾分鐘，他去把保險箱抱出來。我開鎖時，發現他不知回避到哪裡去了。保險箱塞得又亂又滿：兩件我見過的男性首飾，純金的領帶夾和一對鑲小鑽石的袖釦是傑克布祖父的遺物。然後就是一堆名片，一搭發黃的照片，祖祖輩輩寄居全世界各地的紀錄都在這些照片上。我送給他的一套犀牛角梳子也被保險地收藏在這裡。這個保險箱像世道一樣亂，我趁亂把護照拿走，大概連他自己都不會發現。

我離開銀行，走進八月底的上海。傑克布的護照封面有一點潮，似乎剛剛還挨著他出汗的胸口。

我從小皮包裡抽出手。手指頭有種奇特的空虛。那個戒指呢？小皮包裡面零碎不少，我兜底翻檢了幾遍，什麼也沒找到。手術的時候我的手指什麼感覺？也是空的。後來呢？我跟彼得最後握了握手，那時候手指頭上絕對沒有戒指……

我不知怎樣把自己塞上了一部開往虹口的電車。一車上班、上工、投機倒把做生意、當差跑腿的人都給擠得奇形怪狀。戒指只能是丟在小客棧的房間裡了。

匯山路的小客棧還在睡懶覺。昨天見過的店主在櫃檯後面看《申報》，手裡拿著個蒼蠅拍子。他一見我，嘴猛一張。我知道這一夜的驚魂未定都留在我的臉容上。

「艾德勒先生大概還在睡……」老闆說，「沒有看見他出來。」

我一邊請早安一邊往樓梯的方向走。他還禮的話還未落音我已經上了樓梯。

傑克布已經走了。毯子亂七八糟，木拖板東一隻西一隻。他一定走得很急。是知道那個新四軍軍官受傷和兩隻裝著他工廠產品的船落入日本人之手的消息之後走的。傑克布這時候會在哪裡？在浦東？該轉移的要轉移，該藏的要藏，夠他忙的。

我在枕頭下面找到了戒指。昨夜我是否在上床時摘下了它？一點記憶也沒有了。你肯定聽說過佛洛伊德的「記憶的防禦性」？人的記憶有一種防禦功能，它會把不愉快的記憶過濾出去。

房間還有一股傑克布的氣味。為了和我約會，他往身上灑了過量的「克隆4711」。所以你能嗅出昨夜在此留宿的是個花花公子。

浪子和他的女人在這床上纏綿了小半夜。在他心目中，那小半夜已載入他的私密史冊。之後，他東渡黃浦，投入大行動去了。

我下樓時想，昨天晚上是我今生最後一次見傑克布。這想法把我定在一級樓梯上。不知什麼東西發出「嘩啦」一聲響，嚇了我一跳。是報紙翻動時那種特有的刺耳聲響。

老闆從《申報》上露出梳得油亮的分頭和笑眯眯的眼睛。

「這裡也能叫咖啡的。要送到儂房間去嗎？」老闆說。

我說謝謝了，我丈夫已經去公司上班了。

他問我是否要結賬。我說帶的錢不夠，能否用物件抵押。一顆藍寶石戒指玎玲一響，落在木質櫃檯上。老闆的雙手趕緊一擋。

「No, no, no，請儂收起來。我店裡不能扣押任何值銅鈿的物什。我可以等的，不要緊，儂啥辰光有鈔票啥辰光送來好了。不急的，噢。」

我知道我的臉紅透了。老闆已經回到報紙後面，只讓我看他筆直的頭路兩側，雪白的髮根已經在漆黑的頭髮下面露出。是個不年輕的老闆。小心翼翼經營一個客棧，每天有多少像我和傑克布這樣的人要應付，稍不當心，就會讓全家淹沒在糧荒中。

我跟老闆又道了一句謝，說一定會在天黑之前把房錢送過來。老闆說他相信猶太人和猶太人的太太，又連說了幾聲「不急的，噢」。

從虹口步行回家，看見凱薩琳一身正裝，長旗袍、高跟鞋，頭髮高高挽起，正在招待一家杭州人看房子。一看就知道這是杭州鄉下的富豪，「有錢不如砌在屋上，有金子不如鑲在牙上」的那種土財主。一家子從老太爺到老太太，再到少爺少奶奶，陣勢龐大，把我這個房主擠得沒處立足。老太太和少奶奶們都是渾身珠寶，像一個個移動的微型首飾店。他們用鄉土音很重的話，批評地板太老，玻璃窗太多——冬天會多冷啊？生炭火盆會多費炭啊？……

我走到凱薩琳身邊，問她能不能給我一些錢，我有急用。

她馬上抹去自己一個溫婉笑容，把一張愁苦的臉轉向我，說：「要多少錢？」

「隨便。」我說。

「妳稍微等等。他們走了再講，好嗎？」

她的臉越來越發愁苦。現在這所房子裡的三個女人，一提到錢就是這副愁苦面容。

賣房子的錢還沒到手，大家已經把它給花透支了：有一份給我，其餘的凱薩琳要買一套石庫門房，還要給我父親帶一筆錢到重慶去，為他治病買藥。最後，要留一小筆錢給顧媽（這是在我的堅持下做出的決議）。

鄉村富豪一家轟轟隆隆地走上樓梯。老太太批評樓梯的每一格太陡，得一步一步伸長腿——「誰有那麼長的腿呀？又不是鷺鷥！」

少爺說：「這房子是洋人蓋的，洋人的腿不就跟鷺鷥一樣嗎？」

「搬進來把樓梯重新做好了。」少奶奶說。少奶奶是批評最少的，大概看在離此地不遠的小都會舞廳和大滬舞廳的面上。這些進了城的少爺少奶奶都會惡補大都市的功課，各種娛樂場所都看得見他們。

老太爺問凱薩琳，房子是什麼時候造的。

凱薩琳微笑著說她不清楚。她的樣子像靜安廟會貨攤上賣繡品的女子，出頭露面做生意是迫不得已，因此羞怯得很。

我說：「一八九九年蓋的。門口的臺階下面，有塊磚上刻了年月日，就是房子落成的日子。」

凱薩琳鋒利的目光向我一刮，劃痛了我。

老太爺說：「哦喲，這座房子高壽哦！」

我這才知道自己嘴快，又幫著買方降了降價。我們賣房的廣告登出去很久了，買主都像是看透我們的經濟窘迫，迫不及待等錢用，一個比一個壓價壓得兇狠。上海現在肯出好價錢買房的只有三種人：從淪陷區逃難來的富豪，黑道人物，日本人。黑道人物看不上我們這樣的老舊失修、面積窄小的洋房；闊氣點的鄉村富豪講究門面，也看不上它；日本人呢，我們是不賣的。他們在中國占了太多也毀了太多，我們這一小方土地，就不跟他們客氣了。所以先後來的幾家日本人，都被告知已經有買主在商議價錢了。

鄉村老財主一家看見樓上書房放著的一個鉛桶。

「漏雨漏得蠻厲害。」少爺說。

凱薩琳說還好還好，屋頂上的排水管剛換過，大概被什麼東西堵住了。

「瓦太老了。雨大風大，把碎瓦沖到水管裡，水就流不出去了。」少爺說。「換換瓦要不少鈔票的！」

他們每個批評都把房價往下降一截。一個小時不到，房價眼看落了三成。三位伯父買下的一小方國土消失起來多麼快。

四世同堂的買主一出去，凱薩琳就對我說，父親已經到達重慶，住進了醫院，馬上就要把錢給他帶過去。

書房裡所有的書籍、文稿都從書架上進入了紙箱裡。凱薩琳和顧媽一定熬夜完成了這樁工作。一部分書籍要賣掉，另一部分將寄放在凱薩琳父母家，墊箱子墊床腿，或者放在閣樓上讓老鼠磨牙。

她說：「妳『大的』會責怪我的！一定要怪我不攔住妳，讓妳在外面過夜！」

我說：「我會跟他講清楚的。」

「兵荒馬亂的，妳電話打一個回來也好啊。馬路對過那家鄰居太太問過我，到底儂結過婚沒有，總是看到妳夜裡很晚出門……」

我給了她一個她熟悉的"shut up"眼神。

「隨妳便。妳老大人了，我管也管得苦死，儂聽也聽得苦死，現在好了，房子要賣了，大家各管各。」

我把巴掌往她面前一伸：「鈔票給我。」

「啥鈔票?!」

「妳剛才叫我等等，等買房子的人走了再給我鈔票……」

「我哪裡來鈔票?就是今天把房子賣掉，總不見得人家今天就把鈔票數給我！」

能使凱薩琳和我之間一剎那轉變敵友關係的就是鈔票這東西。任何時候只要這東西介入，你發現她面前早就豎起森嚴的城牆，劍拔弩張，把你矮矮地置於牆下，把你變成徒勞的攻城者。讓我火大的是，我從來沒想要攻她這座城。或者說，她從來看不出我赤手空拳，滿心懵懂，怎麼就值得她那樣森嚴防禦。

我一句話也不說，從她的城牆下掉頭便走。我從櫃子裡翻出兩件衣服，用絲巾把它們包好，飛快地下樓去。我的腳步聲在凱薩琳聽來，一定是撤軍的鼓聲。

這回我典當的是我僅有的實用衣服：兩件質地精良的羊毛衣。它們應該能值點錢，至少夠我去匯山路的客棧把傑克布的聲響贖回來。

我把兩件毛衣放在當鋪的櫃檯上。這是跑馬廳附近的一家小當鋪，玩賭馬的人瘋起來什麼都當。店員裡外翻動著一件黑色、一件米色的細羊毛衣，沒挑出毛病，然後便唱戲似的把羊毛衣的質料、新舊程度、顏色一一報給裡屋的賬房。唱到"Made in Italy"，我心裡一抖。不久後，一雙陌生的手會翻弄著毛衣後脖領上的商標，兩束來自陌生眼睛的目光照射在上面，頓時熱了：「哎呀，義大利貨呢！」正像一年前，我跟表姐們逛三藩市富人區的「聯合街」時，在一家舊貨店發現這兩件義大利舊貨。當這兩件從屬過多位主人的毛衣包裹住一具或老或少的陌生身體時，我會在哪裡？和彼得在遠洋輪的甲板上，脊背朝著葡萄牙臉朝著紐約？或者更走運些，已經成功登上了新大陸，住進了曼哈頓或皇后區的小公寓？……等那或老或少的陌生身體把它們穿舊，肘部磨薄，袖口脫線，終於不得不把它們拆整為零時，我已經是另外一個人，叫另外一個名字。跟現在這個叫 May 的人，以及和這個名字相連的人物、事物早就斷清了。

當鋪店員終於發現了一點美中不足：米色毛衣領口的一粒小鈕扣線鬆了。這是微不足道的瑕疵，我一分鐘就能補救。店員卻說那可不一樣，用其他線來釘牢這粒鈕扣就會暴露它有多麼舊。他紅口白牙又把可憐的價錢殺下去兩成。

我沒時間和精力爭什麼。梅辛格和日本占領軍的「終極解決方案」正在最後完備每個細節。明天晚上，一艘前往澳門的船就要啟航，那上面必須要有我和彼得。我要讓梅辛格刀下留人，哪怕只留下一個彼得。我對店員說：「你說值幾錙就值幾錙。」

我口袋裡揣著當鋪裡來的錢，急匆匆穿過人群。上海到處都是人群，你慌他不慌，沒錢卻有的是時間。人群是在等跑馬場開門。許多錫克大包頭在禮帽和草帽以及千般百種的仕女帽上面浮動，不時轉動方向，或急或緩，看看有誰在趁亂幹見不得人的事：賣走私品、拐帶小孩、手伸進別人口袋或伸到女人身上……上海是這麼個大地方：視平線之下，無數見不得人的事在發生，難怪各國商團和宗教界為這個城市的道德行為操守碎心。曾經各租界的聯防軍動不動就要在跑馬廳大操演，給視平線以下的活動者們看看顏色。

從人群中穿出來，我握在鈔票上的手發潮了。顧媽在我十二歲時就教過我：「碰到人多的時候，誰碰痛妳都不要去管它，不要去張望，因為妳一張望，或者尋兩句相罵，錢就到人家手裡了。」

我跳上靜安寺至虹口靶子場的電車，過了外白渡橋就跳下車，然後蹬著兩隻半高跟小跑。跑什麼？我不清楚。急於讓客棧老闆收到房錢，早一點打消對傑克布（以及猶太人）品行的疑惑？踏進那家小客棧，老闆正在門口打蒼蠅，我把錢交給了他，他馬上把傑克布的假身分證還給我。老闆說：「再來噢。以後手裡不寬裕，也沒關係，房錢好說，噢？」

我臉紅了。

謝天謝地，幸虧這輩子替傑克布收拾此類尷尬殘局的人不是我。往回走時我又想，還不知是哪個女人，將會長久地跟在傑克布・艾德勒後面，還這種或那種債務。

太陽雖然在雲層裡，卻不妨礙它升溫。我沿著滙山路往回走，黃包車夫們在我身邊慢下來，看不到希望，又快步離去。外白渡橋下一聲聲船鳴。我突然記起客棧老闆最後的告辭：

「再來噢！……」

不是再見，而且「再來」。

那是一家不錯的客棧，但老闆不會看見我「再來」了。

我走到橋中間，一個年輕男人從後面超上來，然後在離我五、六步遠的地方轉過身，接下去就飛快地倒退著走。非得職業攝影師才能倒退著走得那麼快。他笑著說：「密司，我給妳照張相吧！」快門和他的話一齊落音。

我愣住了。

他說：「笑一笑！……我跟了妳一陣子，……我特別喜歡照相！……我不是壞人！」

他最後這句自我介紹讓我笑起來。我們倆之間的壞人是我。我懷揣著陰謀和竊取到的他人護照，準備消失到一個永久的陰謀中去。這是一個陰謀者消失前的最後一個形象。

「我真的不是壞人！」他一再地闡明。

我又笑起來。他要知道我是個壞人會不會掉頭就逃？

「我以為妳不會笑。妳是我看到的最憂悒的人。」攝影師由於我會笑而大為驚喜。「我就是特別喜歡照相，沒別的意思。假如妳有空，我可以給妳看看我照的相片。就在我的摩托車上放著。」他指了一下橋的那邊。

他看起來有的是「空」。包羅萬象的大上海，也包羅著這樣獵取圖像、形象的公子哥。我喪魂落魄的形象，無可挽回地成了他的獵物。

一九四二年八月三十日的上午，某個玩攝影的公子哥無意中跟蹤，獵取了一個年輕女人的形象，作為May（玫）的最後一個形象。這可是了不得的一天，所有的陰謀，大大小小，都在雲層裡水波裡彈膛裡腦海裡煨煮，一點點煮到火候；一切都在趨向開鍋。

我向攝影師道了歉，向西走去。

❀

凱薩琳說傑克布來過電話。我馬上在門口呆住。一隻腳翹起，兩手正在脫鞋。

「他電話裡說什麼了？」我問。但同時心裡苦笑，說什麼凱薩琳的英文程度也懂不了。

「沒講啥。」

至少講了他還活著，我心裡說，那隻翹著的腳落在地板上。顧媽在廚房裡做午飯，泡飯溢出又焦糊的氣味滿房子都是。自從她知道這房子裡的三口人都要走上不歸路，焦糊泡飯的氣味常常從廚房冒出來。

剩下的時間，我全部用來清理東西。能給顧媽的我都給她了，除了夜禮服之外，她也都接受下來。從十二歲到現在有多少東西要處理？有多少東西不能落入陌生人之手？每一張紙片都要仔細閱讀，我不能讓陌生人知道我仇恨過父親、凱薩琳、凱薩琳的父母。我也不能讓陌生人知道從十二歲到十八歲的暗戀：那些中國法國美國英國的電影銀幕上的男子。當然，還有一次次無後果的情書互遞、生日祝賀……沒有一件東西不是證據，不需要毀滅。我理解英國人美國人撤離之前，全上海的黑夜裡那一蓬蓬焚燒證據的大火。

把該燒的燒完，我突然想到，傑克布這一會兒回來我該怎麼辦。他若回來晚一步，發現再也找不到我，會怎麼辦？……顧媽把一堆灰燼裝進鉛桶，每彎一次腰或曲一次膝都發出關節炸裂的聲響。她留在都市，或回到鄉下，這樣「劈劈啪啪」地還能賣多久苦力？……什麼叫做「惶惶不可終日」？那天的我就是最好的寫照。

直到車子在菲力浦家門口停下，我才意識到，自己是打著造訪的幌子來探消息的。或許從羅恩伯格那裡，會有關於傑克布和浦東工廠的消息傳到溫家。

溫家的女傭告訴我，主人們都去龍華殯儀館了，因為世海少爺死了。傭人沒有跟我談下去的意願，馬上就要關門。

我抵住門，不讓她關。我記得女傭中有一個是世海的乳娘。

「什麼時候死的？」

「不清爽。」

「怎麼死的？」

「日本人打死的。昨天把屍首從浦東運到殯儀館的。」傭人眼圈紅了。

我趕緊轉身，走去。這位女傭一定是世海的乳娘。我怕她當著我「哇」一聲哭嚎起來。

我心裡還不亂還不吵鬧嗎？

傑克布怎麼也該打個電話給我啊。我坐臥不寧，幾次出現幻聽，聽到電話鈴響起。實在沒什麼可收拾的了。我關上了兩隻皮箱，全身壓上去，才把鎖扣住。

房子裡都搬空了。凱薩琳還是能幹的，把傢俱寄賣行的人請來，估了價，半天就把這個家搬成了空殼。這裡那裡還有些漏到毀滅之外的小物什：一根少年時代的髮帶，一顆找了幾年的水晶鈕扣，兩張我作弊藏在地板縫裡的撲克牌……每個年齡都留了一點什麼證據，真是沒辦法，一所老宅子都不肯輕易忘卻，不肯輕易另外從人。

這時電話鈴響起來。一聽是彼得，我大失所望，一直牽掛的並不是這個彼得呀。彼得有一生夠我去牽掛呀。

「晚上有事嗎？」他問我。

「嗯……」

「去放鬆放鬆。說實話，我還沒有見過真正的上海。我馬上來接妳出去。」

彼得不管我的反應有多消極，決定要在告別上海的前夜做一回上海人。他也累夠了，勤勉夠了，乖夠了，稍微壞一壞，不枉來一回上海。

他的臉雖然是那種疲勞過度、長期熬夜的人特有的蒼白，那種冷調的白，但他神采飛揚，動作過猛，發射著神經質的能量。有點像傑克布在設想一項大計畫，或思考一個抽象大主題，比如「迫害」時的狀態。

我們先去國際飯店吃晚飯。走到樓下，彼得猶豫了。花這麼大一筆錢吃晚飯，他下不了手。我自告奮勇，帶他到了福州路上的得和館，讓他吃一次上海本幫菜。福州路上的館子我和傑克布常來吃。得和館的老跑堂眼尖，馬上上來招呼，管彼得叫「艾先生」。

彼得問我「艾先生」是什麼意思。

我說就是傑克布・艾德勒。彼得不過是提前一天做了「艾先生」。

彼得問我是否和傑克布常來這裡。我說來過兩、三次。他失神了，玩味著我一手操辦的這樁掉包計到底有多麼不堪細察。細察的話，這個考究的菜館沒有一碟菜你敢吃。一旦有了新名字、新身分，我們會自新的。自新的我們，會對新身分的來由失憶，或者，當一個玩笑，偶然提及。新身分下的我們有多少新的事物去忙？安家立業，置房產，選傢俱，生孩子……

「彼得，我們的第一件家當是什麼，你還記得嗎？」

我要轉移他的神思，讓他浪漫起來。為了浪漫，一切犧牲都情有可原。

他微微一笑。

「為了把它裝進皮箱，我把許多衣服都扔出去了。」

他「嗯」了一聲。

看來他不明白我在說什麼。

「我是說你祖母為你做的那條床罩。我們倆的第一件家當，對不對？」

現在我也覺得浪漫是件挺吃力的事。它像是舞蹈，長期不練，就失去了自如和自在，再想輕歌曼舞，只能是造作和窘迫。

這時彼得跟我說，他要去打個電話。館子的電話在櫃檯上，而我們坐得離櫃檯不遠，所以我聽他吃力地用上海話跟對方講著數字。最後終於講不下去了，向我求援。

他用一隻手捂住話筒，把談話主旨告訴了我。最後一批大米還沒賣出去，他要這人在賣出去之後把錢交給他的父親。

我按他的意思把話傳過去。那邊的人說：「請你問問寇恩先生，仲介人要提成兩成半，漲了一成，怎麼辦？」

彼得一聽，拿過話筒，用黃了調的上海話說：「甩掉仲介人，跟店家直接接上頭了，我們不需要他了。」

我們回到餐桌上，彼得對我說：「我們走了之後，家裡還有一點收入。」

菜上來了，我向跑堂要了一副刀叉。老跑堂話多，把刀叉擺上來時，用洋涇濱英文說：「艾先生會用筷子的呀，今朝怎麼要用刀叉？」

彼得和我對視一眼，笑笑，都笑得不開心。

吃了飯走出來，福州路上的妓女們開始上班了，彼得和我手牽手，仍然不時讓妓女們撞撞肩，碰碰屁股，或者甩一兩句俏皮話。彼得看著這個妓女比電線杆還多的地方，目瞪口呆。此刻正是「夕陽西逝，怒馬東來」的辰光，外灘和江西路各大樓裡悶了一天的男人們不守法規，開車的，乘馬車的，一齊殺向福州路來尋歡作樂。

我牽著彼得的手，一路把他拉到南京東路的一個弄堂。老遠就能看見霓虹燈廣告「娜塔莉法國理髮廳」。店主是俄國女人，會說幾句法文。

我看著俄國娜塔莉的手在彼得頭上變戲法：一層層的顏色，一層層的布罩子，她嘴角不斷地換著煙捲。在她腳下有了一堆煙蒂時，從布罩子下冒出了深栗色頭髮的彼得。

鏡子裡，彼得以他兩年前的無辜無邪的大眼睛看著我。我走上前，朝娜塔莉比劃著。叫她修一修這裡，剪一剪那裡。短一點，薄一點……傑克布護照上那張相片，也是在我操控下照的，我也像現在一樣，親自下手。那時是仿照彼得重造傑克布，現在是仿照傑克布再造彼得。

九點鐘，我們回到靜安寺大街。一條大街上有許多家舞廳。「大華舞廳的舞女是上過小學甚至初中的，會初級英文。」我向彼得介紹一家家舞廳的特色，從傑克布這個活的「上海娛樂大全」那裡獲得的一知半解，我此刻毫無保留地販給了彼得。

彼得和我先在酒吧的高凳上坐下來。舞女們還在熱身，表情和動作都還有些靦腆。喝了兩杯紅葡萄酒的彼得有點浪漫了，不再那麼神經質。

菲律賓樂師們把《藍色多瑙河》奏出了熱帶風情，一個舞女發出高音階的大笑，氣氛悅浪起來。

彼得的長腿從高凳上杵在地板上，看著我：「可以嗎？親愛的？」

所有紳士都用這句話把他們的女伴邀下舞池。

傑克布會說：「妳會請我跳個舞嗎？」或者：「我才不會跟妳跳舞呢！」一面說著，已經一把將我拉下了舞池。還有一些時候，他坐在椅子上就開始渾身不安分，已經舞起來，舞著舞著就已經在舞池裡，然後突然發現自己舞得形單影隻，一把扯下個舞伴，再一看，這舞伴是我。這就是我們咯咯笑著，放浪形骸的時候。

彼得舞得很秀氣，熱烈也是規矩男人的熱烈。十點鐘一過，燈光開始挑逗，你眼前是飛旋的走馬燈：紅的嘴唇，白的牙齒，斜翹著的雪茄，捧住苗條臀部的毛森森的手……

我的額角抵住舞伴的肩，想著上海的種種好處。上海的那些混在壞處中的好處。想著匯山路上客棧老闆的告辭：「再來噢！」那個客棧的房間是什麼樣子？我現在有時間在記憶中好好地打量它了。它非常小，牆壁漆成蘋果綠色，一對迷你沙發，是深綠的，搭著白麻布抽紗鏤空墊子。床上有帳子，床頭櫃上的兩盞檯燈吊著一圈白色流蘇。非常嬌嗲的小屋，跟外面的戰爭、饑荒對峙，誰在笑話誰也不得而知。一看就是老闆投其所好為猶太難民們布置的蜜月小窩，讓那些辛苦賺錢的情人或夫妻在這裡忘懷地夫妻一場。

換了一支快節奏的舞曲，全場起了旋風，一條條裙子盛開怒放，長頭髮、短頭髮成了獸鬃……彼得全力以赴地舞動。你看得出他是下定決心要找樂子。今晚他在認真地讓自己做一個吃喝玩樂慣了的人。

我對什麼都馬虎，跳舞也馬馬虎虎。儘管如此，我應付專注的彼得還是綽綽有餘。玩和樂屬於生性馬虎的人，所以我在別人眼裡，什麼都玩得不錯。

蘋果綠的小屋卻非常涼爽，傑克布的身體於是便非常地燙。他的肩頭，留著牙齒咬傷的疤痂。一盞檯燈沒熄，傑克布的面孔還是個花臉：疤落掉的皮膚全是粉白色，和那常常暴露在浦東太陽下的深色肌膚形成觸目驚心的對比。花臉使我再次咬緊牙關，抵制心裡由遠而近的溫柔。我必須抵制無恥的人性本能，抵制低下的荷爾蒙。我心裡只有一個念頭：你要償還的！你在我身上尋歡作樂，你將會知道代價有多高昂：梅辛格和日本人的屠殺包圍圈正在合攏，你會作為難民彼得・寇恩留在包圍圈裡……

我偷到了傑克布・艾德勒的護照，我才不會為此負疚。嫖娼一夜還有十元大洋的——那種會英文日文的高級娼妓。

不過客棧的小屋是很難忘的。就像那些三藩市燈塔礁的落日，那些斯丁遜海灘的下午，那些總是伴有爭吵鬥氣的對話，那些過後必定引起自我厭惡的自我放任，那些不著邊際，大而無當的有關「迫害」的閒扯，跟傑克布在一塊兒，除了他這個人該被狠狠遺忘，其他都將是難忘的。

舞廳的鼎盛時光到來時，我覺得我把傑克布忘得差不多了。但彼得在一曲未終時突然停下舞步。他的強健理智對我們現在和將來的生活都有極大益處。

他把我送到家門口，轉身離去。從明天開始，我們有一生的時間用來戀愛，所以不必圖眼下的纏綿。

他走出去三、四十米了，我又叫住他。他看我跑向他，臉上出現了早有預知的微笑：戀人們的告別總不會那麼利索，總會拉扯幾個回合。

我跑到他面前，說：「世海死了。」

「什麼?!」

一看就知道彼得也像我一樣，讓這消息砸得頭暈目眩。

「日本人殺了他。」我說。

彼得喘出一口氣來。畢竟他們也師生過一場。他那麼認真地給世海上過鋼琴課……

「世海還不到十九歲。」我又說。

「……我正要去找他。」彼得說。

「你和世海約好見面？」

「嗯。」

剛才他跟我告別的時候，並沒有說急著要去見世海。我以為早早離開我，為了和他父母、妹妹有個長一些的道別。

「你們見面有什麼事？」我問道。

彼得看著我。

我馬上說：「假如只是你和他之間的事，就別告訴我吧。」

我又轉身走去。我家的窗子全黑著。人心事多，睡得就早。

地板上鋪了一張竹席，就是我的床鋪。我越躺越心浮氣躁。這樣就消失了？從凱薩琳、傑克布、顧媽、我父親……許多人中消失了？這樣就算交待了？似乎哪裡令我不滿，大大地不滿。

我跟彼得約好，清晨五點鐘從各自的起點出發，在碼頭的一等候船室碰頭。我們先乘船到海寧，再被塞入一艘掛有葡萄牙國旗的三千噸貨輪前往澳門。在此之前，我們可以在碼頭上的咖啡店坐一會兒，吃一餐不慌不忙的培根煎蛋。那時即便顧媽對凱薩琳說：「清早我聽見阿玫出去了。」凱薩琳也不會想到我已經永遠消失。也許，直到我們坐上從澳門出發的遠洋輪，凱薩琳才會覺出不對頭。當她走進我的臥室的時候，會看見窗臺上放了一枚藍寶石戒指。傢俱賣掉後，我們都睡地鋪，窗臺下一張竹席，一條薄被，枕頭上的凹陷是我後腦勺留下的，那一切就是我金蟬脫殼的現場。萬一凱薩琳還有機會聯絡上傑克布，她會用可怕的英文夾雜著中文千方百計地讓他明白：「妹妹不見了，留下一隻戒指……」那就是傑克布付償代價的開始。

從窗縫裡傳進轎車過往的聲音。上海的夜生活剛剛才開始，大華舞廳正在被最正宗的夜生活派占領。我怎麼睡得著覺。再說，也沒有幾小時可睡了，最晚四點鐘就要起床。

我來到靜安寺大街上。在我二十一、二歲那段時間，我像所有一無用場的年輕女人一樣，把自己當花養，漫無目的地綻放。因此常常是睡懶覺、閒逛，有心無心地看書，有一搭無一搭地彈彈琴，也常常晝夜顛倒，腦筋和腸胃以及血液迴圈，都是在夜裡更功能正常。當我走回到靜安寺大街上的時候，思維像暮夏的星空，十分清亮。

我一遍遍回想彼得聽到溫世海死訊的反應。他和世海今夜有個約會。為了什麼而約會？

彼得不像傑克布，後者的生活中總有我涉足不到也探察不著的灰色地帶。彼得對於我是透徹的，所作所為，對我毫不設防。相反，我對於他倒是一段明一段暗，有些段落，乾脆是嚴實封閉的祕密。我不知不覺往虹口方向走，聽見「叮叮叮」的敲打聲響在附近，起著回聲。我幾乎沒有意識到那「叮叮叮」的敲打發自我的鞋跟：一對磨掉了皮墊，露出金屬的鞋跟。

唯一不透明的就是他今夜和世海的約會。在給那個新四軍軍官動手術的時候，他和世海用德文進行的問答是什麼？世海去了，假如彼得不告訴我，或者用假話搪塞我，那麼它就是一個永遠休想解開的謎。

我招了一下手，馬路的陰影裡跑過來一輛黃包車。

在舟山路上的酒吧和餐館裡打聽一下，說不定能打聽到羅恩伯格的住址。甚至碰見羅恩伯格的可能性都存在。猶太難民雖然有三萬，但相互間直接或間接都是有聯繫的。

我的運氣不壞，在一家德國酒吧打聽到了羅恩伯格的電話。我用餐館的電話撥了號。叫醒了一連串的人之後，總算找到了羅恩伯格。

「我是May，」我說。「真抱歉……」

「沒關係。」羅恩伯格說。「妳一定知道，最近出的事有多麼可怕。」

我說我已經知道詹姆斯・溫的死訊了。

他叫我不要再說任何話，他馬上到餐館來。

十分鐘後，羅恩伯格騎著自行車到了。我們在角落裡找了張桌子，各自要了一杯啤酒。世海是在浦東的車間裡被日本人打死的。傑克布買通了耶松船廠的一個德國工段長，要世海把可能引起日本人懷疑的機械轉移到船廠裡隱藏。他原來派世海去送這些機械，但世海堅持留在車間，把正在製造的燃燒彈埋起來。日本人進了車間，世海臨時著慌，想跳窗子，中了十幾顆子彈。

「你知道傑克布現在在哪裡嗎？」

「躲起來了。」

「沒有辦法找到他？」

「現在最想找他的是日本人，當然，除了妳之外。」

羅恩伯格的這句話旨在製造點幽默，但在我這裡似乎討了個沒趣。

「妳這麼晚找傑克布有事嗎？」羅恩伯格問道。

我搖搖頭，站起身。他趕緊起來為我披那條喬其紗的小外套。

「羅恩伯格，"Bazahlen se dez"是什麼意思？」我從肩頭轉過臉問道。

羅恩伯格一時沒聽懂。

我又說了一遍，根據記憶調整著發音。

「應該是“Bezahlen Sie das”。」羅恩伯格說。

「對的，就是“Bezahlen Sie das”。」

羅恩伯格說：「『你們付錢嗎？』就是這意思，不過此人這樣說可不夠客氣。」

「那麼，“Ja daz bezahle ich”是什麼意思？」我又問。

「我會付的。」羅恩伯格馬上就翻譯出來了。

我明白了。彼得兩次用德文問世海：「你們會付錢嗎？」世海回答：「我會付的。」就是新四軍長官不付錢，世海也會設法從他老子或親戚那裡搜刮到一筆手術費，付給彼得。第二次彼得問得急切，氣粗，所以可以聽成：「你肯定會付錢嗎？」或者聽成：「你不付錢，我手裡可是掌握著你們的一條命呢。」

我坐在跑得嗖嗖響的黃包車上回家，腦子和心都是空的，只有這個強硬的德文句子：「你們會付錢嗎？」我們趕在了宵禁前穿過外白渡橋。

彼得真夠膽大的，兩枝槍口對著他，也不妨礙他撈一筆。他冒生命危險給不相干的人做手術，撈一筆不是應該的嗎？從此，彼得對於我，又是通體透明，毫無隱晦。

這一天徵兆很好，不冷不熱，水鳥也不像平時那麼帶侵略性，在太陽和水面之間優美地繞著圈。

彼得一家都跟到碼頭上來了。他們一個個地跟彼得說話，這個沒說完，那個又想到什麼了。他們的德語激烈而沉重，囑咐了又囑咐，交待了又交待。彼得一定是在安慰他們，一旦登陸澳門，就設法打通關節，接應他們過去。誰也無法確定「終極解決」離他們還有多遠，但彼得肯定是逃出去了。彼得的母親表情很少，人在使勁控制眼淚時就是這樣面孔麻木。彼得的妹妹一直在哭。寇恩先生很想和我找話說，但雙方都緊張，每個話題剛剛展開，就發現都是廢話。

我知道我的樣子很嚇人，一夜未眠，心急上火，舞廳和酒吧裡的葡萄酒、啤酒、黃酒在下巴上催出一顆巨大的粉刺。最糟糕的是我的頭髮，像每次失策的打扮一樣，我在上面抹了過多髮蠟，江風把我的裙裾和帽子飄帶吹得橫舞，頭髮卻一動不動。

這麼多年過去，我還記得彼得那天上午的形象。你已經在那形象上看到了一個前途遠大的生意人或者企業家或者醫師……一切女人可以引以為傲的正職正派的模樣。他穿了一身深藍色西服（是我曾經從美國給他買的），打著紫紅色帶細細的黑色斜紋的領帶，皮鞋一塵不染。兩年來他沒添置過新皮鞋，但他的家風使他從來不露出寒磣。

九點多一點。是上船的時間了。

我們在彼得全家的親吻擁護眼淚笑容中走遠。甲板上擠滿了人和鋪蓋捲。這是駛往海寧的船，乘客都是做生意和走親戚的。我和彼得擠到最前面，上半身從粗鐵鏈上端傾斜出去。他的一家早就等在那裡，隔了偌大一片水面還是送吻，送根本聽不清的囑咐……

彼得兩眼淚水，緊緊摟著我。

「你離開奧地利的時候，有送行的嗎？」

「嗯，我弟弟那隻鴿子。」

「沒別人？」

「我的德國女朋友。」

「……」

「但願我們儘快能讓他們逃出上海。一定要讓他們逃出這裡……」彼得的淚水流下來。

我拿出手帕，要給他擦眼淚。他狠狠地說：「別擦！我母親看見我哭，會更傷心！……」

我自由了，從真實的名字，身分，歷史中逃脫出來，彼得在向全家揮手。我也揮揮手。

朝岸上真實的那個我揮手。

「彼得……？」

「嗯？」

「我一直想問你……」

莫名其妙地，他緊張起來。

「你是不是沒有救那個手術室清潔工？」

他渾身繃緊，像凱薩琳聽到「鈔票」那樣，築起森嚴的城牆。

「因為他知道了你的祕密，不僅救新四軍，還倒賣醫院的盤尼西林？」

「就是救，也是徒勞，動脈打穿了。」

「是嗎？」

「是！」

我把目光轉開，就像從凱薩琳的「城牆」下敗退一樣。

輪船長鳴一聲。它鳴叫第二聲時，我跑到了岸與水相接的橋上。然後，我頭也不回地向

上海烏煙瘴氣、臭哄哄的岸跑去。我應該拿上行李的，但那不重要了。我把傑克布的護照留

在了我的行李裡，那也不重要了。

重要的是，我向著岸跑去。把真實的我留在岸上，那可不行，儘管那個我經常遭到自我厭惡，厭惡得簡直想扼殺她。岸上有我愛吃的小館子，我愛閒逛的寄賣店和小鋪，有愛說我閒話的鄰居，還有我的真誠、熱情、惡習和壞名聲。最重要的是，岸上有一個灰暗地帶，那兒藏著傑克布・艾德勒。

❀

我告訴你的這一段在傑克布・艾德勒的一生中，是個灰色地帶。除此之外，傑克布・艾德勒的身世很著名，就不用我來述說了。從一九五〇年代中期到現在，叫做艾德勒的報業集團創始人，是人們熟知的。和這位艾德勒連在一起的女人很多。在他的傳記中交代過一筆的那個M小姐（就是跟他一同到蘇北新四軍根據地的那個中國女子），就是我了。只有一本傳記印了一張小照，艾德勒拄著手杖，旁邊的中年女子兩手放在外套口袋裡，背景為一棟老房子，廊下晾滿床單和尿布，注解說：艾德勒先生於一九七二年回到中國上海，和他的舊時朋友合影於舊居。那中年女子也是我。所以，你可以猜到，傑克布諒解了我為彼得・寇恩所幹的一切。並不是因為他理解了我就理解了。我到現在也不真正理解那兩年我的感情是怎麼回事。

背叛和熱戀，我在之間疲於奔命。那就是那個時代的我。當然，我是誰，對於世界和你都不重要。唯一重要的，是在一九四一年，有個中國女子把傑克布·艾德勒帶到了上海，此後他的自我發現，自我成全，似乎是這次來上海的偶然後果。但任何偶然都不會偶然得那麼純粹，都包含著必然。

後來得知，彼得·寇恩真的成功地作為傑克布·艾德勒，登上了自由女神身後的新大陸，我為此偷偷地開了一瓶檸檬汽水，代替香檳。

我和傑克布·艾德勒最終沒有流俗地做幸福夫婦，他很遺憾這一點。其實他該慶幸，我是個沒長性的人，正像我父母說的，幹什麼都憑興趣。

假如我為你想寫的傑克布·艾德勒貢獻了一點什麼，哪怕給了你一個並不重要，但很不同的角度，我很高興。

1. 滿$350便利超商
2. 平時購書享3%~6%
3. 隨時通知新書及優惠